Just ♪ MILO

JUST MILO

LAURENCE CHEVALLIER

Le Code français de la propriété intellectuelle interdit les copies ou reproductions destinées à une utilisation collective. Toute représentation ou reproduction intégrale ou partielle faite par quelque procédé que ce soit, sans le consentement de l'auteur ou de ses ayants droit ou ayants cause, est illicite (alinéa 1er de l'article L. 122-4) et constitue une contrefaçon sanctionnée par les articles L. 425 et suivants du Code pénal.

Copyright © 2024 Laurence Chevallier
Couverture © Hannah Sternjakob
Crédit photo de couverture © Michelle Lancaster
INSTAGRAM @lanefotograf
Modèle de couverture © Josh Elton
INSTAGRAM @josh.elton_
Illustration © Nicolas Jamonneau

BLACK QUEEN
ÉDITIONS

Relecture finale : Émilie Chevallier Moreux

Impression : Libri Plureos GmbH, Friedensallee 273,
22763 Hamburg (Allemagne)

ISBN : 9782493374462
Black Queen Éditions

Première Édition
Dépôt légal : Avril 2025

AVANT-PROPOS :

Just Milo est une comédie romantique MxM comprenant de nombreuses scènes érotiques et certains sujets sensibles. Cette lecture est destinée à un public averti.

À présent que vous êtes au fait de ces informations,

WELCOME SUR LA PLANÈTE MILO !

* * *

PLAYLIST JUST MILO

Qu'est-ce qu'on attend ? - Suprême NTM
Turn It Up – Rajah-Nee
Every Little Thing I Do - Soul of Real
King Kunta – Kendrick Lamar
Still Dre – Dr Dre & Snoop Dog
Candy Shop – 50 cents
Who Do Ya Luv – LL Coll J.
Temperature – Sean Paul
Jump Around – Cypress Hill
Da Rockwilder – Method Man
Last Night – Puff Daddy & Keyshia Cole
Love Is Wicked – Brick & Lace
La Boulette – Diam's
Patate de forain – Seth Gueko & Sefyu
Family Affair – Mary J Blige
Love Yourself – Eminem
La garde meurt mais ne se rend pas – Faf La Rage & Shurik'n
Reunited – Wu-Tang Clan, Ol'Dirty Bastard, GZA, Method Man, RZA
California Love – 2pac

Et parce que vous ne pouvez pas passer à côté de certaines

pépites dans ce genre musical, j'en ai ajouté d'autres dans la playlist *Spotify* !

Pour accéder à cette playlist sur *Spotify* :

Ouvrir l'application.
Cliquer sur « Recherche » (en bas de l'écran), puis sur l'appareil photo (en haut à droite).
Scanne le code barre Spotify ci-dessous.

Tu as désormais accès à la playlist !

La discorde est le plus grand mal du genre humain, et la tolérance en est le seul remède.

Voltaire

CHAPITRE 1
PAS FAN DU THREESOME (SAUF SI LE TROISIÈME LARRON EST HENRY CAVILL)

MILO

— Dépêche-toi, Tony ! beugle Norah, qui bloque la porte avec difficulté.

— Je fais ce que je peux ! hurle Tony depuis la cabine où elle est enfermée.

— Mais qu'est-ce qui te prend tout ce temps ? s'impatiente à son tour Cally, qui sirote son cocktail à la paille, le cul entre deux lavabos.

— Je lis la notice !

— Comme si c'était le moment, marmonne Norah, tout en peinant à retenir les clientes au-dehors.

J'inspire profondément l'air pas très frais des chiottes du Bloody Black Pearl, un pub rock situé dans le 17e à Paris, et me pince l'arête du nez. Ça fait bientôt dix minutes que mes meilleures amies et moi sommes prisonniers de cet endroit. Pas que ça me gêne de me trouver dans des toilettes pour femmes, ou que je m'offusque des insultes proférées par des meufs bourrées qu'on empêche de se soulager, mais j'ai quelqu'un à rejoindre au sous-sol. Alors, ça serait bien que Tony se magne le fion, bordel !

— Je me pisse sur les doigts ! braille-t-elle.

Cally pouffe de rire, avant de jeter ses yeux sur moi et d'afficher une expression plus sérieuse.

— Marie-Josée m'a dit la même chose quand elle a fait son test de grossesse, au taf. Les languettes de ces machins sont rikiki, c'est impossible de pas s'en fiche partout.

— Merci pour ce complément d'infos, Cally, bougonné-je.

Je suis un homme bisexuel, et je compte bien mener toute mon existence sans faire de môme. À quelle heure ça m'intéresse de connaître ce genre de détail, franchement ?

— Laisse-moi passer ! cingle une femme, qui pousse brutalement le battant.

Norah manque de s'étaler en arrière, avant de se jeter contre la porte comme un pilier de rugby.

— T'attends et tu fais pas chier ! rétorque-t-elle, alors que Tony sort enfin de la cabine.

Du bout des doigts, elle tient le test de grossesse qu'elle me tend.

— Pas moyen ! protesté-je, effaré.

— Juste pendant que je me lave les mains !

Je me recule d'un pas, outré. Cally saute de son perchoir et s'empare de l'objet sans se poser de questions.

— Ça prend combien de temps pour avoir la réponse ?

Tony hausse les épaules, avant de beugler aux nanas qui veulent entrer :

— Deux minutes, bordel !

Les doigts couverts de savon, elle pointe un index sur Cally.

— Si tu vois une autre barre s'afficher, tu m'avertis.

— Une autre barre ? répète Cally. Comme celle-ci ?

Tony pâlit, puis s'approche d'elle sans prendre la peine de se rincer les mains.

— Je viens à peine de...

Elle se coupe en avisant le test de grossesse. Ses sourcils se froncent, puis son regard se rive sur moi.

— Milo, la boîte.

— Je ne l'ai pas.

— Je l'ai laissée sur le dérouleur de PQ.

— Je préfère l'y laisser.

Elle lève les yeux au ciel et retourne chercher l'objet en question.

— Je croyais que tu avais lu la notice... commente Norah.

— J'ai un vieux doute !

Les regards de Tony et de Cally naviguent de la boîte au test.

Une fois.

Deux fois.

Trois fois.

Tony expire :

— Bor. Del...

— Norah, on va être tatas ! s'enthousiasme Cally en sautant de joie.

— Oh, c'est pas vrai ! s'emporte Norah, qui abandonne la porte pour se ruer sur Tony.

Aussitôt, une troupe de meufs, aussi motivées à l'idée de pisser que des septuagénaires en galère de protections urinaires, déboulent tel un groupe de retraitées dans les chiottes d'une aire d'autoroute. Malgré le tumulte soudain, Tony reste immobile, le visage blême, alors que Norah et Cally se tiennent les mains et sautillent comme des gamines.

— Félicitations, Tony, lancé-je à ma pote.

Ses iris noirs et tremblants se tournent vers moi.

— Putain...

Je m'attendais à un « merci », mais c'est Tony. Norah, qui

semble hermétique à l'émotion, somme toute très contenue, de notre meilleure amie, plaque les paumes sur ses joues.

— Tu vas l'appeler comment ? la questionne-t-elle, les yeux brillants d'excitation. Tu préfères un garçon ou une fille ? Je pourrai être sa marraine ?

— La vache, comment tu te positionnes direct ! proteste Cally, avant de la pousser sur le côté et de prendre sa place face à Tony. Souviens-toi qui tu as rencontré en premier, en petite section de maternelle. C'est moi qui dois être la marraine de ce bébé. Norah est juive, de toute façon.

— Haaaaan ! s'insurge Norah. Toi, tu dis à ta grand-mère que t'es chrétienne orthodoxe, alors que t'es athée. C'est péché de ouf !

— Vous savez qu'une religion n'est pas nécessaire et qu'il suffit d'aller à la mairie pour officialiser le baptême ? remarqué-je. Mais pas sûr qu'elle confie le mioche à l'une d'entre vous, si elle et Max venaient à disparaître.

Tony n'a toujours pas repris sa respiration.

— Pourquoi nous le confieraient-ils ? demande Cally.

— C'est le concept d'être marraine, déclare Norah en haussant le menton. Si les parents crèvent, il paraît que tu te coltines le gamin.

— Aaaaaah ! claironne Cally. Alors je suis le meilleur choix possible. J'ai posé mes valises avec Dan, je suis aujourd'hui une femme respectable, avec une situation. La mairie me préférera à tes vieux, si Max et toi périssez dans un accident d'avion.

— Je… commence Tony, je…

Nous sommes suspendus à ses lèvres.

— Je… j'attends un… enfant ?

— Ouiiiiiiii ! s'enflamment Cally et Norah.

Tony semble toujours sous le choc. Je murmure à l'oreille de mes copines.

— Il serait peut-être de bon ton d'avoir cette discussion ailleurs, qu'en dites-vous ?

Elles en conviennent et poussent Tony vers l'extérieur. Une fois près des escaliers qui mènent au sous-sol où se trouvent le bar et la piste de danse, notre amie panique et court se réfugier dans le vestiaire du personnel du Bloody Black Pearl. Il serait d'ailleurs utile d'y réparer les toilettes, selon moi. Comme elle en est la patronne, et que cet endroit est notre fief, personne ne s'étonne de nous voir cavaler derrière Tony, avant de nous y en enfermer avec elle. À l'extérieur de la pièce résonne *My Favourite Game* de The Cardigans. Les clients se déchaînent. Teddy le DJ envoie du lourd, ce soir.

— Tony, c'est une super nouvelle, lance Cally en posant une main sur son épaule. Tu vas être maman, tu t'en rends compte ?

— Mais j'ai jamais voulu... C'était pas prévu... Milo, s'il te plaît, va me chercher un cocktail. Non, prends plutôt une bouteille !

— OK, réponds-je en me retournant pour m'exécuter.

— Non, attends ! me rappelle Tony.

Je fais volte-face et découvre ma meilleure amie qui soupire et secoue la tête.

— Faut que j'aille voir Max.

Un sourire gagne mes lèvres. Je lui tends une main qu'elle saisit, puis nous rejoignons le sous-sol du pub, et le box où sont installés Max, avec qui elle s'est récemment mariée, et Dan, le mec de Cally. Ce dernier est placé près de son meilleur ami, un connard du nom de Dorian Leroy. Nous devons nous le coltiner depuis que Cally sort avec Dan. Et je déteste profondément cet homme pour deux raisons.

La première, c'est parce qu'il est un cliché ambulant. Trentenaire propre sur lui, costume sur mesure, pas un cheveu qui dépasse, le type est grave classe, le port de tête toujours altier. Les filles et moi le surnommons le duc, en référence au beau gosse métis de *La chronique des Bridgerton*[1]. Il est le queutard hétéro par excellence, déjà deux fois divorcé. Je l'appelle « l'Hété-Roi ». C'est le genre de mec qui aspire tout l'air d'une pièce quand il y entre. Ce qu'il pense de lui se lit dans sa posture. Il gonfle d'ailleurs fièrement le torse en passant son bras autour des épaules de sa petite amie. La conversation de Laurine est limitée, selon moi, mais il faut admettre qu'elle possède un corps de déesse. Même si je suis d'ordinaire plus sensible au charme des hommes, sa nana n'en reste pas moins attirante. Ses courbes agréables remportent toute mon adhésion. Ça serait également valable pour son mec, s'il n'était pas aussi con.

La seconde raison est bien plus importante que sa putain d'attitude. Il y a quelques mois, cet enfoiré a révélé ma profession à mes proches, et ce, sans mon consentement. Dorian Leroy, producteur de rap et homme d'affaires reconnu dans la haute société parisienne, a cru en avoir le droit, car il a investi beaucoup d'argent dans l'application *Slashtoon*, qui héberge mes histoires. Jusqu'à ce qu'il lâche la bombe en plein dîner, personne dans mon entourage ne savait que j'étais auteur de *webtoons boy's love* pour adultes, et que je dessinais mes personnages avec des bites aussi grosses que des pains de

---

1. *La chronique de Bridgerton* est une série américaine, basée sur la saga de livres éponyme de Julia Quinn, et diffusée sur Netflix. On y rencontre un duc très sexy lécher les petites cuillères comme personne !

campagne. On me prenait pour un ingénieur informatique mystérieux. Cally, Tony et Norah me soupçonnaient même d'être un espion à la solde du gouvernement ou un hacker ultra recherché. J'adorais ça ! Mais le duc de Hastings a tout foutu en l'air.

Pas que je ne fasse pas assez confiance à mes amies pour leur révéler ma véritable activité, ou que j'aie un jour pensé qu'elles me jugeraient pour ça. J'avais simplement mes raisons pour ne pas leur faire cette confidence. Sans parler des mots qu'il a prononcés juste après, alors qu'on ne se connaissait pas, et dont je me souviens encore :

— *Y a un truc que le dossier que j'ai consulté ne dit pas*, a-t-il dit.

— *La marque de mon gel douche, peut-être ?*

— *Non. Il ne dit pas si tu es gay.*

Qui demande ça lors d'une première rencontre, franchement ? Un connard, on est d'accord ?

Ce type, je le honnis donc en silence, attendant l'occasion de prendre ma revanche sur lui. Je l'observe discrètement discuter de musique avec Tony.

J'ai connu cette dernière il y a six ans. Cette nana est comme ma frangine. Depuis, je ne l'ai plus quittée, tout comme Cally et Norah. Notre petite troupe, un peu – *beaucoup* – barrée, squatte le Bloody Black Pearl. C'est ici que Tony a rencontré Max[2], le futur papa... qui ignore encore totalement la nouvelle. Je suis d'ailleurs gêné de posséder une telle information, quand le principal concerné est en train de

---

2. Pour tout savoir de l'histoire de Max et Tony, rendez-vous dans *Bloody Black Pearl* (Le roman, pas le pub puisqu'il n'existe pas, à mon grand regret.)

siroter un whisky sans glace, en pleine discussion professionnelle avec Dan.

Max est un ancien pilote de ligne, aujourd'hui devenu PDG d'une entreprise parapharmaceutique dont il a hérité. Dan est le boss d'une boîte de pub et Cally en est la directrice financière. Personne ne veut savoir ce qu'il se passe dans les escaliers de *Publisoft* depuis que ces deux-là se fréquentent.[3] Le couple est en effet adepte des jeux de rôles érotiques. Je ne tarde d'ailleurs pas à comprendre qu'ils sont en plein « *game* » quand nous parvenons au box. Mes yeux cherchent celui que je suis venu retrouver, sans succès.

— Vous êtes très en beauté, mademoiselle, souffle Dan à Cally.

OK, cette fois, c'est *la rencontre, bis*. J'enfile mon costume de rôle secondaire. Il arrive qu'ils aient besoin de figurants pour placer le contexte. Les filles et moi avons décidé de rentrer dans leur jeu, si nous étions sollicités. Ça me fait rire et, surtout, ça fait plaisir à Cally.

— Excusez-moi, mais je suis accompagnée, le repousse cette dernière en s'emparant de mon bras.

Je lève les yeux au ciel, puis tourne mon visage vers Dan, avant d'en revenir à ma pote.

— Ma chérie, si cet homme te plaît, déclaré-je, je n'y vois pas le moindre inconvénient.

Dan retient un rire. Cally est à fond et me lance :

— T'es sûr, mon amour ?

— Certain.

— Bon, eh bien… dit-elle en vrillant illico vers Dan, qui la bouffe du regard.

---

3. Si vous voulez découvrir tout ce qu'il se passe dans les escaliers de *Publisoft*, rendez-vous dans *Callista Cha-Cha*.

Ils me sidèrent. Mais en vrai, je suis jaloux. Je me retourne, espérant rencontrer celui qu'il me tarde de revoir, afin d'esquiver les gloussements de Cally. Une vibration dans ma poche m'arrache à mon inspection des lieux.

> Je vais être en retard. Le mieux est que je te rejoigne chez toi.

J'aurais dû m'en douter. En m'affalant aux côtés de Laurine, un soupir m'échappe. Mes yeux se posent sur Max et l'Hété-Roi, en pleine conversation, puis sur Cally, qui pouffe contre son poing, alors que Dan lui souffle quelques mots à l'oreille. *Seigneur...*

— Ils en ont de la chance, tous les deux, déclare Laurine en s'enfilant une gorgée de son *Cuba libre* à la paille.

— Pourquoi tu te plains ? lâché-je. T'es avec ton mec, toi, au moins.

Mon commentaire de rageux m'inspire un nouveau soupir. Je ne suis pas mécontent de voir Cally si épanouie. Au contraire. Après tout ce qu'elle a vécu, je ne pouvais espérer mieux pour elle. Être témoin de son bonheur me transporte. Idem pour Max et Tony. C'est juste qu'il me rappelle à quel point ma vie amoureuse est insipide. Mais heureusement, les personnes qui m'entourent ne le sont pas. C'est déjà ça !

— Toi aussi, tu as un petit ami, non ? remarque Laurine.

— Mouais… Pas vraiment.

Je m'envoie une lampée de tequila, espérant qu'elle m'aide à faire glisser le nœud dans ma gorge. Puis un sourire naît sur mes lèvres en constatant les rougeurs sur les joues de Cally. Je ne sais pas ce que Dan lui raconte, mais ça fait son effet. Cally chope son sac et se lève subitement.

— Le gouvernement nous dépêche en mission secrète. Le

commandant Vila-Wilson et moi devons y aller, lance-t-elle en passant la bandoulière sur son épaule.

— Heureusement, la patrie ne craint rien grâce à vous ! clame Norah, qui commence à éprouver les conséquences de la tequila.

— Vous me fatiguez, commente Dorian Leroy en se servant un nouveau shot, avant d'en revenir à Max.

Laurine se penche à mon oreille.

— Dorian est jaloux.

— Oh ? dis-je, alors que je n'en ai strictement rien à foutre.

— Ce qui me saoule, c'est qu'il n'aime les jeux de rôle que quand ça l'arrange, ajoute-t-elle, alors que *London Calling* de The Clash pulse maintenant dans les enceintes du pub.

— Ah ouais ? commenté-je en bougeant la tête en rythme.

— La dernière fois que je lui en ai proposé un, il m'a envoyé bouler, alors que j'ai accepté le sien. C'est dégueulasse !

Dois-je lui formuler explicitement que je m'en cogne, de ses histoires ?

— Tellement, lâché-je mollement.

— Forcément, continue-t-elle, un plan à trois avec deux femmes, il n'y a pas de problème pour lui ! Mais quand il s'agit de deux hommes, là, il n'y a plus personne !

J'allais m'envoyer un nouveau shot quand sa déclaration fait *tilt* dans mon esprit. Mon bras se fige au-dessus de la table. Mes yeux s'écarquillent, puis un sourire se dessine lentement sur mes lèvres. Dans ma tête, cette révélation de Laurine fait des Chocapic ! Elle me livre, là, sur un plateau d'argent, un moyen de me venger de l'Hété-Roi... Bordel !

Mon cœur s'accélère à cette pensée. Depuis que cet

enfoiré a balancé mon job à toute l'assemblée, je brûle de fermer le clapet de ce mec trop sûr de lui. Laurine vient peut-être de me donner la solution pour y parvenir.

Je me redresse et sirote une gorgée en haussant un sourcil.

— Vraiment ? fais-je semblant de m'étonner. Eh, bien, je suis d'accord avec toi, Laurine. C'est carrément dégueulasse.

— Tu trouves aussi ?

— Absolument ! Lui peut se taper une autre nana sous tes yeux, mais toi, t'as pas le droit de t'envoyer un mec dans les mêmes circonstances. Sincèrement, je ne sais pas si j'accepterais ça.

Elle se tortille sur son fauteuil. Leroy est absorbé par sa discussion avec Max, qui n'a toujours pas remarqué le malaise de Tony. Estimant en avoir fait suffisamment pour semer la graine de la discorde entre l'Hété-Roi et sa copine, je me lève pour la rejoindre, mais Laurine me retient par la cuisse.

— T'as pas tort, Milo ! tonne-t-elle soudain. Y a pas de raison qu'il soit le seul à profiter.

Je me rassois, satisfait d'avoir fait mouche avec Laurine. Ça n'a pas été long.

— Tu devrais insister pour ce plan à trois, suggéré-je.

— Je ne vais pas me gêner.

— Qui parle de plan à trois ? nous questionne Norah.

— Pourquoi, t'es partante ?

— Désolée, Norah, mais je préférerais un homme pour cette fois, lui explique gentiment Laurine.

— Bon, d'accord…

— De quoi tu parles ? s'enquiert soudain la voix grave et rauque de Dorian Leroy.

— Je parle du fait qu'à ta demande, j'ai accepté un trio

avec une autre femme, alors que tu refuses qu'on retente l'expérience avec un mec.

— Évidemment ! s'insurge le monarque désarçonné.

J'suis heureux. C'est jouissiiiiiif !

— C'est vrai que c'est pas cool, Dorian ! intervient Norah, solidaire.

Je souris en sifflant mon cocktail.

— Moi, je le comprends, commente Max. Je ne partage pas non plus.

Tony dévie son regard sur lui.

— Ouais, mais demande-moi de baiser avec une autre nana, et je t'arrache les bourses, enfoiré !

— J'ai rien fait, arrête de t'énerver !

Je pince les lèvres pour ne pas rire.

— Personnellement, glissé-je, je ne suis pas adepte des plans à trois, mais je ne serai pas aussi vindicatif que toi, Tony. Imagine qu'Henry Cavill te propose le coup avec Max. Tu dirais non, franchement ?

— Il serait habillé en Sorceleur[4] ? m'interroge Norah, comme si l'affaire était sérieuse.

J'acquiesce. Tony se gratte le menton.

— OK, avec Henry en *The Witcher*, j'accepte.

— Ah, tu vois !

— Tu déconnes ? lance Max à Tony.

Elle le toise.

— Parce que tu crois vraiment que Gerald de Rive va coucher avec nous ?

---

4. *Le Sorceleur* (The Witcher) est une série littéraire polonaise de fantasy écrite par Andrzej Sapkowski. Adaptée sur Netflix, Henry Cavill y tient le rôle principal de Gerald de Rive. Mais Henry a récemment décidé de quitter la série… et ainsi sonne le glas de mon intérêt pour elle, lol.

JUST MILO

Je me bidonne, mais mon rire s'estompe au moment où Laurine balance à Dorian :

— Gerald est inaccessible, mais pas Milo !

Euh...

CHAPITRE 2
JE VEUX BIEN ÊTRE PATIENT, MAIS FAUT PAS POUSSER MÉMÉ, BORDEL !

DORIAN

Je suspends ma veste dans la penderie de l'entrée en soupirant. Laurine n'a pas inventé l'eau chaude, comme la plupart des gens, mais c'est une belle femme, gentille et aimable. Nous ne vivons pas ensemble, mais je l'apprécie beaucoup depuis que nous sommes en couple. Nous nous sommes rencontrés il y a un an, durant une soirée organisée par ma maison de disques *Rage Records*. Je produis des groupes de rap, alors il n'y a rien d'étonnant à ce que je l'ai embrassée pour la première fois sur *Qu'est-ce qu'on attend ?* de NTM, n'est-ce pas ?

Ce qui m'a intéressé chez Laurine Carnel ?

Avant tout, son père.

Investisseur redoutable, Ludovic Carnel tient actuellement mon existence financière entre ses griffes. Il a placé un max de billes dans ma maison de disques, ce qui lui a permis de se développer et de m'assurer la signature de quelques contrats bien juteux. Alors, OK, je peux faire avec quelques extravagances de Laurine, mais, merde, je ne peux pas tout accepter !

— J'ai dit non, répété-je.

— C'est dégueulasse, bichon, lance-t-elle.

Bichon... Je meurs. Mais elle voulait un chien, j'ai préféré le surnom.

— Toi, t'as pas hésité à faire l'amour avec Alice et moi en même temps, donc pourquoi tu refuses ?

— Parce qu'il n'est pas question que je me retrouve au lit avec un autre mec. Point barre.

Je file sous la douche en maudissant cet enfoiré de Milo Masako. Oh, j'ai bien compris qu'il l'avait mauvaise, depuis ce fameux dîner où j'ai balancé ce qu'il faisait dans la vie. J'avais senti le malaise et aurais pu la fermer, c'est vrai. Mais comment aurais-je pu deviner que ce type cachait tout un pan de son existence à ses plus chères amies ? Qui fait ça ?

Masako n'est pas son vrai nom de famille, mais son pseudo d'artiste. Il se faisait passer pour un ingénieur informatique avant que je ne dévoile le pot aux roses. Avais-je conscience que j'allais déclencher une guerre nucléaire en balançant la mascarade ? Pas le moins du monde.

Ce type écrit des *webtoons boy's love* qui cumulent des millions de pages lues. Il s'est fait connaître grâce à un *shonen*[1] qui a été publié en librairie et a remporté un succès international, il y a quelques années. Ce qui est rare, en particulier pour un auteur français. Dans son milieu, il est considéré comme une pointure, alors pourquoi m'en veut-il à ce point ?

Je ne suis pas né de la dernière pluie et sais que c'est sa faute si Laurine me casse les couilles avec son histoire de plan à trois.

---

1. Un *shonen* est une catégorie de bande dessinée, de type manga, qui est plutôt destiné à un lectorat adolescent.

Depuis ce dîner, Milo s'évertue à me tourmenter. Y en a assez !

— Donc, t'es d'accord ?

— Laurine… grincé-je.

J'adopte une autre tactique pour fuir cette conversation. Mes bras s'enroulent autour de sa taille gracile. Ma bouche trouve le chemin de son cou jusqu'à son épaule dénudée.

— Je te préviens, Dorian, lâche-t-elle, insensible à mes caresses. Si tu dis non, je ne donne pas cher de notre relation. Il n'est pas normal que tu aies tous les droits, et moi aucun !

— Je n'ai pas tous les droits.

— Ah oui ? *Tu* as le droit de coucher avec deux femmes pour réaliser ton fantasme, mais *je* ne peux pas m'envoyer en l'air avec deux hommes quand il s'agit du mien !

— Ça n'a rien à voir, c'est pas… pareil.

Elle soupire par le nez. Ça annonce l'engueulade. *Meeeerde…*

Ce n'est pas le moment. Le groupe Unity Bonanza doit signer son renouvellement de contrat dans deux mois. Je ne peux pas me permettre de froisser Ludovic Carnel avant que l'affaire ne soit entérinée. Il est très chatouilleux quand il s'agit de sa fille adorée. Si Laurine me fait la gueule, il va me les briser. Il me suffirait de laisser traîner cette histoire de plan à trois jusqu'à…

— J'ai invité Milo, demain soir, chez toi, annonce Laurine.

J'arrondis des yeux effarés et me redresse.

— Tu déconnes ?

— Pas du tout, affirme-t-elle en plaçant ses poings sur ses hanches. Milo a raison, je ne vois pas pourquoi je devrais me refuser quelques plaisirs quand tu te permets de satisfaire tous les tiens.

Je recule et passe une main lasse dans ma chevelure. Dans mon esprit se matérialise l'image de Milo se pointant ici avec un grand sourire. *L'enfoiré...* Il veut baiser *ma* femme – enfin, c'est une façon de parler – devant moi pour se venger ! Ça ne m'étonne pas de lui...

Derrière ses lunettes à monture tendance et sous ses airs de gendre idéal, impossible de deviner à quel point ce mec est retors. Faut l'avoir côtoyé quelque temps, ou avoir parcouru ses histoires pour s'en douter. J'aurais sans doute dû y réfléchir à deux fois avant de révéler son job à ses amies. Mais comment aurais-je pu imaginer que ce type était assez taré pour taire sa profession à tout son entourage ?

— Il n'en est pas question, énoncé-je, résolu.

— L'invitation est déjà lancée.

Je soupire. De toute manière, vu comment les choses se présentent, je ne vais pas couper à ce trio, alors je dis :

— Trouve un autre mec.

Laurine hausse un sourcil étonné. Un rictus s'inscrit au coin de sa jolie bouche.

— Non. J'ai décidé que ce serait Milo, comme tu as décidé que ce serait Alice, ta secrétaire.

J'inspire profondément. Comment réfuter cet argument ?

Il est vrai que j'aurais pu solliciter une autre femme, mais, dans l'urgence du moment, mon assistante était l'unique choix raisonnable. Nous nous connaissons depuis longtemps.

— Très bien, déclaré-je. Mais qu'une seule fois.

— Il me semble que nous l'avons fait deux fois avec Alice.

Je serre les poings et m'apprête à refuser, quand je me rappelle le rendez-vous avec Unity Bonanza. Alors je hoche péniblement la tête et abdique.

JUST MILO

Laurine sautille en tapant des mains, puis claironne :
— Je ferai des lasagnes !

CHAPITRE 3
LA VENGEANCE EST UN PLAT QUI SE MANGE COMME LES LASAGNES : TRÈS CHAUD

MILO

Ma tête roule sur son épaule. J'inspire son parfum tandis que mes doigts errent sur son torse. Le contraste de couleurs entre nos peaux me fascine. J'admire le corps de Simon pour ce qu'il est : un trésor de beauté. Alors que mes phalanges dévalent ses abdominaux afin de dénicher plus bas ce que je convoite, une main les retient.

— Tu vas m'achever.

— Ce n'est que justice, soufflé-je, tu étais en retard.

— Milo…

Il dépose un baiser sur mon front et se lève. La chaleur de son corps manque au mien, tandis que je le contemple, nu, parcourir la chambre en quête de ses vêtements.

— Ça faisait longtemps. Reste jusqu'à demain.

— On a dit que je ne dormirais plus ici, me rappelle-t-il en enfilant son jean, et nous venons déjà de déroger à cette règle.

— C'est toi qui as demandé à me rejoindre. Et ça risque d'arriver à nouveau, puisque ton appartement est en rénovation.

— J'ai trouvé une solution.

Lorsqu'il se retourne, mes yeux remontent le long de ses longues jambes musclées, sur le V de ses hanches, puis sur ses pectoraux dessinés et ses épaules larges. Un sourire étire ses lèvres. Bordel, c'est le renoi le plus sexy de l'univers.

— Tu n'en as jamais assez, dit-il.

Ma bouche imite son expression.

— Reste, Simon.

Il enfile son sweat en s'approchant, puis s'incline au-dessus de moi.

— On en a déjà parlé.

Je sais, mais...

Ne trouvant pas les mots, j'acquiesce en soupirant. Il me gratifie d'un baiser trop chaste avant de me quitter. J'ignore quand je le reverrai. Cette pensée me hante quand j'entends la vibration de mon portable. Je m'en saisis aussitôt.

> Viens à 19 h. Je ferai des lasagnes. Le mieux serait de baiser entre l'apéro et le dîner, pendant le temps de cuisson. T'aimes les lasagnes ?

Je n'étais pas prêt pour un tel SMS de la part de Laurine, mais je le lis, gorgé de satisfaction. D'une, j'adore les lasagnes. De deux, je constate que j'avais raison. Si Dorian Leroy accepte que je couche avec sa petite amie, c'est qu'il s'y sent obligé. Ses sentiments pour Laurine ne sont pas profonds. Durant leurs discussions, je l'ai surpris à soupirer à de nombreuses reprises. Je suis certain qu'il se sert de cette nana, cet enfoiré. On est d'accord qu'il n'est que justice de se venger d'un tel homme ! Laurine et moi allons nous y employer.

Je tapote sur mon téléphone :

JUST MILO

> J'amène la béchamel !

* * *

— Simon t'a dit quoi ? me demande Tony.
— Il a dit qu'on en avait déjà parlé.
Je l'entends soupirer au bout du fil. Je sais que Tony, Cally et Norah espèrent me voir m'établir avec Simon, mais c'est tout le contraire qui est en train de se produire. Et c'est ma faute, comme toujours…
Ça fait plus d'un an que je le fréquente, ce qui a sans doute donné de fausses idées à mes amies. Depuis ma rencontre avec Tony, j'ai papillonné jusqu'à ce que Boob's, la barmaid du Bloody Black Pearl, me présente à cet éphèbe. Alors qu'il ne m'est jamais venu à l'esprit de passer plus d'une nuit avec les autres, très vite, j'ai cherché à le revoir. Il m'a fait rire. Il m'a subjugué.
Au début, j'ai eu l'illusion de croire que j'étais capable d'être en couple, rassuré d'être comme tout le monde. Simon est un gars gentil, intelligent, déterminé et hyper sexy, ce qui ne gâche rien. Il est tout ce que j'aime, tout ce que j'admire, alors pourquoi les choses ont-elles dérapé ainsi ?
— C'est peut-être pas totalement mort, remarque Tony.
— Il fréquente d'autres mecs depuis des mois. Ne te fais pas de films.
— C'est pas sérieux, et tu le sais. Et je te rappelle que c'est toi qui l'as poussé à aller voir ailleurs !
— Ouais, j'suis teubé. Inutile de me le rappeler.
— À ton service, réplique Tony, ce qui suscite mon sourire.
J'ouvre la baie vitrée, me plante en calcif sur mon balcon,

cale le téléphone entre ma joue et mon épaule, avant de m'allumer un joint. La brûlure de la fumée sinue dans ma gorge. Ça fait du bien.

— Alors, comment a réagi Max, pour la nouvelle ? Il est content de devenir papa ?

— Je ne lui ai pas encore dit.

— Tu déconnes ? Tu sais qu'il va finir par s'en rendre compte. Il était déjà surpris hier soir quand t'as refusé de boire un shot.

— Il croit que je suis malade.

— Et c'est moi que tu traites de mytho.

— T'es un mytho ! J'ai appris que tu gagnais ta vie en écrivant des *webtoons* pornos il y a seulement quelques semaines, alors qu'on se connaît depuis six ans ! Je pensais que tu étais un espion d'Interpol, moi ! T'imagines pas ma déception, Milo…

— En parlant de ça, mon piège se referme autour de l'Hété-Roi.

— Raconte !

J'inspire une taffe, puis déclare :

— J'ai bien travaillé Laurine, hier soir, pour lui suggérer ce plan à trois avec Leroy.

— T'es machiavélique !

— Je sais, lâché-je, mais je ne m'attendais pas à ce qu'elle pense à moi pour le troisième larron.

— Tu vas le faire ?

— *Of course, baby…*

* * *

LE SOIR MÊME, je me pointe à l'adresse de l'Hété-Roi dans le 16e. Mes yeux escaladent la façade parisienne et les balcons encadrés par des moulures. Le hall de style haussmannien laisse place à un ascenseur ridiculement petit. Lorsque les portes coulissent devant moi, je peine à réprimer mes angoisses. Les lieux clos et étroits me foutent les boules.

Au dernier étage, je parviens enfin à destination, soulagé de sortir de cette boîte de conserve. Je toque au battant, et Laurine m'ouvre, vêtue d'une robe légère, un grand sourire aux lèvres. À mes oreilles résonne l'excellent *Turn It Up* de Raja-Nee. D'habitude, je suis rock à mort, mais je reconnais que l'Hété-Roi de *Rage Records* a du goût pour les sons *old school*. Rap, R'n'B, hip-hop, soul sont les seuls genres qu'il écoute et produit, d'après ce que j'en sais.

— Saluuuuut ! m'accueille Laurine.

Son enthousiasme débordant me surprend. C'est l'idée de coucher avec moi qui l'emballe à ce point ? Mon regard se pose sur sa poitrine, ses épaules nues, puis sur sa jolie bouche charnue. Elle sourit.

— Depuis que je suis sûre que nous allons le faire, j'arrête pas d'y penser ! lance-t-elle en m'invitant à l'intérieur.

— Ah ouais ?

OK, maintenant que je suis ici, je commence peut-être à paniquer. Laurine a l'air vraiment très motivée. Une fois dans le salon, j'avise une coupe de champagne dont je m'empare immédiatement.

— J'imaginais que Dorian serait plus récalcitrant, déclare-t-elle. Je crois qu'il est content que ce soit toi.

Il n'a surtout pas le choix.

— Oh, tu crois ? dis-je innocemment.

C'est à cet instant que l'Hété-Roi fait son entrée, vêtu d'un costume sombre sur mesure, sur une chemise blanche ouverte au col. Il est rasé de près, coiffé, hyper sexy, et connard.

— Bonsoir, Masako.
— Bonsoir, Leroy.
Son regard me transperce. Je siffle ma coupe d'un trait, puis mes yeux se portent sur Laurine, avant de revenir à lui. Un rictus s'imprime au coin de mes lèvres. *Je vais baiser ta meuf devant toi, huhu !*
— Je vais chercher les Apéricube ! lance Laurine, toute guillerette.
La bouteille de champagne traîne sur le comptoir. Je me verse un autre verre. Un silence pesant règne dans le salon depuis que l'hôtesse a quitté les lieux.
— Pourquoi tu fais ça ? déclare enfin Dorian, dont je sens la voix vibrer de colère.
— Pourquoi je fais quoi ?
— Joue pas au con, Milo.
— Ce n'est pas mon genre.
Je suis né mytho, alors je n'ai aucun mal à pondre ce mensonge avec un flegme désarmant.
— Tu te venges, parce que j'ai balancé ton job à tes amis avant de te demander cash si t'étais gay, c'est ça ?
Je m'esclaffe d'une manière théâtrale.
— Tu t'accordes trop d'importance, Leroy. Cette histoire date de plus de six mois. J'ai autre chose à faire que de fomenter des machinations pour te rendre la pareille.
J'suis trop fort !
Il soupire.
— J'ai jamais rencontré un mec aussi chelou que toi, pourtant, crois-moi, j'en croise des types curieux. Mais toi...
— Moi ? répété-je en me tournant vers lui, un sourcil haut sur le front.
Ma désinvolture l'irrite. La satisfaction se lit sur mon visage.

— T'es un bel enfoiré, lâche-t-il.
Ses yeux noirs se mirent dans les miens. Ses mâchoires se contractent.
— Il n'est pas question que tu baises Laurine, c'est compris ?
Nous y voilà... Il veut me convaincre de renoncer. *Pauvre Hété-Roi, tu n'as jamais rencontré âme si déterminée !*
— C'est elle qui le désire, contré-je en haussant les épaules d'un air nonchalant. Mais tu peux rester en dehors de la chambre, si tu le souhaites. Ça ne serait plus un plan à trois, mais...
Il fait un pas et me chope par le col de ma chemise. Un rire franchit ma gorge. Il fulmine.
— Qu'est-ce que tu cherches, Milo ? À me rendre dingue, c'est ça ? Même si je tiens à elle, je ne suis pas amoureux de Laurine, et elle le sait, donc t'y gagnes quoi ? Tu préfères les mecs en temps normal, alors pourquoi ne pas t'en trouver un plutôt que de me faire chier ?
— Cela m'ôterait tout le plaisir de te voir en colère. Qu'est-ce que t'es sexy quand tu t'enflammes, Leroy !
Il me relâche aussitôt. C'est à moi de faire un pas en avant. Il recule au moment où mon torse s'apprête à rencontrer le sien.
— Qu'est-ce qui se passe ? ricané-je. Le monarque serait-il effrayé à l'idée de se trouver dans le même lit qu'un mec ? T'as peur d'aimer ça ?
— Tu ne me toucheras pas.
Ma tête s'incline sur le côté.
— Quel dommage.
Laurine entre avec un plateau chargé de gâteaux apéritifs. Son grand sourire suscite le mien. J'apprécie cette fille. Ce gros con ne la mérite pas. Cette réflexion disparaît au moment

où je sens vibrer mon smartphone dans ma poche de pantalon. Je l'en extirpe sans détacher mon regard de Leroy, puis jette un œil sur la notification, sur laquelle je clique. Un groupe WhatsApp s'affiche : *La Team qui déchiiiiire*. J'ai un message de Cally.

> Tony nous a dit pour le plan à trois. T'en es où ? On est toutes chez Norah. On veut des updates !

Je les imagine affalées sur le canapé devant une énième redif de *Dirty Dancing*, le film préféré de Cally.

> Il est frileux, mais Laurine a l'air chaude comme la braise. Je savais pas qu'elle voulait coucher avec moi à ce point.

De Tony :

> Si ça se trouve, elle se fait chier avec Dorian ;)

> Ou je suis irrésistible.

De Tony :

> Je penche pour ma théorie.

> Connasse !

— Notre invité daignerait-il nous accorder une once d'intérêt, ou c'est trop lui demander ? balance Dorian en haussant le menton, avant de se tourner vers sa petite amie. À moins que tu ne l'aies convié pour qu'il passe la soirée à pianoter sur son portable, Laurine.

Il veut jouer à ça...

Je tapote un message :

> Il lance les hostilités. J'y vais ! J'vous raconte après.

De Cally :

> Show must go on, baby !

J'allais éteindre mon smartphone lorsque je lis :
De Norah :

> T'as pas peur de vouloir te faire Dorian plutôt que Laurine ?

Mes yeux se jettent illico sur l'Hété-Roi. *Meeeerde…* C'est vrai que je vais le voir à poil. Même si je le déteste avec autant de vigueur qu'un mioche victime d'un vol de cartes Pokémon, je n'en oublie que ce type est terriblement hot. Je l'avais juste mis de côté, tant j'étais emballé à l'idée de niquer sa gonzesse devant lui pour me venger.

Quand il soupire de nouveau, j'ai ma réponse à ma question muette. Il a beau être canon, son air suffisant et son attitude ne m'inspirent que l'envie de le gifler, et pas en le baisant. Plus résolu que jamais, mon visage se tourne vers Laurine :

— Elle est où, la chambre ?

CHAPITRE 4
T'AS JAMAIS CROISÉ UN MEC SI GONFLÉ, ET JE NE PARLE PAS DE SA BIP !

DORIAN

J'y crois pas. C'est pas possible. C'est un cauchemar. Laurine sourit et prend Milo par la main. Cet enfoiré m'adresse un clin d'œil perfide, avant de la suivre jusqu'au couloir qui mène à ma chambre.

À *ma* chambre, putain !

Je peux pas faire ça.

Puis je pense au groupe Unity Bonanza, à ce renouvellement de contrat juteux pour lequel je dois obtenir la signature à tout prix, avec l'aide financière du père de Laurine.

Si, je peux !

Du calme, Dorian. C'est pas ton premier plan à trois.

Qu'est-ce que je fous là ?

J'inspire une grande goulée d'air, puis je ferme derrière moi. Laurine allume les bougies, préalablement disposées pour l'occasion. Milo l'observe avec une expression que je peine à déchiffrer. Lorsqu'elle éteint les luminaires, les flammes vacillantes nous plongent immédiatement dans une atmosphère bien différente. Je déglutis, puis remarque que Milo ne semble pas très à l'aise non plus. Je note chez lui un imperceptible tressaillement au moment où la pénombre nous enveloppe tous les trois.

Je suis certain de toucher juste à propos de ses motivations : cet enfoiré veut baiser ma meuf devant moi pour se venger, comme le gamin retors qu'il est ! Un gamin presque trentenaire, tout de même...

Un long silence. Nous nous toisons chacun notre tour, avant que Laurine ne déclare :

— On procède comment ?

Je hausse les épaules. Comme si j'allais lui faire un dessin ! Elle se tourne vers Milo, dont le regard se plante dans le mien. Un rictus effleure son visage, puis il pivote vers Laurine.

— Tu pourrais t'étendre sur le lit et te caresser. Dorian et moi te materons pour nous chauffer.

L'enfoiré ! Ma mâchoire s'en décroche. Il n'a même pas hésité. Ses yeux toujours ancrés dans ceux de Laurine, il gonfle le torse. Il est fier, putain. Laurine minaude un peu, puis se dirige vers le lit.

— Oups ! lance-t-elle, juste avant de s'y allonger. J'ai oublié le plus important !

— Je suis là, pourtant ! roucoule Milo.

Elle glousse.

— Oui, c'est vrai, et merci pour... l'expérience, papillonne-t-elle. Je reviens.

Elle quitte la chambre. Le silence reprend ses droits. Mon regard est fixé sur le lit. Je ne crois pas avoir bougé depuis la suggestion de Milo. Mon visage s'oriente vers lui. Il est en train de défaire le premier bouton de sa chemise. Je pâlis.

— Qu'est-ce que tu fous ? ciglé-je.

— Il va bien falloir que je me déshabille !

— Va-t'en.

Il se fige. Ses bras quittent son col, puis il s'approche de moi d'une démarche nonchalante. Sa tronche affiche un air insolent. J'ai tellement envie de gifler ce mec...

— Laurine serait déçue. Je ne souhaite pas l'affliger, réplique-t-il en s'immobilisant à un mètre de moi.

— Qu'est-ce que tu veux ?

— Rien.

— Avoue que c'est parce que j'ai balancé ton job à tes proches que tu fais ça ? T'as quoi, quatorze ans ?

— Heureusement non, vu les circonstances.

— Alors c'est quoi ton problème, bordel ? T'as honte de ce que tu fais dans la vie ?

Il se crispe. Je jubile d'avoir réussi à le déstabiliser. Puis il soupire lentement et s'étire. Ses mains se reportent sur son col, un putain de sourire s'imprime sur son visage. Il déclare :

— Je ne te connaissais pas depuis cinq minutes que tu t'es permis de révéler quelque chose que je préférais taire à mes amies pour des raisons personnelles. Tu savais que tu n'en avais aucun droit, mais tu te l'es octroyé quand même. La seconde suivante, tu me demandais ouvertement si j'étais gay. Dans mon monde, seuls les gens qui pètent plus haut que leur cul se comportent de cette manière. Mais les culs, ça se botte. Laisse-moi te montrer comment je vais me charger du tien, Leroy.

— Enf...

— J'ai tout ce qu'il faut ! s'enthousiasme Laurine en entrant dans la chambre, avec un pot de lubrifiant et des capotes. J'ai jeté un petit coup d'œil aux lasagnes, on a quarante minutes devant nous !

Le sang quitte mon visage. Milo tape des mains et la déleste de son chargement, qu'il pose sur la table de chevet. Laurine traverse la pièce avec un grand sourire, puis me plante un fougueux baiser sur les lèvres. Lorsqu'elle s'en détache, la fièvre a envahi ses prunelles.

— Merci de faire ça pour moi, Dorian. C'est la première fois, alors tu me guides, hein ?

Je réponds quoi à ça ?

Depuis que je sors avec Laurine, je suis resté fidèle. J'admets que l'idée d'aller voir ailleurs m'a effleuré une bonne vingtaine de fois, ce qui me certifie que je ne l'aime pas. Je l'aime *bien*, nuance. À présent, je sais très nettement faire la différence. Après deux divorces, on estime forcément mieux la force de ses sentiments. Le constat est que je n'en ai jamais nourri de passionnés jusque-là. Malgré ça, je respecte mes partenaires, du moins autant que possible.

Je reconnais que le plan à trois avec mon assistante a été la seule manière pour moi de ne pas succomber à la tentation de tromper Laurine. J'suis un sacré enfoiré, mais j'évite de papillonner. Surtout avec la fille d'un mec qui détient des parts importantes de ma société.

Nous l'avons fait deux fois avec Alice, alors il est vrai que je serais un beau salopard si je n'acceptais pas que ma petite amie assouvisse son fantasme. Je ne suis pas assez possessif pour lui refuser un trio. Mais avec ce mec…

Mon regard se tourne vers Milo, puis revient à Laurine. Je lâche un soupir de reddition et incline la tête pour formuler mon accord. Elle me saute au cou, preuve qu'elle sait que l'affaire me coûte. Faut croire qu'elle n'était pas aussi emballée par notre partie de jambes en l'air avec Alice que je le pensais, finalement.

Laurine s'écarte et recule de deux pas. Ses bras se portent sur ses épaules et font glisser les bretelles de sa robe, qui s'échoue au sol. En sous-vêtements sexy, elle se tortille, très mignonne. Je n'ai pas besoin de plus pour que ma queue se mette à gigoter. Je me tourne vers Milo et pointe mon index dans sa direction.

— Tu la traites bien.

Il secoue la tête en levant les yeux au ciel, alors que Laurine me contourne et se place face à lui. Son regard planté dans le mien, il n'hésite pas avant de lui empoigner la nuque et d'abattre ses lèvres sur les siennes. *Putain !*

Ses paupières se ferment, tandis que Laurine déboutonne sa chemise, qui trouve le même chemin que sa robe. Je soupire de nouveau face à l'inévitable et ôte mon haut. Elle veut vivre de nouvelles expériences, très bien ! Je serai au rendez-vous, princesse !

Quoi que je fasse, une fois décidé, je le fais à fond, et peu m'importe ce qu'en pensent les autres. C'est d'ailleurs pour cette raison que je me suis marié deux fois, et que j'ai divorcé – autant de fois – avec l'intention de ne jamais renouveler cette erreur, et ce, malgré de nombreux avertissements. Je n'accorde pas beaucoup de valeurs à d'autres opinions que la mienne, je le reconnais. C'est aussi pour ça que j'ai réussi professionnellement, à défaut d'avoir rencontré le succès dans mes unions matrimoniales. Mon orgueil ne me pose pas de problèmes. S'il en agace certains, cela m'indiffère.

Déterminé, je me dévêts donc, alors qu'ils se bécotent encore. Quand Milo ôte enfin sa langue de la bouche de ma copine, j'ai le doigt sur mon enceinte et balance une musique d'ambiance. *Every Little Thing I Do* de Soul of Real diffuse sa mélodie, et plonge la pièce dans une atmosphère plus érotique. Lorsque je me retourne, Milo est en boxer. Instinctivement, je retiens l'envie de mater sa queue pour voir s'il bande. Je détourne immédiatement les yeux.

Wow !

On se reprend. C'est juste un truc de mecs, on aime bien se comparer.

Ma petite amie m'arrache à cette pensée en m'embrassant. Les iris noisette de Milo naviguent sur mon corps encore enveloppé dans son pantalon.

— T'es prêt ? me souffle Laurine.

Son grand sourire et ses yeux brillants reflètent tout son enthousiasme. *Quelle petite cochonne…*

CHAPITRE 5
CAP OU PAS CAP ?
MILO

Que le spectacle commence !

Bon. J'admets que plus les secondes défilent, moins je suis serein. Désormais, Leroy a l'air déter, ce qui n'était pas prévu au programme. Ses hormones de mâle alpha se diffusent jusqu'à moi. Ce type souhaite toujours dominer la situation, peu importe laquelle. *Enfoiré !*

Cette pensée m'incite à me placer derrière Laurine, qui lui roule une pelle. Mes yeux s'invitent sur ses jolies fesses drapées dans des dessous en dentelle qui ne cachent rien. Mon bassin se colle à ses courbes, mon sexe rencontre sa chute de reins, ce qui déclenche une réaction immédiate. Mon visage plonge dans son cou, sans que je me préoccupe de l'homme qui l'embrasse. Un soupir échappe à Laurine. Leroy le capture, ses bras remontent les siens, puis s'en saisissent. Il l'incite à reculer et à s'étendre sur les draps.

— Fais ce qu'il t'a demandé tout à l'heure.

Elle glousse et se tortille, avant d'adopter une posture très sexy. Jambes entrouvertes, elle s'étire comme un chat, puis pose ses doigts sur sa poitrine enveloppée de son soutien-gorge. Ses phalanges dévalent ses monts généreux, errent sur son ventre, puis se glissent sous sa culotte. *OK...*

Je bande comme un âne en contemplant ce spectacle. Sur ma droite, j'entends le souffle de Leroy s'accélérer. Du coin de l'œil, je l'aperçois se baisser et retirer son futal.

Le message de Norah sur WhatsApp me revient en tête. Je me concentre immédiatement sur Laurine, qui prend son pied toute seule. À se demander ce qu'on fout là. Puis, n'y tenant plus, l'Hété-Roi, aussi impatient qu'un puceau lors de sa première fois, s'élance vers elle. Au passage, mon regard se pose sur son cul nu et... se bloque.

Je demeure bouche bée tandis qu'il s'incline sur le lit et embrasse Laurine tout à sa besogne.

Ça va être plus compliqué que prévu si je mate la mauvaise personne, bordel !

J'inspire et me ressaisis, décidé à aller jusqu'au bout. Après tout, c'est moi qui ai incité Laurine à obtenir ce plan à trois. Si je suis dans la merde, je ne peux m'en prendre qu'à moi. Mon attention se fixe sur la déesse qui se trémousse sur le lit. Leroy, que j'évite de regarder, se place au-dessus d'elle, sa bouche déposant des petits baisers sur sa peau frémissante. Lorsqu'il aborde son intimité, il fait lentement glisser sa culotte, avant de la lui ôter, puis sa tête plonge entre ses cuisses. Laurine me tend la main.

— Viens.

Je la saisis et approche mes lèvres des siennes. Ma langue les caresse, avant de pénétrer entre elles. Je ne prête plus attention à ce que fait Leroy. Sans complexes, je pose mes doigts sur un sein de sa petite amie.

L'ambiance est torride, mais je me sens un poil fébrile.

Pourtant, je partage le lit avec Aphrodite et Apollon, et je vais m'envoyer en l'air. Où est le problème ?

Peut-être est-ce le fait que, depuis un an, c'est la première fois que je vais coucher avec quelqu'un d'autre que Simon ? Toutefois, je n'étais pas du genre à me poser de telles questions, avant. Mes aventures sans lendemain me convenaient. Me faire passer pour un autre a toujours été un kif, qui n'est plus guère possible d'apprécier quand une relation s'installe. L'expérience « Simon » me l'a prouvé. Il s'est éloigné et c'est ma faute. Las d'attendre ce qui n'arrivera jamais, il est allé voir ailleurs après que je le lui ai suggéré. Mais bien que je l'y aie encouragé, de mon côté, je ne suis jamais passé à l'acte. Comme un con, j'estimais que coucher avec une fille plutôt qu'avec un mec serait plus facile pour franchir ce cap, dans le sens où il serait difficile de comparer le corps d'une femme à celui d'un grand athlète noir de quatre-vingt-dix kilos, doté d'une bite au sujet de laquelle j'aurais des choses à dire !

— Milo, souffle Laurine à mon oreille, approche.

Je ne vois pas comment je peux être plus proche, mais je crois comprendre ce qu'elle suggère. Alors, pris dans l'excitation du moment, je me redresse sans réfléchir. Je n'ai pas le temps de caler mes genoux dans le matelas que ses lèvres se jettent sur ma queue. J'écarquille des yeux effarés qui se tournent aussitôt vers Leroy. Je rencontre les siens, qui m'observent avec intensité. Il détourne son regard vers Laurine, qui gémit en me suçant, puis secoue la tête.

À cet instant, et alors que le plaisir commence à m'enflammer sous les va-et-vient de la bouche de sa petite amie, je m'attends à ce qu'il se tire en claquant la porte, ou à ce qu'il me casse la gueule. Je ne l'aurais pas volé, j'en ai conscience, étant donné les circonstances. La situation m'a peut-être légèrement échappé. Mais Dorian se redresse, plante son regard dans le mien et pénètre lentement Laurine. Sans détacher son attention de moi, il amorce son premier coup de reins. Un sourire s'immisce sur ses lèvres. Mes yeux bloquent dessus, ma queue gonfle dans la bouche de sa copine, et j'éjacule avant même d'avoir inspiré.

* * *

— Bordel, ça craint, lâche Cally, morte de rire.
Max va se pisser dessus. Norah me sourit, les mâchoires crispées pour ne pas exploser à son tour.
— Franchement, on ne peut pas compter sur toi. La pauvre Laurine ! dit-elle. T'aurais pu la prévenir !
— Je l'ai pas vu venir !
— Et sinon, les lasagnes étaient bonnes ? demande Tony, l'instigatrice de nos rendez-vous hebdomadaires du samedi soir au Bloody Black Pearl.
— Perso, j'ai pas spécialement envie de parler béchamel après avoir entendu cette histoire, commente Dan.
Cally le contemple et tapote sa joue.
— Ça n'a pourtant pas l'air de te déranger quand tu…
Dan pose un index sur sa bouche pour la faire taire. Dommage, je kiffe trop les détails scabreux de la vie sexuelle de mes copines.
Avec elles, quoi qu'il se passe, j'ai toujours l'impression d'être un gamin dans un corps d'adulte. Malgré toutes les merdes qu'elles ont vécues, elles se marrent tout le temps. Prennent tout à la rigolade. Elles sont mes âmes sœurs. On se dit tout, ou presque. Nous ne sommes pas du genre à confier nos chagrins. Je crains quand même d'être le plus secret de nous quatre. Elles ne s'en sont jamais offusquées. Je sais qu'elles seront toujours à

mes côtés, malgré mes angoisses qui ne datent pas d'hier. Elles sont incrustées en moi, mais j'ai la chance d'avoir des amies qui m'ont bien cerné et qui sont aussi givrées que moi.

— Salut les gars ! lance le surnommé Pacha, meilleur pote de Max, et accessoirement ex de Cally.

Je pose direct mon regard sur Dan. J'suis une vraie maquerelle. Car s'il réagit comme un jaloux, je passerai une heure au téléphone avec Norah à commenter l'histoire, tout à l'heure. Je l'appelle tous les jours avant de dormir. Du moins quand il n'y a personne dans mon lit ou dans le sien. En ce moment, c'est la dèche des deux côtés, alors on se parle souvent. J'ai donc besoin de croustillant pour alimenter nos discussions de pucelles. Mais rien ne vient animer le visage de Dan. Aussitôt, mon regard se tourne vers Norah, qui cherche le mien. On soupire.

— T'as récupéré ta nouvelle moto ? demande Max à Pacha.

Il brandit les clés fièrement.

— Vous voulez voir la bête ?

Max et Dan se lèvent immédiatement. Je dois être le seul mec ici à n'en avoir rien à cirer. Mais dès qu'ils se tirent, Norah, Tony, Cally et moi nous penchons au-dessus de la table. Cally demande :

— T'as envie de te faire le duc, avoue.

— Il lui ressemble tellement… commente Norah avec un air épanoui.

— Personnellement, je trouve le duc super hot dans *Bridgerton*, déclare Tony, mais c'est dommage qu'il soit un éjaculateur précoce comme Milo.

Norah affiche un visage choqué.

— Mais n'importe quoi ! s'insurge-t-elle.

— Dans la série, trois coups de reins et le type crache la purée, rétorque Tony.

— Parce que c'est une série !

— C'est bien pour ça que je parle du personnage du duc, et pas de Regé-Jean Page ! Lui, je sais pas.

— Haaaaa, expire Norah, soulagée de l'entendre.

— Mais ça ne nous dit toujours pas où en est Milo dans ses sentiments sulfureux pour le duc Dorian ! s'enflamme Cally, qui ne lâche pas l'affaire.

J'éclate de rire et m'incline davantage, mon nez se plaçant à quelques centimètres du sien.

— J'ai giclé dans la bouche de sa copine sans préavis, puis j'ai débandé et me suis excusé, un poil embarrassé par la situation. Qu'est-ce que tu crois que j'ai comme sentiments, à ton avis ?

— Vous n'avez pas recommencé ?

— Je me suis barré, ouais ! affirmé-je.

— T'as même pas mangé les lasagnes ? s'étonne Tony.

Mon regard se tourne vers elle.

— Rappelle-moi, t'es enceinte de combien, déjà ?

Elle hausse les épaules. Je conviens d'un coup d'œil avec Cally et Norah qu'on n'évoquera plus la bouffe devant Tony. Ça devient bizarre, cette fixette.

— Et tu comptes informer le papa avant que ton bide ressemble à une montgolfière ? l'interroge Norah.

— Il me semble qu'on parlait de Milo et du duc de Hastings.

— Pas faux.

L'attention se reporte sur moi. Je salue Tony pour l'esquive et décide d'assumer.

— J'admets qu'il me plaît.

Il serait malvenu de jouer les mythos à l'instant, après ce qui s'est passé la veille.

— Oh, putain ! crient-elles en chœur.

— Vous avez conscience qu'il est en couple, et que c'est un gros connard hétéro ?

— Rien d'insurmontable, alors ! s'enthousiasme Cally.

Ma main claque mon front, puis je ris.

CHAPITRE 6
LA SURPRISE DU SIÈCLE...
MERCI, MAIS J'AURAIS PU M'EN PASSER !

DORIAN

Assis à mon bureau, je feuillette le contrat qu'Alice vient de déposer. *King Kunta* de Kendrick Lamar pulse dans les enceintes. Rafik, mon bras droit, pianote sur son portable, tandis qu'Aurélien, le détecteur de talents de la maison de disques, s'enfile une gorgée de café en tapant du pied en rythme. Nadia, l'avocate qui a établi les conditions du contrat avec Unity Bonanza, devrait nous rejoindre dans quelques minutes. Il ne manquera bientôt plus que la signature du groupe, celle du père de Laurine, et la mienne pour faire péter le champagne.

— Comod'or te demande d'urgence, m'annonce Aurélien.

Je lève mes yeux sur lui.

— Pas question, putain.

— Tu devrais le recevoir, insiste-t-il.

— Je ne veux plus avoir affaire à lui. Sa dernière vidéo TikTok où il se fout à poil a achevé de me convaincre. Ce mec a pété les plombs.

— C'est un artiste, marmonne Rafik.

Je le fixe.

— Il a secoué sa queue au-dessus de la gueule de son pitbull. Ce type est un slameur correct, mais c'est un grand malade.

— Dans le genre, on avait que lui dans la maison. Et elle a fait du buzz, sa vidéo.

— Trouvez-moi quelqu'un d'autre pour le slam. C'est terminé avec Comod'or.

Et je ne reviendrai pas là-dessus. Il me reste un soupçon de conscience morale, tout de même ! Le type est allé trop loin. Sans parler du fait qu'il m'a filé des cauchemars. Durant un temps, j'ai passé des nuits à rêver que Laurine se transformait en molosse pour m'arracher la bite. À cette pensée, mon esprit s'envole étrangement vers la veille au soir, et à la queue de Milo dans la bouche de ma petite amie.

Il n'a pas tenu une minute avant de balancer la sauce sans prévenir, l'enfoiré ! Ma seule satisfaction est qu'il se soit tiré vite fait. Cette histoire de plan à trois s'est trouvée étouffée dans l'œuf, et ça me va bien.

Alice, mon assistante, entre dans le bureau aux côtés de Nadia. Cette dernière salue Aurélien, avant de se tourner vers Rafik, son frangin.

— Dis pas bonjour, lance-t-elle.

Rafik grogne. Parfois, il m'arrive de les observer et d'être content de n'avoir ni frère ni sœur. Cela fait longtemps, en revanche, que j'ai constaté que leur comportement était la marque d'une grande complicité. Tous deux sont ma famille de cœur, et j'aime les voir se chamailler.

Tout comme Tony, Cally et Norah, Nadia, Rafik, ainsi qu'Aurélien sont issus des quartiers populaires. Pas moi. Même si je suis un inconditionnel du rap, en particulier du style hip-hop et R'n'B old school, je n'avais pas les contacts quand j'ai décidé de créer ma maison de disques à partir de rien. Or ce n'est pas chez les bourges de Panam qu'on déniche les diamants bruts d'un genre musical subversif, marginal et très engagé.

J'ai rapidement pris conscience que je trouverais mon bonheur en banlieue. Très vite, et alors que je n'avais pas grandi dans les mêmes conditions que les amis que j'ai eu la chance d'y rencontrer, je me suis attaché à eux. Je les ai compris. Ma couleur de peau ne passait pas non plus inaperçue dans le 9e. Ce n'est le cas nulle part dans cette partie du monde, d'ailleurs. Peut-être est-ce cette différence que je chéris qui me rapproche de personnes telles que Rafik ou Nadia, à qui je confierais ma vie.

Eux et moi, ça a été une évidence qui s'est manifestée autour de la musique. Grâce à eux, j'ai pu aborder des types talentueux et sortir quelques disques qui ont bien tourné. Unity Bonanza est le plus connu d'entre eux. Les billets de concert se vendent comme des petits pains. C'est le jackpot. Je suis content d'avoir enfin déniché un groupe français capable de balancer du texte engagé, riche et d'utilité publique. Ils n'y vont certes pas avec le dos de la cuillère, mais on n'est pas là pour enfiler des perles.

C'est tout un art d'exprimer ses opinions en rimes, avec un débit de parole fulgurant, quoi qu'on en pense. Faut en avoir chié dans la vie pour composer des morceaux avec de vrais messages à faire passer. Pour chanter ce genre de musique, il est nécessaire de couver une rage que seul le rejet sait insuffler. Et ce sont ces artistes que je recherche. Mais je n'avais pas grandi dans les quartiers dits sensibles et n'en connaissais pas les codes. Mon petit cul métis a été élevé dans les rues rutilantes de la capitale.

Pour la petite histoire, ma première rencontre avec Aurélien a eu lieu dans une salle de spectacle, où des groupes de rap tentaient de percer. Il m'en a collé une, l'enfoiré. Je trouvais la musique cool, mais je me suis plaint du volume sonore et du peu d'alcool dans mon verre. Il m'a demandé si j'étais au courant que ce n'était pas évident de dénicher des endroits pour les jeunes, et m'a balancé que, si je n'étais pas content, je pouvais me barrer. C'est là que j'ai saisi que je devrais m'associer à des personnes comme lui, plus à même que moi de comprendre les revendications des artistes que je voulais produire. Car il faut être lucide : même si je n'ai pas été épargné par les remarques racistes de quelques connards, j'ai été un putain de privilégié comparé à mes amis assis devant moi.

— J'aimerais aussi qu'on approfondisse nos recherches pour trouver une meuf qui envoie du lourd, lance Rafik. Depuis que Diam's a quitté le monde du rap, c'est la dèche.

— J'approuve, réplique Nadia.

— Aurel, bonne chasse ! lancé-je, tandis qu'il se lève.

Il agite la main et sort du bureau. Rafik le suit. Nadia reste assise, les bras croisés sur sa poitrine.

— Alice ? lance-t-elle. Tu ne trouves pas Dorian de super bonne humeur, aujourd'hui ?

— Je l'ai effectivement noté, répond mon assistante.

Je souris et secoue la tête.

— Ooooh, toi, tu as rencontré quelqu'un ? Pauvre Laurine…

Mes lèvres se courbent en songeant aux seules nanas qui connaissent la taille exacte de mes boxers. Alice, car elle a eu l'occasion de plonger sa main dedans à plusieurs reprises. Nadia, parce qu'elle a eu la délicatesse de m'en acheter un la dernière fois que je l'ai oublié chez une de mes conquêtes.

— Je n'ai rencontré personne, clarifié-je. J'ai simplement passé une soirée intéressante en compagnie de Laurine.
— Intéressante ? s'amuse Alice, que je sens curieuse quand elle me tend le courrier.

Une élégante enveloppe beige attire mon attention au milieu de toutes les autres. Je m'en empare en déclarant :
— La plus étrange soirée de ma vie, souris-je en ouvrant la missive.
— Elle aura eu le mérite de te donner le *smile*, remarque Nadia qui décroise ses bras et se lève. J'espère que...
— Putain ! lâché-je, mes yeux effarés fixés sur le carton que j'ai entre les mains.

Alice s'incline sur mon épaule, y consulte les lignes manuscrites, puis se redresse subitement en plaquant sa paume sur sa bouche. Notre réaction intrigue Nadia, qui s'empare du courrier et lit à voix haute :

Vous êtes invités au mariage de Natacha Rimarbeau et d'Évariste Leroy, le sept juillet, à La Mongie, dans les Hautes-Pyrénées occitanes. Nous vous convions pour ce week-end exceptionnel à l'auberge 5 étoiles La douceur de vivre, au milieu des sapins.
Nous serons heureux de vous...

Elle s'interrompt et lève son visage livide vers moi.
— Ton père se remarie, dit-elle d'une voix blanche.
J'avais compris.
— C'est pas la cinquième fois ? demande Alice.

Nadia hoche la tête. J'ai envie de tirer une balle dans la mienne, mais pas en raison du nombre de mariages de mon daron. Plutôt à cause du nom de la femme imprimé sur l'invitation. Natacha Rimarbeau. Ma première épouse.
Mais quel enfoiré !

CHAPITRE 7
DANS LE RÔLE DU PÈRE DE L'ANNÉE, JE DEMANDE...

MILO

Sur ma tablette graphique, je pose la touche finale sur l'énorme queue de Bradley, mon personnage principal. Avec mon stylet, j'en suis à l'étape de la colorisation. Étape que j'affectionne, mais inutile à cet endroit. Lorsque ce chapitre sera publié sur *Slashtoon*, la bite de Bradley sera phosphorescente pour une bête question de censure. Mais rien n'interdit le liquide séminal[1], donc j'en fous des tonnes ! Cet épisode est chaud patate, et attendu depuis longtemps par mes fans. Ce n'est pas le moment de faire dans la mesure…

Il est environ seize heures quand la sonnerie de mon appartement m'arrache à mon ouvrage. J'imagine ouvrir à un livreur lorsque mon regard surpris rencontre celui de l'Hété-Roi. Les souvenirs de la veille me reviennent aussitôt à l'esprit. Je m'en tortillerais d'embarras, parce que je suis lucide.

---

1. *Rien n'interdit le liquide séminal* : une note pour remercier Blandine, aka l'autrice Cendre Elven, aka Mary Ann P. Mikael, pour cette conversation lunaire à Dienné, durant une soirée « mouches », qui m'a tellement inspirée. Un de mes best moment ever !

Ce qu'il s'est passé hier soir, c'est ce mec qui l'a déclenché, pas Laurine. Je me morigène à cette putain de pensée ! Son éclat de rire finit de m'achever, puis il me tape sur l'épaule.

— Allons, allons, rassure-toi, je ne suis pas là pour te juger, ricane-t-il en entrant sans y être invité.

Sous le choc et la gêne, je ne parviens pas à protester.

— Laurine est une créature magnifique, très douée avec sa bouche et sacrément bandante, ajoute-t-il, avant de se retourner, un fichu rictus aux lèvres. Moi aussi, j'ai parfois...

Il se tait, puis ricane.

— Humpf, non. En fait, ça ne m'est jamais arrivé si vite, raille-t-il.

— Qu'est-ce que tu fous là ?

Il défait le bouton de sa veste de costume avant de l'ôter puis de la poser sur l'assise de mon fauteuil de *gaming*. Un sourire effleure sa bouche jusqu'à ce que ses yeux se portent sous la fenêtre, puis plus bas sur ma tablette graphique. À la durée de son inspection, je me demande s'il n'est pas fasciné par la bite de Bradley.

— Je vois que ton prochain épisode sera dans les temps, observe-t-il.

— J'ai la réputation d'être en retard sur tout, sauf dans mon job. C'est quoi ? Une visite de contrôle de la part d'un des plus gros investisseurs de *Slashtoon* ?

Un soupir amusé lui échappe.

— Pas du tout.

Il se déplace légèrement, puis croise les mains dans son dos en haussant le menton.

— Milo, je suis venu te demander un service.

— Un service ?

Il inspire et se relâche.

— Plus tôt, j'ai reçu une nouvelle qui m'a... chamboulé,

c'est le moins qu'on puisse dire. J'aimerais jouer un tour à la personne qui me l'a adressée, et j'ai besoin de toi.

— Oh, lâché-je, pas plus renseigné.

Il fait quelques pas dans la pièce.

— Mon père se remarie, m'annonce-t-il.

— Et en quoi ça me concerne ?

— J'y viens, mais t'as pas un truc à boire, avant ?

— Du Martini.

— Autre chose ?

— Non.

Il m'envoie un regard perplexe et abandonne l'idée. *Il la chie sa pendule ou bien ?*

— Donc ton père se marie, reprends-je.

— Avec ma première ex-femme.

Ah ouais...

— Charmant papa ! lâché-je.

— Quand tu le connaîtras, tu verras à quel point il peut l'être.

— Pourquoi je devrais connaître ton daron ?

— Parce que tu vas m'accompagner à ce mariage.

— Hein ?

Les bras m'en tombent. *C'est quoi, ce bordel ?*

— Mon père et moi entretenons une relation complexe, mais il a dépassé les bornes, cette fois, explique Leroy.

— OK, ça, je peux comprendre. Mais on peut revenir au moment où tu disais que je devais venir avec toi pour assister à une cérémonie dont je n'ai rien à secouer, steuplé ?

Leroy ne se démonte pas. Au contraire, sa langue passe sur ses lèvres aussi lentement que celle du duc sur une petite cuillère dans *La chronique des Bridgerton*. Ma cervelle tourne à plein régime quand ce geste me ramène à la veille et à ma fâcheuse… spontanéité. Mais c'est la faute de Hastings, pas la mienne ! Maintenant que j'y prête véritablement attention, il est carrément hot, c'était cuit d'avance !

Refoulant l'envie de me tortiller comme une adolescente qui vit son premier *crush* en colo, je me détourne vers le coin cuisine. L'idée de faire un café est tentante. J'aurais d'ailleurs pu y penser avant. Pas que j'aie besoin d'être plus excité, mais je n'aime pas spécialement rester au milieu de mon salon à ne rien faire, ma queue aussi rigide que le plan de travail sur laquelle la cafetière trône fièrement.

— T'en veux un ? lancé-je en m'exécutant.
— Volontiers.

Je fixe ladite cafetière pour m'occuper l'esprit et ne pas penser à lui en train de baiser, avec son sourire *ultra bright*. *Keep focus, Milo.*

— Sucre ?
— Du lait, soupire-t-il.
— Petite cuillère ?

Parle pas de petite cuillère au duc, bordel !

— C'est mieux pour touiller.

Je me retourne, avec une expression neutre, et tends le tout à l'Hété-Roi. Il s'en saisit en prenant tout son temps. Mon pied commence à tapoter le sol, ce qui n'est jamais bon signe. Je déteste m'emmerder en compagnie d'autrui. Si je me fais chier, pourquoi devrais-je perdre des secondes de vie pour satisfaire les autres ? Je m'apprête à relancer le maître du suspense quand il déclare :

— Je souhaite que nous nous rendions à ce mariage en tant que couple.

Silence.

Perplexe, je le dévisage. Je pense avoir mal entendu.

— Pardon, mais tu peux répéter ?

— T'as très bien compris. Ça me coûte, alors ne le fais pas exprès, Milo.

— Euh... attends, ça te coûte ?

Il fait un pas et plante son regard sévère dans le mien. Déstabilisé, je m'envoie une gorgée de café d'une main fébrile. *Il est tellement canon...*

— Je t'explique le topo, poursuit-il sans se démonter. Mon père va se marier avec ma première femme. Que doit faire un homme normalement constitué à un type capable de commettre un tel acte, dis-moi ?

— Tu veux dire qu'il l'épouse uniquement pour t'emmerder ? Wow, extrême, le daron !

— Non, lâche-t-il. Il affirme en être amoureux depuis une soirée de bienfaisance où ils se sont revus, il y a quelques mois, d'après ce que j'en sais.

— Ça a l'air d'être la grosse ambiance entre vous.

— Je confirme. Et c'est justement pour cette raison que mon géniteur est certain que je ne me pointerai pas à son putain de mariage. Mais je vais y aller et, *bordel*, il va le sentir passer !

Une lueur démoniaque éclaire son regard à cette perspective. Il est flippant !

— Attends ? dis-je. Si j'ai bien compris, tu veux faire capoter son mariage en simulant ton *coming out* ? Mais t'es vraiment un enfoiré !

— Tu penses qu'il ne le mérite pas ?

— Évidemment qu'il le mérite ! Mais c'est quoi, ton projet, au juste ? Dire que t'es gay va lui coller la honte auprès de ses invités, c'est ça ? Va te faire foutre !

— Tu délires ! Ça n'a rien à voir ! Même si les mecs me tentent pas, j'ai rien contre les homos, alors tu te calmes ! Putain, pas plus tard qu'hier je partageais un pieu avec toi, il ne me semble pas avoir eu l'air écœuré par la situation, d'autant que je sais pertinemment que t'es à voile et à vapeur !

— Encore heureux !

— Encore heureux ? répète-t-il, un ton plus fort. T'as giclé dans la bouche de ma meuf !

C'est vrai que…

— Je veux faire chier mon père, point à la ligne, affirme-t-il. Je pourrais y aller avec Laurine, mais en quoi ça emmerderait mon daron ? Je veux que son mariage devienne le centre d'intérêt numéro 2 du week-end. Je veux que sa seule préoccupation soit celle de contenir son fils fou amoureux d'un autre mec. Que ses copains homophobes et sa clique de bourges en fassent leurs gorges chaudes pendant des siècles. Tu comprends le projet, maintenant ?

Je ne suis toujours pas convaincu, sinon j'aurais balancé une vanne sur les gorges chaudes. Pas là.

— Tu veux te venger, soupiré-je.

— Et tu vas m'y aider.

— Non, j'crois pas.

— Oh que si.

— Non.

— Si.

— Non.

— Tu fais chier, Milo.

— Toujours pas.

Il souffle. Je le fatigue. Ce mec n'est pas prêt. J'pourrais faire ça toute ma vie. Norah et Cally ont abdiqué depuis longtemps, mais pas Tony.

— Tu vas m'y aider, tonne soudain l'Hété-Roi, parce que tu me le dois, espèce de salopard !

— Il n'est pas question que je participe à ta vengeance puérile contre ton père. Trouve-toi un autre gay, connard !

La rime le surprend, sans plus.

— Puérile, tu dis ? lance-t-il, sidéré. T'as couché avec ma copine sous mes yeux, parce j'ai révélé ton boulot à tes amies. Le truc que personne ne cache, en fait !

— Je...

— Je te rappelle à nouveau que tu t'es permis d'éjaculer dans la bouche de Laurine sans lui demander si t'en avais le droit !

— J'ai pas eu le temps ! me défendis-je.

— À côté d'un mariage, tu trouves ton motif de vengeance supérieur au mien ?

— Pas vraiment, mais... et Laurine, justement ? Ça ne va pas lui poser de problème ?

— Pourquoi ça serait un souci pour elle ? Ce sera du *fake* ! Je ne vois donc aucune raison de lui en parler. Elle serait capable de débarquer et de tout foutre en l'air, lâche-t-il, avant de me pointer de l'index. Tu vas accepter, Milo. Je vais sortir d'ici et rentrer chez moi. Quand je poserai mon cul sur le canapé, je consulterai mes textos. Il y en aura un de toi qui dira « *OK pour le mariage* ». Je compte sur toi.

Il exprime ces derniers mots en me tapotant la joue, comme une mère avec son môme. Je me saisis de son bras pour qu'il cesse. Je le relâche aussitôt, car ce simple contact me brûle la main. *Merde...*

Un sourire effleure ses lèvres. Il recule d'un pas nonchalant et se dirige vers la sortie.

— Je devrais être chez moi d'ici vingt minutes. J'attends ton message, chéri !

Il m'adresse un clin d'œil désinvolte, dont il ne soupçonne pas un instant l'effet dévastateur sur ma personne, puis se tire en claquant la porte. *En. Foi. Ré.*

Cinq minutes défilent, tandis que je me rejoue le match.

Bon sang, qu'est-ce qui vient de se passer ? L'heure est grave. Je dois consulter l'équipe. Alors, je clique sur mon application WhatsApp et lance une visio sur le groupe de *La Team qui déchiiiiiiire*.

Norah décroche en premier.

— Oh, salut, toi !

— T'as pas de vie pour décrocher aussi vite ?

— Haaaaan, tu balances les hostilités, direct ! réplique-t-elle, faisant mine d'être outrée. Que se passe-t-il ? Simon est revenu à la raison et vous partez aux Bahamas ?

— Hein ? Non.

Cally décroche à son tour.

— Saluuuuuut !

La tronche de Tony s'affiche. Derrière elle, je reconnais le décor du Bloody Black Pearl. Boob's, la barmaid aussi prénommée Katia, apparaît à l'écran.

— Salut Minou, t'es passé où ?

— Pousse-toi, tu prends toute la place avec tes obus, Boob's ! lâche Tony.

Boob's soupire. Mais ce n'est pas pour rien qu'on l'appelle ainsi. C'est ce qui arrive quand on se pointe du jour au lendemain avec quatre tailles de bonnet en plus. Ça se remarque un peu.

— Bon, lancé-je solennel, pour capter l'attention. Il vient de se passer un truc dingue et je dois touuuuuuuut vous raconter. J'ai besoin de votre avis, et je n'ai pas plus de quinze minutes pour l'obtenir.

— Il va se passer quoi, sinon ? Tu vas exploser ?

Je réfléchis.

— À vrai dire, rien, mais l'affaire est sérieuse.

Après leur avoir narré les faits, les filles affichent toutes leur plus grand *smile*.

— Oh, putain, c'est l'occase, Milo ! s'enflamme Cally.
— Comment ça ?
— Il va basculer, c'est clair, commente Tony.
— Cinquante balles que vous couchez ensemble avant la fin du week-end, annonce Norah.
— Je suis, affirme Tony.
— Pareil, achève Cally.
— Bande de traîtresses ! Cinquante balles, c'est toute la confiance que vous m'accordez ?
— Il est quand même sacrément hétéro, Milo.
Très juste.
— Vous savez que des amies normales diraient que c'est vraiment une idée à la con.
— Comme si t'avais pas envie d'y aller.
— Il veut se servir de moi ! rappelé-je.
— C'est trop cool, frétille Norah.

Tony secoue la tête et approche de son écran. À ce stade, je peux compter ses poils de nez.

— Sa nana t'a pompé sous ses yeux, balance-t-elle, cash. T'as pas le choix. C'est toi qui as joué au con, à la base. Désolée d'être franche, frérot, mais t'en dois une au duc de Hastings.

Elle m'énerve quand elle a raison.

CHAPITRE 8
LE CULOT, C'EST INNÉ. TU L'AS OU TU L'AS PAS. LUI, IL L'A...

DORIAN

J'entre chez moi et balance mes clés sur la console.

— Alexa, lumière.

Mon appartement s'éclaire comme par magie. J'ôte mes effets et me rends dans ma chambre. Après une douche expéditive, je regarde ma montre. Trente-cinq minutes que j'ai quitté Milo. Je m'installe sur le canapé et consulte mon portable. *Rien.*

Ma main se crispe sur le smartphone. Le visage de Natacha me vient à l'esprit. Je pensais l'aimer quand je l'ai épousée. Nous étions bien assortis et avions de nombreux goûts en commun, excepté la musique. Ce que je tolérais encore à cette époque. Notre mariage n'a duré que quelques mois. Je n'ai pas versé une larme ni eu de pincements au cœur. Le sentiment qui prédominait sur tous les autres était le soulagement. Ce n'est pas pour autant que j'ai retenu la leçon, puisque j'ai rechuté un an plus tard. Mais cette fois, on ne m'y reprendra plus ! À cette pensée, la tronche de mon père aux côtés de Natacha s'imprime sous mes yeux. Oh, putain, pas question !

Je clique sur le bouton d'appel. Milo décroche à la seconde sonnerie. *Bien.*

— T'es en retard, lâché-je.

— Ce n'est pas un scoop. Il va falloir t'y habituer si tu veux devenir mon petit ami.

— Ce sera du *fake*, Milo, t'emballe pas. Alors, c'est oui ?

— Hum... non.

Je soupire. Ce type va me rendre dingue. Il ajoute :

— Je regrette sincèrement cet incident avec Laurine, mais je ne vois pas pourquoi ça me pousserait à passer le week-end avec des inconnus, à faire croire que je suis ton mec. Ta nana et toi étiez tous deux consentants pour le plan à trois. Je ne te dois rien, Leroy.

Très bien. Il la joue comme ça...

— Je suis pas du genre à supplier, lancé-je, et je pense que tu l'as compris. Mais rien ne m'interdit de contacter les dirigeants de *Slashtoon* pour leur demander de multiplier les événements autour de ton *webtoon*. Ils n'arrêtent pas d'en parler, d'autant qu'ils comptent céder les droits de ta dernière histoire pour la publication papier sur le marché asiatique. Ça va être énorme. Je suis persuadé qu'ils seraient heureux que tu te prêtes enfin au jeu de la promotion de tes œuvres.

— Tu vas pas faire ça ?!

— Ils se plaignent que tu rechignes à faire ta pub. Tu ne t'es même pas pointé à la dernière soirée en ton honneur. J'ai le pouvoir de les convaincre de modifier les termes de ton prochain contrat, afin de te forcer à t'y rendre. Ce serait tout bénef pour eux et pour les investisseurs tels que moi. Ce ne sera pas difficile d'ajouter cette clause de présence à tes obligations d'auteur.

— Je ne signerai pas un contrat pareil.

— Et tu devras changer de plateforme d'édition, comme c'est pénible…

Un silence. J'ai dans l'idée que Milo m'insulte de tous les noms dans son esprit, mais je n'en ai rien à carrer. Rien ne pourra me faire dévier de mon putain d'objectif.

— T'es un véritable enfoiré, lâche enfin Milo.

— Je le prends comme un compliment.

Il soupire au bout du fil.

Une seconde.

Deux.

Trois.

Il souffle :

— D'accord.

Eh bien, voilà !

* * *

— T'ES certain de ce que tu fais, déclare Rafik, tandis que je boucle ma valise.

J'inspire et me redresse.

— Plus que jamais, putain.

Ça fait maintenant trois semaines que je couve ma rage envers mon père et Natacha, alors rien ne m'arrêtera, j'en fais le serment !

— Et où dois-tu rejoindre ton petit ami ?

— Je le retrouve directement à la gare de Lourdes. Je n'allais tout de même pas faire le trajet avec ce mec.

— Mais tu vas faire semblant d'être en couple avec lui auprès de ton daron et de tout un parterre d'invités, remarque Rafik.

— Exactement !

Je remonte le zip de mon sac et m'en empare. Mon regard se fixe sur mon meilleur pote.

— J'suis prêt.

— J'pense pas, dit-il.

— Comment ça ?

— Ton père ne va jamais te croire.

— Bien sûr que si. Tu dis ça, car tu ignores qui est vraiment Milo. Ce type est un mytho exceptionnel, doublé d'un gamin dans un corps d'homme. Ça va l'amuser, tu verras. Puis je lui fais du chantage en plus. Il sera parfait dans son rôle.

— Mais... t'as réfléchi à la logistique, tout ça ? Je veux dire... tu vas peut-être devoir... enfin... la proximité, ça peut...

— Je ne vais pas baiser avec lui ! protesté-je, effaré.

Il éclate de rire.

— C'est pas ce que je veux dire ! Je sais que tu ne vas pas coucher avec lui. Mais si ton père te pousse dans tes retranchements, faudra peut-être que tu ailles plus loin que de tout simplement annoncer « *Ho hé, je suis en couple avec un mec !* ». T'as niqué plus de meufs que Casanova, Dorian. Personne ne va te croire !

— Pas faux...

Je rumine les paroles de Rafik et me mords la lèvre inférieure. Mes souvenirs me ramènent au mois dernier, alors que Milo se trouvait dans cette même chambre, avec Laurine et moi. Mes yeux avaient rapidement détaillé sa silhouette. Un peu plus petit que moi, yeux noisette très clair, blondinet portant des lunettes à monture tendance en permanence, il est plutôt beau mec dans son genre. Je ne l'ai pas examiné en détail, mais son torse est sec et musclé. Comme faux petit ami, j'aurais pu tomber plus mal, franchement. Mon regard se

plante dans celui de Rafik, alors que la tronche de mon daron s'invite de nouveau dans mon esprit.
— Rien à foutre. Je suis prêt à tout.

* * *

Mes doigts tapotent le volant. Je soupire. Le train de Milo a quarante minutes de retard. Ça fait huit heures que je suis enfermé dans cette caisse, alors j'aimerais qu'il se pointe vite fait. Je balance *Still Dre,* des mythiques Dr. Dre et Snoop Dog, dans les enceintes, puis remue la tête en rythme, mes yeux fixés sur la cime des montagnes pyrénéennes.

Je remarque une soudaine agitation devant la gare et baisse le volume. Au loin, j'aperçois Milo qui se dirige lentement vers moi. Il porte une veste épaisse sur un t-shirt sombre et un jean clair. À son bras pend un grand sac qu'il pose au sol, le temps de s'allumer une clope. Le type a quarante minutes de retard et grille sa tige tranquille. *L'enfoiré !*

Je m'extirpe de ma Lotus et le fusille des yeux.
— Je t'attends ! lâché-je.
Son regard s'éclaire un peu en m'apercevant. Il plante sa cigarette dans sa bouche et approche avec son sac, qu'il place dans le coffre. Puis il me rejoint, la clope au bec.
— Mais tu fais quoi ? m'insurgé-je.
— Tu as dit que tu m'attendais, alors je me presse.
— Mais tu fumes pas dans ma caisse !
Il tourne la tête, inspire tranquillement la fumée et me la souffle à la gueule.
— T'as conscience du prix des clopes, aujourd'hui ? dit-il, au calme. J'écrase pas la mienne, point. J'suis tellement une pince que je les crame même toutes jusqu'au mégot.

Ce type a joui dans la bouche de *ma* copine et fume dans *ma* voiture. C'est l'Antéchrist ou quoi ?

— Si tu voulais pas « attendre », ajoute-t-il, tu aurais dû m'accompagner jusqu'ici, espèce de connard.

En effet. Difficile de contester, alors je me rencogne dans mon siège et ouvre la vitre au max. Après avoir démarré, je sens le sourire goguenard de Milo. Le week-end va être long…

CHAPITRE 9
ON NE DEVIENT PAS CHAMPION DES EMMERDEURS EN ENFILANT DES PERLES

MILO

Après de longues minutes à sinuer sur les routes montagneuses et à admirer un paysage à couper le souffle, nous rejoignons l'hôtel 5 étoiles, *La douceur de vivre*.

Leroy n'a pas pipé mot du trajet, et je n'allais pas faire la conversation, puisque mon esprit ne cesse de me souffler : qu'est-ce que tu fous là ?

Puis je me rappelle pourquoi j'ai accepté cette mission de merde. L'Hété-Roi a tous les moyens de faire de mon existence un enfer, s'il le veut vraiment. L'enfoiré est allé jusqu'à me faire du chantage ! Alors, OK pour ces deux jours, mais une fois rentré, qu'on se le dise : ma vengeance sera terrible, froide, réfléchie, et à la hauteur de ce qu'il mérite.

Bon… J'admets que je n'étais pas contre un petit week-end à la montagne. Ce n'est pas comme si j'étais *full* dans mon agenda !

Leroy enfile sa veste de costume qu'il a suspendue sur un cintre à l'arrière de sa Lotus. Une fois qu'il l'a boutonnée, il confie la voiture et nos bagages au personnel de l'hôtel. C'est une charmante bâtisse à trois étages, style chalet. J'adore !

Nous traversons l'entrée et pénétrons dans un vaste espace dont le sol est recouvert d'un parquet en bois sombre. Un large comptoir s'étire sur tout un mur. Des fauteuils sont disposés sous un lustre majestueux, situé non loin de flammes crépitant au cœur d'un âtre imposant, lui-même placé face à trois canapés Chesterfield. L'ambiance n'est pas pour me déplaire.

— Monsieur Leroy, comme je suis heureuse de vous revoir, lance la réceptionniste.

— Moi aussi, Bernadette.

Bernadette ? Mais la fille a quoi ? Trente ans ? *Duuuur...* Je tends la main. La sienne se lève dans l'intention de la saisir.

— Enchantée de vous rencontrer, Bernie. Je suis Milo, le compagnon de monsieur Leroy.

Son sourire se fige au moment où mes doigts s'emparent de ceux de ce dernier. C'est alors que les yeux de Bernadette s'arrondissent, que son bras reste suspendu dans les airs, puis que son regard s'oriente sur l'Hété-Roi.

— Qu... Quoi ?

Leroy crispe les mâchoires, sa posture dénotant un certain embarras. Puis je comprends... Il a couché avec Bernadette, qui ne s'en remet pas. *Sérieusement ?*

Il se racle la gorge.

— Euh... Oui, je...

— Oh, mais... il n'y a pas de problème, bafouille-t-elle. Je suis juste un peu surprise, désolée.

— Ne le soyez pas, Bernie, déclaré-je en me rapprochant de Leroy, qui se tend davantage.

Face à cette réaction, je ne résiste pas à dérouler mon bras et à le placer sur ses épaules. Je le sens tressaillir, et cela me contente tellement...

— Il est vrai que Dorian préfère les femmes, d'habitude, mais je suis canon. On ne peut pas être certain de sa sexualité tant que l'on n'a pas goûté au divin, n'est-ce pas ? Comme vous pouvez le constater, je suis capable de provoquer des miracles, terminé-je en la gratifiant d'un clin d'œil.

— Il... Il faut croire, marmonne Bernadette, déstabilisée, en nous tendant deux cartes magnétiques. C'est la chambre 407.

Leroy s'en saisit d'une main crispée, avant de se tirer vers les ascenseurs. Les portes coulissent devant nous. Dans la cabine, je devine l'irritation grandir en lui. Un rictus effleure mes lèvres.

Mais, mec, t'as absolument pas conscience du spécimen que t'as invité ? Tu m'as fait du chantage pour me forcer à venir ici, avec les manières d'un enfoiré fini. Tu vas tellement manger ce week-end que tu me supplieras de t'achever.

Dans mon esprit, je me la pète avec des paroles grandiloquentes, mais l'angoisse m'envahit. *Il est petit, cet ascenseur, bordel !* De la sueur commence à recouvrir mon front. Leroy, qui n'a rien remarqué, soupire en fixant la carte de la chambre, puis s'extirpe de la cabine sans un mot. Je lui emboîte le pas, soulagé de quitter cet espace clos.

Un long couloir s'étire devant nous. L'Hété-Roi se dirige vers la 407. À l'intérieur, j'aperçois les valises placées dans le salon. J'y pénètre, mais la luminosité me brûle aussitôt les rétines. Lorsque ma vision s'habitue enfin à la clarté, mon regard se porte sur la vue magnifique qui se déploie derrière une large baie vitrée. J'en reste un instant subjugué, puis me dirige vers l'énorme balcon. Un brasero, cerné par deux grands fauteuils, donne une touche pittoresque à cet espace mis en valeur par les végétaux qui remontent la rambarde et en ornent les angles. Un jacuzzi en occupe la partie droite.

— C'est pas mal, lance le duc.

Pff... En réalité, c'est somptueux. Ce n'est pas la première fois que j'évolue dans ce genre de décor, mais je n'en ai pas l'habitude. Pour autant, j'aime toujours prendre le temps d'admirer les belles choses. Plus tôt, je trouvais le nom de l'hôtel ridicule. À présent, je rêve de profiter de la « douceur de vivre » dans cet endroit. Présence de ce mec ou pas. D'ailleurs, je l'ignore en retournant à l'intérieur et visite le reste de la suite.

Papa Leroy n'a pas lésiné sur les moyens. La chambre, à la décoration élégante, est pourvue d'un lit *queen size* agrémenté de draps chics. Une baignoire en îlot trône au milieu de la salle de bain attenante, au sol de marbre et à la robinetterie dorée. Une large cabine de douche habille tout un angle.

Je retourne au salon, satisfait. Dorian me fixe et tend un index vers le canapé.

— Tu dors là.

— Pas question.

— On ne va pas partager le même lit, Milo. C'est déjà arrivé une fois, et t'as vu comment ça s'est terminé, hein ?

Il ricane. Pas moi.

— Je prends le matelas douillet. Tu pionces sur le canapé. C'est ça, ou je m'arrache, affirmé-je.

Il me consulte, tentant sans doute de détecter une faille dans ma résolution. *Mon coco, t'en trouveras aucune.* Se rendant finalement à l'évidence, ou déjà las de lutter, il abdique.

— Très bien.

1 – 0

Nous nous installons sans échanger d'autres mots. Une

fois la tâche terminée, je m'affale sur l'un des fauteuils du balcon et scrolle sur mon portable. Au bout de deux heures de bain de soleil, à regarder des vidéos de chats sur les réseaux, j'entends la baie vitrée s'ouvrir.

— Tu fais quoi ? demande Leroy.

Je ne réponds pas. On sait tous les deux qu'il se pointe ici uniquement parce qu'il s'emmerde. Pas le temps pour ces conneries.

— T'es sérieux ? s'agace-t-il. Tu ne vas pas me parler du week-end ? Tout ça parce que je t'ai un peu forcé la main.

Mon regard se lève lentement, s'arrime à celui de Leroy, puis se repose sur le niveau 4 267 de *Candy Crush*. Du coin de l'œil, je constate qu'il serre les poings. J'ai trop envie d'exploser de rire, mais je reste calme. *Tout doux, Milo, c'est que le début.*

— Il faut qu'on y aille. Il y a le dîner de répétition, ce soir.

— Le dîner de répétition ? Il s'est cru à New York, ton daron ?

— C'est pour impressionner la galerie.

— Je vois…

Dorian se redresse et se cale devant moi.

— Il est l'heure d'aller t'habiller. Fais-toi canon. Mon père n'y croira pas, sinon.

Je tique à ces paroles, éteins mon application et me lève. Je note alors des rougeurs sur les joues de Leroy, avant qu'il ne se détourne vers la baie vitrée. Un rictus fleurit sur ma bouche.

C'est moi ou l'Hété-Roi vient d'avouer que je suis ou peux être potentiellement canon ? Parce qu'il ne me demanderait pas de me « faire » canon, si je ne l'étais pas, n'est-ce pas ? Oh, oh, information croustillante !

Plus motivé, je file illico dans la chambre et défais ma

valise. Un petit coup de fer à repasser sur ma chemise est nécessaire. Je m'y emploie, tandis que j'entends l'eau de la douche couler. Leroy en sort quelques minutes plus tard, la taille ceinte d'une serviette. Ma main supportant le fer se fige au-dessus du tissu, alors que mes yeux remontent lentement ses courbes. J'avale ma salive en avisant une goutte perler sur sa peau humide. Cette peau qui contraste divinement avec la blancheur du drap de bain, et qu'il me prend soudain l'envie de lécher. J'ai soif, d'un coup.

— Oh ! Tu fais quoi, là ? cingle-t-il.

Je me ressaisis immédiatement et m'attelle à ce putain de repassage.

— Rien. J'attendais que tu sortes, réponds-je en suspendant le vêtement à un cintre.

— Tu me matais ?

— Pas du tout.

Je mens comme un arracheur de dents. La vérité, c'est que je le matais grave et que je couve une gaule de dingue ! Le revoir ainsi dévêtu me rappelle le moment où j'ai... lâché prise, lors du plan à trois. *Fait chier !*

Je file dans la salle de bain, sous le regard perplexe de Leroy. Il reste dans le déni. Tant mieux.

Sous la douche, je me masturbe. Bien obligé. Mais un problème se pose rapidement. Depuis un an, je n'ai pas pratiqué la branlette sans penser à Simon. Alors que je m'active présentement, je n'arrive pas à m'exciter en invoquant des images de lui à poil. De nous. De nos ébats. De nos soupirs. *Qu'est-ce qui se passe, bordel ?*

Tout devient clair quand la tronche du duc s'invite dans mon esprit. Je la refoule. La repousse. La maudis ! Mais putain, jamais ma main n'a coulissé aussi vite sur ma queue, alors que cet enfoiré me vient en tête ! Je jouis en moins d'une minute, puis retrouve mon souffle en contemplant le fruit de mon œuvre s'échapper dans le siphon.

Deux vérités m'éclatent au visage :

1. Je suis en train de tourner la page « Simon ». Ce qui, en soit, est positif.
2. J'ai *vraiment* envie de me faire l'Hété-Roi. Voilà... Voilà...

Mes pensées s'agitent encore un peu, avant que je me résolve à sortir de la pièce embuée. J'y suis bien obligé. Personne dans la chambre. Leroy doit être au salon, et j'en suis soulagé. Je me vêts donc calmement de mon costume bleu nuit. Devant la glace, j'ordonne méticuleusement mes mèches, puis enfile mes lunettes, que je porte pour le *style*. Je checke le tout et décide que c'est OK. Lorsque je rejoins Dorian, ce dernier me détaille avec minutie.

— C'est pas mal.

— Je suis assez canon pour toi ? ironisé-je.

Il s'agite et se lève.

— Dis pas n'importe quoi et te fais pas d'idées. C'est pas parce que je penche pour les femmes que je suis incapable d'admettre quand un mec est beau gosse. Alors, ne frétille pas, car j'ai suggéré que tu l'es. T'es un vrai gamin, franchement.

Mon sourire s'étire sur mes joues.

— Tu ne sais pas encore à quel point.

— Après le plan à trois ? Je crois que si, au contraire. Je suis même sûr que tu prévois de te venger à nouveau, parce que j'ai insisté pour que tu viennes.

— Insister ? Tu penses que c'est le mot juste ?

— Encourager avec vigueur, corrige-t-il, sans complexes.

Mais je suis bon prince, alors je t'offrirai toutes les occasions de m'en faire voir, quand mes objectifs seront remplis. Je t'en fais la promesse. Mais, s'il te plaît, tant que nous sommes ici, joue ton rôle sans me faire chier.

Il me fixe avec intensité. Je crois qu'il a tellement les boules contre son père qu'il est capable de tout. Mais moi, en quoi suis-je concerné ?

Je soupire et hausse les épaules.

— D'accord, lâché-je, mais va pas te plaindre quand il faudra joindre le geste à la parole. Parce que si j'y vais à fond, t'es pas prêt.

— Comment ça ?

— Eh bien, il y a de fortes chances qu'il y ait des contacts entre nous, tu y as pensé ?

— On n'aura pas besoin d'en arriver là.

— Ah bon ?

Il acquiesce.

— Dis-moi, Leroy, comment te comportes-tu en couple en temps normal ?

Ma question fait mouche. Il est très tactile. Durant nos soirées entre amis, il a toujours une main posée sur le dos de Laurine, ou sur sa cuisse. Même s'il n'est pas du genre à se laisser emporter par la passion, il lui souffle parfois des mots à l'oreille ou l'embrasse à la volée. Son père ne tardera pas à saisir que son histoire sent le *fake* s'il se comporte autrement. Je prends conscience que Dorian se fait la réflexion à l'instant.

— Attends ? T'y as pas pensé ? comprends-je.

— Je me disais qu'on pourrait s'en tenir à des regards, je ne sais pas... Je...

Il pince les lèvres, puis déclare :

— Tu as raison. Mon père va capter la supercherie. Ça fait

longtemps qu'il ne m'a pas vu, mais il ne croira pas que j'ai changé à ce point, si je ne me montre pas... attiré par toi.

Mon cœur bat plus vite à ces paroles. Pas étonnant, vu qu'après tout, je me branlais en pensant à lui pas plus tard qu'il y a dix minutes.

Mon souffle se coupe au moment où Leroy fait un pas en avant. Son torse se colle mien. Sa tête s'incline un peu. Sa bouche n'est qu'à quelques centimètres de la mienne. Pour la première fois, je sens son odeur et elle m'enivre aussitôt. *Merde...* Je gonfle dans mon fute, ce qu'il ne manque pas de remarquer. Un rictus étire ses lèvres tentatrices. Je ne respire plus.

— Je te fais bander, putain, lance-t-il avec un sourire qui m'achève.

— J'suis un homme qui aime se taper des hommes, lâché-je d'une voix rauque, alors faut pas trop m'en demander. Écarte-toi.

Au lieu de s'exécuter, il s'amuse de la situation et s'incline sur mon épaule.

— N'est-ce pas toi qui m'as suggéré à l'instant de me montrer plus... tactile ? chuchote-t-il à mon oreille.

J'inspire difficilement. Son timbre aggrave mon état.

— Si, admets-je.

Son visage recule lentement, me contourne et se fige quand ses yeux s'alignent au mien. Ses lèvres s'incurvent, il me tapote la joue, puis il dit :

— Alors que le spectacle commence, baby !

CHAPITRE 10
SILENCE... ACTION !

MILO

Je prends les escaliers, ce qui irrite l'Hété-Roi. Cependant, j'ai besoin d'une minute pour souffler, et je préfère éviter l'ascenseur. Je suis prêt à braver mes angoisses, uniquement quand il s'agit de monter les étages. Ouais, j'ai la flemme, mais les descendre, ça va ! À l'allure d'une gazelle, je dévale ceux de l'hôtel.

Leroy m'a désarçonné, mais ce petit moment seul et énergique me permet de remettre de l'ordre dans mon esprit et dans mon froc. Je le rejoins au rez-de-chaussée. Je constate qu'il est nerveux.

— Prêt ? lance-t-il.

J'acquiesce, et nous prenons la direction du restaurant de l'hôtel, où règne l'agitation. Des rires éclatent et percutent mes oreilles. Le seuil de la salle est encadré par des rideaux en brocart. J'y découvre un parterre d'invités sur leur trente-et-un.

Un air de Mozart s'élève dans le resto de montagne à la déco super chicos. Leroy est à ma gauche, alors que nous patientons près de l'hôtesse.

— Détends-toi, chuchoté-je.

— J'essaie, grince-t-il entre ses dents.

Une jeune femme s'approche, munie d'une liste d'invités. Son regard erre sur Dorian et moi. Ses lèvres se plissent en un sourire charmant.

— Bienvenue. Je suis Samantha, l'organisatrice. Puis-je connaître vos noms, messieurs ?

J'enfile mon masque de Venise. *Show must go on !*

— Mon compagnon est le fils du futur marié. Je suis Milo, son + 1.

— Oh, toutes mes excuses, monsieur Leroy, lui dit-elle, rougissante. Nous n'avons pas reçu votre réponse à l'invitation, alors votre père était certain que vous ne viendriez pas. Je l'ai tout de même convaincu de réserver vos places à table, par précaution. Ainsi que votre chambre, comme vous l'aurez remarqué, au cas où vous vous décideriez.

Un silence passe durant lequel Samantha nous détaille plus attentivement. J'imagine qu'elle se pose des questions.

— Merci de vous être donné cette peine, déclare Leroy.

— C'est tout à fait normal. Une *wedding planner* fait face à de nombreux imprévus, j'ai l'habitude. Suivez-moi, je vais vous accompagner jusqu'à votre père.

Leroy se crispe, avant de jeter ses yeux sur moi. À son attitude, je saisis que l'instant est solennel. C'est maintenant qu'il prend pleinement conscience qu'il est l'heure d'entrer en scène. Plus de retour en arrière possible. Je sens qu'il est fébrile. Samantha, qui a compris que nous avions besoin d'une minute, s'écarte. Je m'incline sur l'épaule du duc et souffle :

— Ton père baise avec ta première femme et va lui passer la bague au doigt. Alors, écoute-moi bien, Leroy, à partir de maintenant : Tu. Es. Gay.

Je laisse quelques secondes s'envoler afin qu'il intègre bien mes paroles.

— Nous allons nous mêler à la foule, ajouté-je, et leur montrer que les deux plus beaux gosses de cette soirée sont ensemble et inaccessibles. Et ça ne sera pas compliqué, puisqu'ils sont tous moches ! Prends ça comme un jeu qui va bien les faire chier. À l'instant où nous allons entrer, et jusqu'à ce que nous sortions, tu vas me mater comme si t'avais envie de me bouffer le cul. T'as rien d'autre à faire ! Le reste, je m'en charge, chéri.

Je recule en lui tapotant l'épaule et l'observe pour évaluer l'impact de mes mots sur sa motivation. Son regard est plus déterminé que jamais.

— J'suis chaud ! lance-t-il.

— C'est parti !

Je fais volte-face vers Samantha et ouvre grand les bras.

— Qu'on m'amène à Beau-papa ! clamé-je.

L'organisatrice semble désarçonnée, mais pas autant que moi lorsque je sens la paume de Leroy se poser dans le creux de mon dos. Je sursaute.

— Calme-toi, bébé, chuchote-t-il à mon oreille d'une voix rauque.

Je. Bande. Direct. Je pourrais même indiquer le chemin avec ma queue à Samantha. Mes mains boutonnent discrètement ma veste afin de dissimuler cette réaction inopportune, avant que je ne lui emboîte le pas. *Merde, il m'a excité grave !*

Mes yeux détaillent les invités durant notre progression. Les convives entrechoquent des coupes de champagne. Les éclats de rire fusent. La haute société parisienne venue jouer les touristes s'en donne à cœur joie. Dans mon dos, je sens la paume de Leroy se crisper et s'écarter de moi, à l'approche d'un homme qui lui ressemble comme deux gouttes d'eau. Sa couleur de peau est un ton plus sombre que celle de mon faux compagnon. Ses yeux ont la même forme. À ses côtés, une plantureuse créature blonde lui tient le bras. Je n'ai aucun mal à deviner qu'il s'agit de l'Hété-Roi Père et de Natacha, la première épouse de Dorian. *Nous y voilà...*

Évariste Leroy affiche un air à peine surpris en découvrant son fils, tandis que Natacha semble avoir une cacahouète coincée dans la trachée. Le premier me consulte quelques secondes du regard.

— Je ne m'attendais pas à te voir, lance-t-il en le reportant lentement sur son rejeton.

— Tu m'étonnes, grince Leroy.

— Bonjour, Dorian, le salue Natacha, les joues enflammées.

Son ex-mari hoche la tête pour lui répondre, mais je sens bien que ça lui coûte.

— J'espère que tu n'es pas venu faire un esclandre, marmonne son père en se rapprochant.

— Pourquoi le ferais-je ? Parce que tu vas épouser ma première femme, peut-être ? Sur cette planète, il n'y en avait pas d'autres pour devenir la cinquième madame Leroy ?

— Dorian…

— Je suis désolée, lance Natacha, les larmes aux yeux.

Le père love son bras autour de sa taille.

— Tu ne vas pas pleurer ce week-end, ma chérie. Tu es la future mariée, alors ne laisse pas Dorian ternir ce moment.

Une œillade me confirme que ce dernier sourit. Machiavélique. *J'adore !*

Évariste toise son fils.

— Je comprends ta colère, mais il n'est pas question que tu nous gâches ces deux jours.

— Loin de moi cette idée ! se défend Leroy.

Le père dévie de nouveau son regard sur moi, puis en revient à son rejeton. Un silence gênant s'installe. Enfin, gênant pour eux, parce que moi, je me régale !

— Tu peux me présenter à ton invité ou je dois solliciter son identité auprès de Samantha ? s'agace Évariste.

— Ne te donne pas cette peine, Papa. Je te présente, Milo, mon petit ami.

À ces mots, qui laissent Natacha pantoise, Dorian enroule son bras autour de ma taille et se colle à moi. À son contact, je refoule le désir de me tortiller. Un voile de chaleur très agréable m'enveloppe. Mais je suis à fond dans le jeu et reste concentré.

Évariste Leroy n'affiche aucune expression, même pas la surprise. Un long silence s'étire avant qu'un éclat de rire ne s'affranchisse de sa gorge. Le son qu'il produit est si fort qu'il couvre les paroles de tous les invités, dont les regards dévient vers nous. Après quelques secondes, l'ambiance revient à la normale. Très chiante, en somme.

— C'est ton petit ami ? répète son père.

— Exactement, confirme le fils.

Évariste dissimule un rictus et hausse le menton.

— J'ignorais que tu étais bisexuel.

— Et moi, j'ignorais que tu allais épouser ma première femme, jusqu'à ce que je reçoive ton putain de carton d'invitation. Comme quoi, dans ce monde, on peut s'attendre à tout !

— On ne fait que se croiser depuis cinq ans, et tu as refusé mes derniers appels. J'aurais dû faire comment pour te prévenir, Dorian ?

— Arrête de me prendre pour un con. Si tu avais voulu t'en donner les moyens, tu aurais pu le faire.

— Je savais comment tu allais le prendre, se défend-il.

Je lève les yeux au ciel. Ceux du père de Leroy se dirigent vers moi.

— Alors, tu es venu faire croire que tu es en couple avec cet homme pour me mettre mal à l'aise ? C'est pathétique.

— Moi aussi, ça me fait plaisir de vous connaître, lancé-je à Beau-papa.

Dorian lâche un soupir d'amusement, puis fait un pas vers son père sans se démonter.

— Je ne suis pas là pour te le faire croire, je suis là pour te présenter mon mec, corrige-t-il. Je l'ai rencontré grâce à Dan, il y a quelques mois. J'avoue que je ne l'ai pas capté tout de suite, mais…

Il se tourne vers moi et plante ses yeux sombres dans les miens. Son regard m'irradie instantanément. *Wow, il donne vachement l'impression de vouloir me bouffer le cul ! Quel talent !*

Il ajoute :

— … on peut difficilement résister à Milo une fois qu'on a compris qui il est vraiment.

Je reste quelques secondes hébété, puis je me rappelle qu'on est dans le *game*, et le *game*, ça me connaît. Je me reprends.

— J'avais hâte qu'il s'en rende compte, déclaré-je à son père sans lâcher des yeux Leroy. C'était difficile de ne pas le brusquer pour qu'il me remarque. J'ai été fou de votre fils dès que j'ai découvert l'être attachant qui se cachait derrière cet homme souvent trop sûr de lui.

Quelque chose dans le regard de Dorian se trouble.

Une seconde passe.

Deux.

Il se rapproche. Sa main s'élève et s'empare d'autorité de mon menton.

— Arrête ça.
— Quoi ? souris-je.
— Tu sais quoi.
— Ça t'excite ?
Un rictus hyper sexy s'inscrit au coin de sa bouche.
— Hum, hum ! bougonne Évariste.
Leroy se retourne vers son père.
— Toutes nos excuses, lance-t-il. Milo et moi ne sommes pas ensemble depuis longtemps, et vous savez tous deux ce que c'est, la passion des débuts, n'est-ce pas ?
Ses yeux se portent sur Natacha, à qui il déclare :
— Toi, tu le sais. Tu l'as vécue, avec moi.
Le père se crispe. Ça va saigner ! *Mais où est le popcorn ?*
— Cesse, Dorian, tu te ridiculises ! tonne Évariste.
— Vraiment ?
— Tu n'es pas gay et nous le savons tous les deux. Mieux, toute cette planète est au courant !
Leroy plante son index sur son torse. La tension monte.
— T'as pas bien compris, Papa. J'aime les femmes et je les aimerai toujours. C'est clair ? Mais Milo, c'est pas pareil. Alors, appelle ça comme tu veux, moi, tout ce que je sais, c'est que je suis fou de ce mec, que j'adore le baiser et que, *putain*, au moins, lui, je suis certain que tu ne l'épouseras pas dans le futur !

Ses derniers mots ont été criés. Une vague d'embarras traverse l'assemblée. Je suis au firmament, et peut-être un peu excité, parce que Leroy a dit qu'il adore me baiser, même si c'est pas vrai. Mais, tandis que je souris comme un niais à ces paroles, je ne m'attends pas à ce qu'il se retourne, plante ses mains sur mes joues et pose soudain sa bouche sur la mienne. Le visage emprisonné entre ses paumes, je hoquette de surprise. Le temps se suspend. Mon esprit divague quand

Leroy recule en lovant ses doigts dans les miens. Il toise son père et Natacha, puis déclare :

— Tous les deux, allez bien vous faire foutre.

À ces mots, il tire sur mon bras et m'emmène jusqu'à l'extérieur. Encore sous le choc de ce baiser, je me laisse entraîner, tandis que mon index caresse doucement mes lèvres.

Une fois dehors, il observe les alentours, puis éclate de rire.

— Oh putain, t'as vu leur tronche ? dit-il. J'étais bon, hein ?

— Ou… Ou… Ouais, carrément.

Il sourit de satisfaction. Son triomphe est plaqué sur son visage. Leroy ne se doute pas un instant du séisme qu'il a provoqué en moi. *Mais quel enfoiré…*

CHAPITRE 11
JE DOIS LE RECONNAÎTRE, MILO EST UN ARTISTE
DORIAN

J'suis content. J'étais un peu nerveux, mais ça va mieux. J'ai craché ma pastille auprès de mon daron, et l'effet est salvateur. D'un geste, j'invite Milo à me suivre jusqu'à un bar de la station, situé deux cents mètres plus bas. Il acquiesce sans piper un mot et m'emboîte le pas.

J'ai dû l'embrasser et ne le regrette pas du tout. La tronche de mon père valait tous les baisers du monde ! J'aurais même dû rouler une pelle à Milo, ça aurait achevé le paternel. Quant à Natacha… Un délice de la voir déglutir. Je suis certain que mater deux mecs ensemble, ça l'excite, la coquine. Je la connais bien. *Eh ouais, cocotte, avant, tu te tapais le fils, des regrets ?*

Triomphant, je me tourne vers Milo, qui n'a toujours pas prononcé une parole.

— T'as été génial, merci.

Il hoche encore la tête. C'est bizarre.

— T'as perdu ta langue ? C'est quoi, le problème ?

— Il n'y en a aucun, dit-il.

Mouais…

Nous passons les portes du bar où quelques juilletistes, amoureux de la montagne, sirotent des bières. J'en commande deux et indique un coin à Milo. Le serveur ne tarde pas à nous les apporter.

— Le repas devrait débuter dans une heure, déclaré-je. Rassure-toi, je suis certain qu'on ne sera pas à la table de mon père, après notre éclatante démonstration.

— Je ne m'angoisse pas, t'as joué ton rôle à la perfection.

— C'est grâce à toi, lancé-je en tendant ma bière pour trinquer, tu m'as remis sur les rails après un bref moment de doute. Après, j'étais déterminé.

— J'ai remarqué, commente-t-il en refoulant un sourire.

— Pourquoi tu dis ça ?

— À ton avis ?

— Parce que je t'ai embrassé ? Oh, ça va, je n'ai même pas mis la langue. C'est toi qui m'as demandé de jouer le jeu à fond.

Il inspire et se relâche.

— En effet.

Puis il avale sa bière d'un trait. Son comportement est étrange.

— T'as pas aimé, c'est ça ? m'enquiers-je.

— Hein ?

Pourtant, je m'y suis pris comme avec les femmes. Cependant, c'est vrai qu'en général, je mets la langue. Mes yeux s'ancrent à ceux de Milo, mais je ne le cerne toujours pas. Ce type est indéchiffrable. Bref.

Je plaque mon verre vide sur la table.

— On y retourne ?

Un sourire fleurit sur ses lèvres. Il répond :

— Acte 2, action !

***

SAMANTHA PATIENTE à l'entrée de la salle où toutes les tables ont été installées. La décoration conjugue le champêtre et le pourpre. Des fleurs blanches sont disposées dans d'énormes vases, des centaines de bougies flambent pour l'occasion. Je m'attends à ce que l'on nous mène à une quelconque table d'invités, lorsque nous sommes dirigés vers celle d'honneur, à la forme circulaire. J'en reste un instant interdit quand je remarque nos places, face à Natacha et à mon père. Il y a aussi mon oncle, avec lequel je n'ai aucun contact, et ses trois fils, déjà assis. Les parents de Natacha se tortillent, sans doute embarrassés de se trouver à la même table que le premier époux de leur fille, qui s'apprête à s'unir au géniteur dudit premier époux.

— Edmond, Jocelyne, les salué-je.

Jocelyne affiche un air crispé. Edmond hoche la tête après avoir jaugé mon père du regard. Je crois que, des deux, c'est moi qu'il préfère, finalement. Milo s'installe, très à l'aise.

— Messieurs-dames, je ne m'attendais pas à un tel honneur !

Il lève sa coupe vers Natacha.

— Vive les mariés !

Je pose une main sur son avant-bras.

— Le mariage, c'est demain.

Il baisse lentement son verre, puis le relève brusquement. Du champagne gicle sur la table.

— Vive les fiancés !

J'éclate de rire. À cet instant, je perçois le regard de mon père sur moi. Ses paupières se plissent, comme s'il tentait de deviner mes secrets. Je pose mon bras sur l'assise de la chaise de Milo. Jouant mon rôle à fond, je laisse mon pouce caresser le dos de mon faux compagnon, qui ne semble pas surpris par ce geste. Mon daron le remarque, puis reporte son attention sur moi. Un sourire naît sur ses lèvres. *Hein ?*

— Vous plaisez-vous dans cet hôtel, Milo ? s'enquiert-il.

— Oh, oui, monsieur. La vue y est splendide.

— Donc, votre chambre vous convient, j'imagine.

— Oui, elle est très belle. Le jacuzzi et le lit XXL ne gâchent rien.

— N'est-ce pas ? sourit mon père.

Hum... Pourquoi sourit-il ?

Des serveurs nous apportent l'entrée. L'orchestre entonne un morceau classique bien chiant. Mon géniteur revient à la charge.

— Que faites-vous dans la vie, Milo ?

— Oh, euh, je...

— Il dessine des *webtoons boy's love* pour adultes. Je suis sa muse.

Mon faux petit ami pivote lentement son visage vers moi, me couve un instant du regard, puis souffle :

— Tellement.

Ce mec est taré, mais merde, je vais exploser de rire s'il continue.

Je suis rarement surpris par les personnes qui m'entourent. Non, ça va plus loin. En vrai, j'aime pas les gens. D'ailleurs, la plupart des êtres humains sont comme moi. Mais Milo me stupéfie. Je lui adresse un sourire.

— C'est la première fois ? m'interroge Natacha.

— Pardon ? dis-je en me tournant vers elle.

— C'est la première fois que... tu entretiens une relation avec un homme ?

Je me redresse, simulant la surprise.

— Elle est très indiscrète ta question, Natacha... Est-ce

que je te demande si c'est la première fois que tu épouses le père de ton premier mari ?

— Je me suis excusée. Dorian... je ne l'ai pas prémédité. C'est arrivé comme ça.

Je m'empare de la main de mon faux mec et m'incline au-dessus de la table.

— Je te comprends. Ça a été pareil pour moi, avec Milo.

— Vraiment ? lance mon père. Comment vous êtes-vous rencontrés tous les deux ?

Milo exerce une légère pression sur mes doigts pour me signaler que c'est à son tour de briller. Je lui fais désormais confiance, les yeux fermés.

— C'était il y a quelques mois, lors d'un dîner entre amis.

Son regard embrasse lentement chaque invité.

— Ce soir-là, il s'est comporté comme un enfoiré. La première question qu'il m'a posée était de savoir si j'étais gay. Devant tout le monde, alors que nous ne nous connaissions même pas !

— C'était maladroit, déclare la mère de Natacha, désolée pour lui.

— Merci, Jocelyne. Mais... en agissant comme un goujat, poursuit Milo, avec un sourire, il a ouvert la voie entre nous, sans même s'en douter.

— Comment ça ? s'interroge la maman de Natacha, que je regrette de ne pas avoir mieux appréciée à l'époque où j'étais marié à sa fille.

— Je lui ai répondu...

Il laisse un petit silence s'installer, puis déclare :

— « Pas toujours ».

L'effet retombe direct, mais il ne lâche rien.

— À ces paroles, dit-il, après une longue gorgée de champagne, Dorian a rougi. Mon expérience de bi m'a

aussitôt fait comprendre qu'il n'était pas insensible à ma personne.
Mais merde, c'est vrai ce qu'il dit là. C'était parce qu'il m'avait mis mal à l'aise ! C'est tout !
Il oriente son visage vers mon père.
— Je l'ai désarçonné avec deux mots. J'ai adoré. Puis, mon charme agissant, il ne m'a plus quitté des yeux de la soirée.
C'est faux !
C'est vrai ? Soudain, j'ai un doute.
— J'ai des amies très proches, ajoute-t-il encore. L'une d'elles sort avec le meilleur pote de Dorian. Alors forcément, on s'est souvent revus après ça. De fil en aiguille...
Milo tourne son regard vers moi.
— ... nous avons mieux fait connaissance. J'ai adoré qu'il ne voie pas que je tombais amoureux de lui durant des semaines. Un litige entre nous l'incitait à croire que je le détestais, alors que pas du tout. Au contraire, il m'attirait de plus en plus, malgré son attitude de connard.
Il est très fort...
Son visage en revient à mon père.
— Puis un jour, il a compris, poursuit Milo. Depuis lors, nous ne nous sommes plus quittés. Mais détrompez-vous si vous pensez qu'il a toujours clamé haut et fort notre relation, comme il l'a fait devant vous tout à l'heure. Au contraire, ça a été long avant qu'il s'en rende compte. Et vous savez pourquoi ?
Bordel, il m'a captivé, avec son histoire ! À en constater les expressions attentives autour de la table, je ne suis pas le seul. Le père de Natacha formule alors tout haut ce que tout le monde brûle de demander tout bas :

— Pourquoi ?

Milo soupire, puis se carre sur sa chaise. Ses yeux brillants se posent sur moi.

— Parce qu'il n'y a que moi pour cet homme, et qu'il n'y a que lui pour moi. C'est ainsi.

J'ai un sursaut quand je prends conscience d'avoir été quelques secondes hypnotisé par ses paroles. Les parents de Natacha semblent dans le même état. Milo est tellement bon que j'hésite à me lever pour applaudir sa performance. Je lui souris et échange avec lui un regard complice quand j'entends soudain un de mes cousins déclarer avec une grimace :

— J'ai plus faim avec ces conneries, putain.

Il ne les dit pas. Il ne pose pas les mots sur ses véritables pensées. Mais je les saisis immédiatement. Mon corps se crispe comme si ses paroles heurtaient quelque chose en moi. Je ne suis certes pas en couple avec Milo, mais je me sens aussitôt attaqué. Et ça me fait carrément chier que mon propre cousin juge mon faux compagnon de la sorte. Ce dernier fait comme s'il n'avait rien entendu. J'imagine qu'il ne veut pas provoquer d'esclandre, ou, pire, qu'il a déjà trop souvent supporté ce genre de remarque. Ouais, bah, bats les couilles ! C'est pas mon cas.

— T'as dit quoi, exactement ? questionné-je sèchement mon cousin.

— Ça suffit, tous les deux ! tonne mon père.

Son ton nous remet à notre place. Je n'invite personne à contrarier mon daron quand il l'adopte. Puis il déclare calmement, après un silence :

— Je ne laisserai personne suggérer à cette table que la relation de mon fils avec Milo lui coupe l'appétit. Thierry, tu te lèves, tu te rends dans ta chambre pour prendre tes affaires, et tu dégages de cet hôtel.

J'en reste pantois. *Attends, quoi ?*

— Évariste ! s'insurge mon oncle. Ça ne méritait pas…

Mon père le fait taire d'un regard. Son gros profiteur de frère n'ose pas insister. Il se retrouverait sans taf s'il se mettait mon daron à dos.

— Je ne souhaite pas te mettre dans l'embarras vis-à-vis de ton benjamin, affirme-t-il à mon oncle, alors je ne t'en voudrais pas si tes fils et toi partiez plus tôt que prévu.

— Évariste…

Les parents de Natacha se tortillent, gênés. Milo est subjugué par le spectacle. Je refoule un éclat de rire en le surprenant ainsi. Ce type est une vraie maquerelle. Mon oncle et mes cousins au charisme d'un bulot cuit au soleil se lèvent et quittent les lieux.

1 – 0

Je pense qu'on peut dire que cette soirée de répétition coche toutes les cases ! Milo a été incroyable. Le type vient de virer quatre invités en moins de dix minutes avec son histoire à la con. Mon père semble vraiment contrarié, je valide pourtant chaque mot qu'il a prononcé. Mais je suis surpris, car je ne le savais pas si engagé sur la question. Cela dit, il est temps qu'il réalise que mon oncle et mes cousins sont très cons.

CHAPITRE 12
PAS MA FAUTE SI J'AI LOUPÉ DEUX OU TROIS DÉTAILS DE LA DÉCO !

MILO

Je suis satisfait du déroulement de la soirée. Dorian semble l'être aussi. Je regrette seulement d'avoir été trop performant dans mon rôle. Il ne fait plus aucun doute pour nos hôtes que nous sommes en couple, alors la plupart des invités s'en foutent, désormais. Par conséquent, Leroy n'a plus à multiplier les intentions, et j'admets que ça me frustre. Si j'avais été moins bon, il se serait sans doute collé à moi toute la soirée. Peut-être même qu'il m'aurait encore embrassé. À vouloir l'épater, j'ai merdé comme un con.

— J'espère que vous serez des nôtres pour la nouvelle année, me lance une voix très grave, c'est une tradition dans la famille de nous réunir pour l'occasion.

Je refoule ma surprise en découvrant le père de Leroy près de moi, avec un sourire que je devine ironique. Il se plante à mes côtés, tandis que son regard se pose sur son fils, qui converse un peu plus loin avec Samantha.

— On ne le refera pas, n'est-ce pas ? dit-il.
— Pardon ?

— Il aime les femmes. Il les a toujours aimées. Il les chérit autant que moi, même s'il n'adopte que rarement une attitude élégante vis-à-vis d'elles.

— Vous allez épouser sa première femme, vous trouvez ça élégant ?

Le père de Dorian en reste quelques secondes sans voix. Je crois qu'il ne me pensait pas capable d'une telle répartie, mais cela m'irrite qu'il juge le comportement de son fils en négligeant le sien. Un sourire naît sur ses lèvres.

— Vous le défendez avec passion, dites-moi.

Je me renfrogne et renvoie mes yeux sur Leroy.

— C'est normal de la part d'un petit ami, répliqué-je.

— Vous n'êtes pas son petit ami.

Merde...

— Qu'est-ce qui vous fait penser ça ? Le fait qu'il parle avec Samantha ? Ne vous préoccupez pas d'elle. Dorian est à moi.

Le sourire du père de Dorian s'étire lentement. La ressemblance avec sa progéniture me saisit aussitôt.

— Je sais que vous n'êtes pas en couple, insiste-t-il, mais...

Il laisse passer un silence. Le suspense est à son comble, putain !

— ... je connais mon fils. Il aime les femmes, comme je vous l'ai dit, mais il vous apprécie beaucoup, vous aussi.

Hein ?

Je me tourne illico vers le daron.

— Cela vous surprend, hein ? lance-t-il face à mon regard ahuri.

Soudain, je comprends. C'était un piège !

Bordel, le père est plus fort que le fils ! Incroyable !

— Je devine qu'il est venu avec vous dans le but de me

tourmenter tout le week-end, déclare encore Évariste, mais vous savez, Milo, Dorian a oublié quelque chose de très important.

— Il... a oublié... quoi ?

— C'est mon cinquième mariage. Je désire qu'il soit à la hauteur, car j'aime sincèrement Natacha. Je suis un passionné, je m'engage quand je suis amoureux. Or je suis souvent amoureux, ou crois souvent l'être. Mon fils est comme moi. Mais... tout à l'heure, alors qu'il vous regardait, j'ai vu dans ses yeux quelque chose d'inattendu : de la confiance.

L'Hété-Roi père se tourne vers moi.

— Ils sont rares, ceux à qui il l'accorde, le saviez-vous ?

— Non, je l'ignorais.

Il inspire et reporte son attention sur son fils. Un sourire fleurit de nouveau sur ses lèvres.

— Il est venu pour exercer sa petite vengeance, énonce-t-il encore, mais je suis plus fort que lui à ce jeu-là, et même que vous, Milo. Finalement, ce mariage sera plus animé que je l'espérais.

Évariste me tape sur l'épaule et me quitte sur ces mots. J'en reste pantois.

Plus tard, je remonte dans la chambre, laissant Leroy derrière moi. Quelque chose entre nous semble avoir changé durant la soirée, mais je n'en suis pas certain. Il ne montre aucun signe particulier qui pourrait m'encourager à croire qu'il a compris que j'étais attiré par lui. En moi s'insinue la pensée qu'il se sentirait sans doute moins à l'aise si c'était le cas. Cette réflexion enserre ma poitrine d'une sensation désagréable. Je préfère donc me rendre illico dans la chambre. Après une douche expéditive, je me vêts d'un bas de pyjama à carreaux bleus et d'un t-shirt blanc. Je replace mes lunettes sur mon nez et enfile un gilet. Sans plus me préoccuper du reste, je me dirige vers le balcon, muni de mon portable. Je clique sur le bouton d'appel. Norah décroche aussitôt et s'exclame :

— Raconte !

— C'était un truc de ouf, déclaré-je en m'allumant une clope.

Je lui explique toute la soirée de A à Z. Norah est captivée. Un silence succède à ma tirade très détaillée. Elle dit :

— Il t'a embrassé ?

— Ouais.

— Il t'a... embrassé devant son père, au calme ?

— Ouais, répété-je.

— Dorian Leroy t'a emb...

— Norah !

— Il est croc de toi !

— Arrête avec cette expression des années 80, chouchou.

— J'adore les années 80 !

— La mode était à chier.

— Certes, concède-t-elle, mais la musique était absolument géniale.

— Leroy est un accro du rap, de la soul, tout ça, lui confié-je, il en écoute dès qu'il peut.

— Leroy par ciiiiii, Leroy par làààààà, clame-t-elle, c'est trop mignon !

J'éclate de rire.

— T'es une gamine.

— J'suis en manque d'amour, Milo. Je veux vivre le tien par procuration.

— Il est hétéro.

— Bah, dans mon monde, un hétéro n'embrasse pas cash un mec comme ça, à moins de bien le connaître.

— J'ai giclé dans la bouche de sa copine, sous ses yeux.

— Ouais, c'est vrai que vous avez déjà franchi des étapes intéressantes, s'amuse-t-elle avant d'adopter un ton plus bas, mais là, il est en train de découvrir l'homme que tu es réellement, mon Mimi.

— Ah ouais, et je suis qui exactement ?

— Un agent de la CIA.

Je m'esclaffe. Elle aussi.

— Tu ne m'en veux pas de t'avoir caché mon véritable boulot durant des années ? lui demandé-je pour la première fois.

— Je m'en cogne de ton taf. Enfin, plus maintenant, car j'adore *Bradley, pile ou face*. J'arrive toujours pas à décider s'il sera le *top* ou le *bottom*[1] avec son nouveau mec. C'est hyper frustrant d'attendre les épisodes de ton *webtoon*.

— Qui sait ? Il pourrait se révéler versatile.

— L'info de ouf !

J'entends la porte de la baie vitrée coulisser. Je me tourne et découvre Leroy qui me fixe. J'ai encore mon smartphone à l'oreille.

— Qu'est-ce qu'il y a ? demandé-je face à son air surpris.

— T'as rien remarqué ?

Je ne saisis pas, mais le sang semble avoir quitté son visage. Je rapproche ma bouche du combiné.

— Norah, je te rappelle demain soir.

— Tous. Les. Détails, ordonne-t-elle.

— Évidemment.

Parce que cette fois, je compte bien tout partager avec elle. Depuis que mes amies connaissent ma profession, je me sens libéré d'un poids. Ce qui est étrange, car elles n'ont

---

1. *Top* : actif du couple. *Bottom* : Passif.

jamais insisté pour obtenir des explications et n'ont pas cherché à creuser quand la vérité a éclaté.

Je n'ai pas honte de mon travail. Bien au contraire. Est-ce que je crains de perdre des proches à cause de lui, en revanche ? Ça oui. Mais à elles... Je n'aurais jamais dû le cacher. Je savais qu'elles ne me rejetteraient pas. Le problème, quand on est un mytho, c'est qu'une fois empêtré dans un mensonge, il est difficile de revenir en arrière...

Alors, on en invente d'autres pour ne pas avoir à révéler une réalité qu'on préfère taire.

On fait en sorte que ce mensonge se rapproche un maximum de la vérité, de manière à ne pas commettre de boulettes irrattrapables plus tard.

On se dit qu'on va s'en sortir jusqu'au bout, alors que se confier dès le début nous aurait épargné bien des remords.

Puis, un jour, un mec débarque et balance cash ce que vous dissimulez depuis des années. Et ce mec, il est là, face à moi, et je ne comprends pas son attitude.

— T'as vraiment rien remarqué ? lâche-t-il, sidéré.

— Quoi ?

De la main, il me fait signe de le suivre. Je m'exécute et le suis à l'intérieur. Dorian se fige au milieu du salon. Mon regard embrasse les lieux. Maintenant que j'y prête attention, il manque quelque chose, ici !

— T'as une idée d'où est passé le canapé, à tout hasard ? me demande Leroy.

Je le fixe et secoue la tête, bien conscient que j'aurais dû m'en apercevoir. Son visage affiche un air blasé, puis il me fait signe de l'accompagner dans la chambre. Sur le seuil, il pointe son index vers le lit, tandis qu'il plante son regard dans le mien :

— Et le matelas ? Ça t'a échappé qu'il a changé de taille ?

Faut croire…

Je jette mes yeux sur ledit matelas. Après quelques secondes, j'éclate de rire.

— T'es sérieux ? s'agace Leroy.

— C'est ton père qui a fait ça ?

— Bien sûr que c'est lui !

J'admire le coup fourré du daron. À la place du lit *queen size* se trouve désormais un lit classique, soit le format minimum pour deux personnes. Évariste est un génie !

— Et tu ne l'avais pas vu ? redemande Dorian, comme s'il ne s'en remettait pas.

— Eh bien, pour ma défense, je suis allé direct me doucher, expliqué-je. Je ne m'attache jamais trop aux détails, tu comprends. Puis j'étais loin d'imaginer que ton père irait jusque-là.

— L'hôtel lui appartient, comme beaucoup d'autres dans les villages du coin. Il est retors, mais s'il croit que je vais me démonter, alors là !

Leroy file se laver en mode vénère. Pour ma part, je vais immédiatement tester la nouvelle literie. Je suis épuisé et n'en ai rien à cirer de la taille du pieu. J'ai un sommeil de plomb. Une fois installé, j'en ai pour huit heures sans bouger. Il n'est pas né l'investisseur hôtelier qui gâchera mon dodo !

Je m'apprête à m'endormir quand une lueur dans la pièce me fait cligner des yeux. C'est Leroy qui se fraie un chemin jusqu'au lit comme un cambrioleur, à la lumière de son portable, aussi violente qu'un spot de boîte de nuit. Il s'étend enfin, et son épaule touche la mienne. Mon cœur connaît un raté. J'hésite à respirer.

Un silence.

Nos yeux sont rivés sur le plafond.

J'entends un tic-tac au loin.

Dès que je bouge un peu, le sommier grince.

Dès qu'il remue, je me sens emporté vers le creux du matelas.

On n'a pas l'air cons.

— La nuit va être longue, marmonne-t-il. Je hais mon paternel, putain.

— Votre relation est intéressante, commenté-je.

— Ça fait un moment que c'est comme ça, entre nous. Tu t'entends bien avec ton père, toi ?

Je me crispe immédiatement. Leroy le remarque forcément. Je me morigène à cette pensée, mais conserve le silence.

— OK... lâche-t-il.

Je me tourne sur le flanc, face à lui. Il adopte la même position que moi. Il m'est difficile de retenir mon envie de déglutir quand son visage s'aligne au mien.

— Ton daron est venu me voir, tout à l'heure, révélé-je, avec la ferme intention de changer de sujet. Il ne croit pas que nous sommes ensemble. En même temps, fallait s'en douter. C'est toi, avec quelques années de plus. Il n'y avait aucune chance qu'il tombe dans le panneau, franchement.

— On lâche rien, le week-end n'est pas terminé.

— Tu ne crains pas d'autres coups fourrés ?

— T'es avec moi, alors ça devrait bien se passer.

Je demeure un instant interdit après ces mots. Je connais leur sens, mais je ne peux réprimer le désir qu'ils en recèlent un second, bien différent.

— Quel est le programme pour demain ? enchaîne-t-il.

Je me remets sur le dos et inspire.

— Je vote pour l'improvisation et reste sur notre objectif de reléguer ce mariage au second plan de ce week-end de merde. Nous avons été excellents dans nos rôles jusqu'à présent. Mais on peut faire encore mieux, selon moi.

— Je suis d'accord, commente-t-il en imitant ma position. Il me tarde d'être à demain.

Et moi donc…

Le lendemain, je me réveille et constate immédiatement que ma nuit a été bonne et réparatrice. C'est lorsque je sens une peau douce sous ma joue, plutôt que le tissu de mon oreiller, que j'ouvre enfin les yeux. Ils naviguent sur mon corps accroché comme un koala à celui de Leroy. *Meeeeerde !*

Je m'écarte aussitôt, me rassure en découvrant qu'il dort, et souffle de soulagement. Puis je me dis que je suis con, et que j'aurais dû profiter d'une courte seconde dans cette position, car il est certain qu'après ce week-end, elle ne se reproduira jamais.

CHAPITRE 13
QUE LES CHOSES SOIENT CLAIRES, IL N'Y A QU'UNE SEULE BONNE FAÇON DE BOUFFER LA RACLETTE !

DORIAN

Milo a parlé d'improvisation. Il n'aurait pas pu énoncer paroles plus justes. La veille, nous étions loin d'imaginer la troupe qui nous rejoindrait aujourd'hui…

Il est midi. Nous sommes devant les portes de l'hôtel et observons Dan, Cally, Max, Tony, Norah et Laurine s'approcher.

Je déglutis face à ma petite amie, à qui j'ai caché ma présence ici. Elle fulmine.

— T'es vraiment gonflé !

— Je vais t'expliquer…

— Norah m'a déjà tout raconté, dit-elle avant de diriger ses yeux vers Milo.

Un sourire ourle ses lèvres. Son regard se fait plus doux.

Hééééé !

— Bonjour, Milo, ça me fait plaisir de te revoir, depuis la dernière fois.

Milo se tortille d'embarras à côté de moi. Et moi, je commence à comprendre pourquoi Laurine s'est amenée jusqu'ici. Je salue les autres, l'agrippe par le bras et l'entraîne à l'écart.

— Qu'est-ce que tu fous ? lâché-je.

— Ça va ! T'inquiète pas, je ne dirai pas à ton père que c'est moi, ta copine. Dan a trouvé des chambres libres dans une auberge de jeunesse, plus bas. J'avais envie d'aventure et... de t'engueuler. T'aurais pu me prévenir !

— Tu as raison. Mais je craignais que tu prennes mal le fait que j'affirme être en couple avec quelqu'un d'autre, tu vois !

— Ah bon ? s'étonne-t-elle. Mais c'est Milo, et c'est pour de faux !

Je souris et acquiesce. Puis son regard change, et je lève les yeux au ciel.

— Tu veux vraiment aller jusqu'au bout de ce plan à trois, c'est ça ? deviné-je. C'est pour ça que t'es venue ?

— J'avoue, minaude-t-elle. Mais j'éviterai de tout donner dès le début pour que Milo tienne un peu plus longtemps.

Je manque éclater de rire. Certes, je ne suis pas amoureux de Laurine, mais elle est bienveillante, gentille et adore baiser, ce qui ne gâche rien. J'ai été un enfoiré avec elle. Il est grand temps que je me rattrape. Après tout, on a déjà eu la répétition, la dernière fois. On saura comment faire pour que ça se passe comme elle le souhaite, cette fois. J'ai envie de lui faire plaisir, alors je lui souffle à l'oreille :

— Voilà ce qu'on va faire. Nous allons déjeuner avec nos amis et profiter du moment. À la fin de repas, tu rappelleras à Milo qu'il y a un jacuzzi dans la chambre et que nous l'y attendrons à quinze heures précises.

— Oh, bordel !

Elle sautille et se retient de taper des mains. Je souris et lui adresse un clin d'œil, avant de rejoindre toute la compagnie. Il me plaît de les voir. Ils seront parfaits pour servir mes objectifs. Je dirais même que je n'aurais pu espérer équipe plus redoutable.

— Tony n'a pas aimé le vin chaud, explique Max à Milo.

La lueur d'inquiétude dans les prunelles de Max m'interpelle. Il ajoute :

— Je la trouve bizarre en ce moment.

J'ai envie de lui affirmer qu'il n'y a pas qu'en ce moment qu'elle est bizarre, mais je me retiens. Ce type est une gravure de mode, PDG de sa boîte, ancien pilote de ligne, et il vient de se marier à une nana de cité qui parle aussi mal qu'un chauffeur de 33 tonnes. Il m'a toujours intrigué.

Milo n'affiche aucune expression particulière, ce qui m'incite à croire qu'il cache quelque chose. Je commence à le connaître…

— Le vin chaud, c'est dégueulasse, justifie-t-il.

— D'accord, mais Tony ne fait pas la fine bouche, d'ordinaire !

— Et voilà la raclette ! clame la serveuse, chargée de deux énormes plateaux de charcuterie et de fromage.

Le thermomètre affiche pourtant vingt-huit degrés. J'ai envie d'une salade, mais ces malades ont décidé de vivre leur séjour à la montagne comme si nous étions en hiver. Heureusement, ils n'ont pas encore pensé à faire péter les doudounes.

— Pourquoi de la tomate ? demande Tony à Norah.

— C'est comme ça que je mange la raclette.

Cette dernière prend son assiette spéciale casher, se saisit d'une tranche de blanc de poulet, pose sa tomate au-dessus, puis verse le fromage fondu avec un air de satisfaction plaqué sur le visage.

— Et la pomme de terre ?! s'écrient Cally et Tony de concert.

— Arfff... Non, j'aime pas.

Ses copines en restent bouche bée. Leurs expressions empirent lorsque Milo dénigre la rosette que Dan lui tend, place deux pommes de terre dans son assiette, avant de les couvrir de fromage fondu.

— Et la charcuterie ! s'époumonent maintenant Tony et Cally.

Milo éclate de rire.

Quant à moi, je fais la totale, sans tomate. *Allô ? Charcut'/Patate/Fromage* : c'est ça, une putain de raclette ! J'suis dans le camp de Tony et Cally sur ce coup. Norah et Milo sont chelous.

Comme prévu, les dix minutes suivantes sont occupées par une discussion animée des convives sur la meilleure manière de bouffer la raclette, avant de vraiment nous y mettre et de tous fermer nos bouches. Entre le repas de répétition et celui qui nous attend ce soir, Milo et moi restons cependant mesurés.

Je l'observe, pensant que, dans moins d'une heure, il partagera mon lit avec ma copine, s'il y consent. J'ai hâte de voir sa tronche quand Laurine va lui faire la proposition. Je m'impatiente à l'idée que ce moment arrive. C'est sans doute dû au fait que je n'ai pas fait l'amour avec elle depuis une semaine. Or nous sommes très actifs sur la question en temps normal. Mes yeux s'arriment aux siens. Je lui souris. Elle comprend ce geste comme un signal et se lève. Mon regard la suit jusqu'à ce qu'elle contourne la table et se penche à l'oreille de Milo. Je scrute le profil de ce dernier.

Pas de réaction particulière. Même sa respiration ne

fluctue pas. Rien. Puis lentement, il hoche la tête et consulte sa montre.

Et c'est là que je le perçois, ce petit sourire en coin ! Ce trait de satisfaction qui s'imprime sur son visage. Je craignais qu'il refuse. Après tout, je me sers de lui pour ma vengeance personnelle et lui ai fait du chantage pour le convaincre de se ramener à un mariage dont il n'a que faire. On se connaît à peine, et je l'oblige à partager un lit minuscule avec moi. Franchement, il aurait pu m'envoyer chier depuis longtemps, même après ce petit incident avec Laurine.

Je ne vais pas lui reprocher cette histoire de plan à trois. Ça faisait un moment qu'elle me serinait avec ça. J'ai simplement esquivé la question. Laurine a vingt-cinq ans. Elle veut vivre de nouvelles expériences, et de préférence avec moi. Pourtant, elle sait que je ne suis pas amoureux, comme je sais qu'elle n'éprouve aucun sentiment passionné pour moi. Nous nous entendons bien. Nous aimons sortir. Dîner au restaurant. Nous partageons les mêmes goûts pour l'art et la musique. Et adorons baiser ensemble. Elle est jeune et cela lui suffit pour l'instant. À moi aussi.

Je la contemple retourner à sa place. La serveuse demande si nous souhaitons des desserts, ce que nous refusons. Alors que nous quittons le restaurant, nous croisons mon père, qui sort d'un magasin de sport tenu par un de ses amis.

— Mais qui voilà ! s'exclame-t-il.

— Papa, je te présente Max, Cally, Tony, Laurine, Norah et Dan.

Il les salue d'un hochement de tête, avant de se tourner vers Milo.

— Bonjour, mon gendre, vous allez bien ?

— Oh, n'allons pas si vite en besogne, Évariste ! Votre fils ne m'a pas encore fait sa proposition, rétorque Milo sans se démonter, mais je ne désespère pas !

Je souris.

— Ça serait trop génial que vous vous mariiez, balance soudain Cally en nous observant, comme si elle nous enviait à mort.

Norah se joint à elle.

— Depuis que vous êtes ensemble, j'arrête pas de lire des romances MM[1].

Max et Dan ferment les paupières et soupirent, mais je sais que, comme les filles, ils rentreront dans le jeu s'il le faut. Laurine écoute, captivée. Tony s'en mêle :

— Juste un truc, Dorian. T'as intérêt à prendre soin de lui. C'est mon frère, t'as compris ? Et je veux bien être la témoin de cérémonie.

— T'abuses ! braillent Cally et Norah.

— On se calme, les filles ! lance Milo. Écoutez… Dorian et moi, ça fait pas assez longtemps pour parler engagement.

Il me prend la main et la porte à ses lèvres. Je me laisse faire, un poil stupéfait par la situation. Mon père n'en perd pas une miette.

— Je suis heureux comme ça, poursuit Milo. Du moins, si tu l'es aussi ?

Un silence pesant s'impose. Une voiture nous rappelle à l'ordre. C'est alors que j'avise les regards médusés de nos amis et l'air béat sur le visage de Norah.

— Dis, t'as vu l'heure qu'il est, Dorian ? m'interpelle Laurine. Vous n'aviez pas un truc de prévu ?

Je consulte ma montre.

---

1. *Romance MM* : ce que vous lisez ! Une romance entre deux hommes. On aime ! Love is Love, baby ! <3

— Effectivement, c'est le moment de s'éclipser.
— Vous allez faire quoi ? demande Tony.
Euh...
— Dorian et moi avons promis à Samantha, l'organisatrice du mariage, de discuter de nos tenues, répond Milo sans ciller. Nous allons voir si nos costumes se coordonnent. On se rejoint à dix-sept heures, pour la cérémonie ?
— Nous ne sommes pas invités, lui rappelle Norah, qui vrille des yeux brillants et pleins d'espoir sur mon père.
Ce dernier dédie un sourire à la jeune femme.
— Les amis de mon fils sont les bienvenus à la fête, bien entendu.
— Trop cool !
Tout le monde est ravi par l'invitation, sauf peut-être Max et Dan, qui escomptaient manifestement une autre issue pour cette soirée, et je peux les comprendre. Je prends le chemin du retour quand j'aperçois Milo chuchoter à l'oreille de Laurine, avant de me faire signe d'avancer. Je m'exécute, impatient de retrouver la chambre et de retenter cette expérience. C'est sans doute parce que je n'ai jamais aimé finir sur un échec. Cette fois, nous irons jusqu'au bout. Laurine, nous allons te faire rêver, ma chérie !

CHAPITRE 14
FAUDRAIT PAS SE TROMPER D'ARRIÈRE-TRAIN...
MILO

Sincèrement, je n'étais pas prêt. Mais je suis quand même là, avec Laurine, derrière la porte de la chambre.

— Ça va mieux ? T'avais l'air pas bien dans l'ascenseur ? T'as peur que ça se passe comme la dernière fois ?

Je secoue la tête.

— Non, c'est pas ça.

J'inspire et lui fais face.

— Je veux encore m'excuser.

— C'est pas grave ! Tu sais, t'es pas le premier à qui je fais cet effet-là, sourit-elle, à la fois timide et fière.

Je lui renvoie son expression et la prends dans mes bras.

— Allez, t'inquiète pas. Après avoir été confronté à la puissance de tes super pouvoirs, j'ai trouvé un moyen pour me retenir.

— Ah oui ? Comment ?

— C'est un secret.

— T'as pris du Viagra ? me questionne-t-elle, tandis que je toque à la porte.

L'Hété-Roi ouvre et m'offre l'occasion de ne pas répondre. En réalité, il n'y a qu'une seule solution pour être certain de ne pas gicler trop vite durant cette nouvelle partie à trois : éviter d'admirer Dorian Leroy.

C'est reparti ! Mais un autre décor est planté.

Leroy n'y est pas allé avec le dos de la cuillère. *Candy Shop* de 50 Cent, qui pulse dans la petite enceinte, ne pouvait être plus explicite sur l'ambiance qu'il souhaite diffuser, et qui promet d'être intéressante.

Nous sommes tous les trois en peignoir de bain, face aux marches du jacuzzi, conscients qu'une fois que nous plongerons dans l'eau, les choses sérieuses vont commencer.

Évite Leroy des yeux.

Je les baisse justement sur le sol en bois massif. L'habillage du jacuzzi s'y coordonne. Dans mon champ de vision, j'aperçois Dorian virer son peignoir. Laurine l'imite. Je me concentre sur la vue magnifique des crêtes enneigées, le temps qu'ils s'immergent tous deux à poil dans le bain bouillonnant.

— Tu ne viens pas ? demande Laurine.

Mes iris s'arriment aux siens. Puis j'inspire et retire mes lunettes. Sous le regard du couple, je gravis les marches et me répète en boucle :

Évite Leroy des yeux.

Maintenant que je suis dans l'eau, je peux enfin le mater. Personne ne remarquera que je bande comme un beau diable, à présent.

L'Hété-Roi a un grand sourire aux lèvres lorsqu'il verse du champagne dans nos coupes. Laurine apprécie l'attention et frétille à l'idée de ce qui va suivre. Quant à moi, je crois que je suis encore moins sûr de moi que la dernière fois. Il y a quelque chose de différent entre nous trois, mais je n'arrive pas à définir quoi.

Dorian et Laurine entrechoquent leurs coupes, puis croisent leurs bras pour la boire. Le teint rosi par la chaleur de l'eau, Laurine éclate de rire lorsque l'alcool s'échappe de ses lèvres. Leroy capture immédiatement ce qui s'en déverse avec sa langue, puis embrasse goulûment Laurine. Cette dernière se tourne ensuite vers moi, puis me demande de me rapprocher, avant de reproduire les mêmes gestes avec moi. Peinant à faire le point sur mes émotions une fois que ma bouche a quitté ses lèvres, j'imite son sourire après avoir avalé la moitié de mon verre. J'en ai le souffle coupé quand elle me saute au cou et m'embrasse de nouveau avec fougue.

Je me suis promis de tout faire pour que Laurine vive un moment mémorable, après ma terrible bévue de la première fois, alors je lui rends son baiser avec ferveur puisqu'elle paraît plus que motivée. Au moment où j'ouvre les yeux, ils rencontrent ceux de Leroy. Ils nous matent et semblent aimer ce qu'ils voient. Quand j'agrippe les fesses de sa copine, puis libère une de mes mains pour lui saisir un sein, il s'approche derrière elle sans me quitter du regard. Ma langue poursuit sa danse langoureuse avec celle de Laurine, qui gémit dans ma bouche.

Mon attention délaisse un instant Leroy pour se tourner vers son bras plongé dans l'eau. Je comprends aussitôt ce qu'il est en train de faire : il la prépare.

Putain...

Il dépose des baisers sur les omoplates de Laurine. Ses doigts libres s'enfouissent dans ses cheveux. Les miens pétrissent les seins de la jeune femme. Ma main dévale son ventre et part à la rencontre de son intimité. Stimulée des deux côtés, Laurine en lâche un soupir d'extase. Elle kiffe, et je la comprends, putain.

Nous trois.

Ce jacuzzi.

Ce balcon.

Ce panorama…

C'est le moment le plus érotique de toute ma vie…

Nos caresses se prolongent encore quelques minutes. Laurine embrasse Leroy, tandis que je lui dévore ses jolis mamelons roses. Mes mains sont partout sur elle. Parfois, elles rencontrent celles de Dorian, mais il ne semble pas s'en formaliser. Il prodigue ses attentions à Laurine sans faire mine de le remarquer. Cette dernière reprend son souffle, les pupilles largement dilatées. Avec un grand sourire, elle lance :

— Si vous voulez vous embrasser, ne vous gênez pas, hein ? Moi aussi, je lis du MM !

Leroy et moi en restons un instant cois. Pour éviter qu'il n'ait à se justifier d'un refus maladroit, je me saisis du menton de Laurine entre les doigts et plante mes lèvres sur les siennes. Puis je dis :

— On devrait plutôt s'occuper de ton petit cul, tu crois pas ?

Ses yeux s'éclairent.

— Carrément !

C'est parti !

Je me lève et vais récupérer mon peignoir, avant de tendre le bras et d'aider Laurine à descendre les marches du jacuzzi. Nue, la peau humide, avec ses longues mèches blondes plaquées dans son dos, elle est absolument magnifique. Elle me remercie et me suis quand je lui intime de rejoindre la chambre. Leroy nous suit. Enfin, je crois. Il vaut mieux que je ne le regarde pas, ou je serai incapable de rester concentré sur Laurine. *Focus, Milo, FOCUS !*

Elle se frictionne un peu la chevelure avec une serviette, puis s'étend sur le lit. Leroy la rejoint et s'allonge auprès d'elle. J'approche et m'incline. Les poings enfoncés dans le matelas, je progresse entre les jambes de la demoiselle. Son sourire accroche le mien, avant que ma bouche plonge entre ses cuisses.

— Milo ! souffle-t-elle.
Yeah, baby ! C'est moi le roi du cuni !
Et putain, je la fais rêver, la Laurine ! Avec mes doigts, j'y vais à fond. Cette activité, que j'adore pratiquer avec les femmes, me permet de ne pas trop penser au fait que Leroy partage le même lit. Aux gémissements étouffés de Laurine, je constate que ce que je lui fais, conjugué aux attentions de Leroy, lui plaît. Ce dernier quitte son poste et dispense de petits baisers sur le ventre de sa copine. Sa tête se rapproche dangereusement de ma position.

Se rapproche encore.

Se rapproche même tellement que je me saisis des jambes de sa meuf pour les relever et placer ma langue un peu plus bas sur son intimité. Les paupières closes, je refoule l'excitation dévastatrice qui grandit en moi tandis que la bouche de l'Hété-Roi s'avance vers le clitoris de Laurine. Soudain, nos langues se touchent.

Ça n'a duré qu'une seconde, mais la mienne brûle de ce contact.

Je poursuis, plus hésitant. *Ne l'a-t-il pas ressenti ?*
Nouveau contact.

Leroy n'affiche aucune réaction.

Je ne sais pas quoi penser. *Il ne peut pas ne pas l'avoir remarqué, c'est pas possible, si ? Ou alors il s'en fout...*

Dans ma tête, c'est le court-circuit. J'ai envie de m'emparer de sa bouche, de le faire basculer sur le lit et de lui réclamer le baiser le plus torride de ma vie. Mais je déglutis, tout en léchant le minou de Laurine.

— Je voudrais que vous me preniez tous les deux en même temps, lance-t-elle subitement.

Hein ?

— T'es sûre ? demande Leroy, qui ne semble pas surpris.

— Certaine. C'est pas tous les jours que je vais vivre une expérience pareille, alors autant aller jusqu'au bout, tu ne penses pas ?

Dorian lui sourit et l'embrasse.

— On a dit que tu étais la princesse aujourd'hui, donc en ce qui me concerne, c'est d'accord.

Puis tous deux rivent leur regard sur moi. Pas la peine d'énoncer la question, je l'ai bien comprise.

Bon, bah...

J'opine et déclare à Laurine :

— J'suis chaud, princesse.

Après tout, moi aussi, je n'ai jamais vécu pareil moment !

CHAPITRE 15
UN DUC ABDIQUE LORSQU'IL SE RECONNAÎT VAINCU...

DORIAN

M ilo se redresse. Comme tout à l'heure dans le jacuzzi, mon regard ne résiste pas à parcourir son corps. *Eh merde, il est sacrément bien foutu.* Depuis, mon attention ne cesse d'y revenir.

À mes yeux, il est normal qu'un mec qui prend soin de lui reconnaisse quand il a affaire à un beau gosse. Et ce type est beau gosse. Je suis vraiment content que ce soit lui et pas un autre que Laurine a choisi. Lors de notre plan à trois avec Alice, elle ne m'avait rien refusé. Elle voulait me faire plaisir, et je compte bien lui rendre la pareille. Cela me coûte moins, maintenant que je me suis fait à l'idée.

Milo est parfait avec elle, ce qui ne gâche rien. Faut dire qu'il a intérêt à se rattraper, cet enfoiré. Pourtant, j'ai remarqué qu'il se comporte étrangement. Il évite mon regard, je le vois bien. Et je le vois même encore mieux maintenant qu'il n'a plus ses lunettes. Ça lui va bien.

— Alors, on fait comment ? demande Laurine.

Elle m'arrache à mes pensées et je reporte mon attention sur elle. J'estime la situation.

— On va procéder par étapes, dis-je, avant de planter un baiser sur ses lèvres et de me redresser.

Je lui claque une fesse et ordonne :

— À quatre pattes, princesse.

J'enfile un préservatif et me badigeonne de lubrifiant avant d'en verser sur le sillon de Laurine. Cette dernière se tortille. Son visage se lève vers Milo, dont la queue, bien mieux proportionnée que je ne l'aurais cru, est placée à quelques centimètres.

— Je ferai plus doucement, lui souffle-t-elle.

Il éclate de rire, puis son hilarité s'estompe alors que ses yeux remontent sur moi. Les miens s'y arriment. Je pénètre lentement Laurine.

Milo détourne aussitôt le regard. J'en suis surpris. Afin que le corps de ma copine s'habitue à ma présence, je reste un instant immobile. Les prunelles de Milo s'orientent sur moi. Je penche la tête, dans l'incompréhension.

Tu veux arrêter ? mimé-je avec les mains.

Non, continue, répond-il en m'imitant.

J'amorce un premier coup de reins ; Milo me fuit des yeux. *Se pourrait-il... ?*

Alors que je trouve mon rythme de croisière et que le plaisir m'enveloppe, je réfléchis à la pensée fugace qui vient de me traverser l'esprit, d'y revenir et de s'y implanter. Mes souvenirs s'envolent vers notre premier plan à trois.

Je me repasse la scène en images et mets pause sur l'une d'elles. Milo a la queue dans la bouche de Laurine, je la pénètre. Premier coup de reins, et bim ! Il jouit. Serait-il possible que ce soit moi, le déclencheur de cette explosion, plutôt que les talents buccaux et incontestables de Laurine ?

Parce que si c'est le cas, depuis tout ce temps, ce type fantasme peut-être sur moi, en fait ? *Non...*

Je me rappelle le baiser échangé devant mon père, et à sa réaction muette juste après. Je me remémore soudain ses mythos lors du repas de répétition…

« *Nous avons mieux fait connaissance. J'ai adoré qu'il ne voie pas que je tombais amoureux de lui durant des semaines. Un litige entre nous l'incitait à croire que je le détestais, alors que pas du tout. Au contraire, il m'attirait de plus en plus.* »

Bordel, est-ce qu'il mentait vraiment ?

Comment savoir ?

Et pourquoi ça me travaille autant, alors que je ne devrais prêter attention qu'à Laurine, que je sodomise présentement ?

Je me reprends et m'ébroue pour chasser ces réflexions. Milo a toujours le regard ailleurs, tandis que Laurine l'enrobe avec énergie en lâchant de petites plaintes étouffées. Je me saisis de ses hanches et accélère le rythme en parcourant des yeux le corps de Milo.

Sa respiration est saccadée. Ses muscles fuselés. Il jette sa tête en arrière et gémit, avant de la baisser de nouveau. Des mèches retombent sur son front. Son souffle raccourcit encore. Il serre les poings, ce qui souligne ses biceps. Son torse est couvert d'une fine couche de poils, qui s'étire en une ligne sombre jusqu'à sa queue fourrée dans la bouche de ma copine. C'est peut-être carrément dingue, mais je trouve l'image hyper sexy. Elle m'enflamme et m'incite à y aller plus fort.

Laurine m'y encourage, remonte le long du corps de Milo et l'embrasse. Les bras de ce dernier s'enroulent autour de ses épaules, ses mains s'enfouissent dans ses cheveux. Il lui dévore la bouche, les yeux clos. Or, à l'instant, j'ai soudain envie qu'il les ouvre. Je désire qu'il me regarde et je ne sais pas pourquoi. On ne peut pas dire que je ne participe pas, mais je me sens… exclu.

— Viens, ma belle, invité-je Laurine, tandis que je m'allonge sur le dos.

Devant Milo, elle se place à califourchon au-dessus de ma taille. Je lui tiens les hanches, tandis qu'elle s'empale sur moi. C'est divin, putain. Puis elle bascule en arrière, ses omoplates rencontrent mon torse, et elle écarte les cuisses. Milo observe nos corps imbriqués avant de se positionner face à Laurine. Nos jambes se frôlent. Il se fige. Pour ma part, je ne réagis pas. Pas que j'y sois insensible, car, au contraire, toutes mes pensées sont dirigées vers ces quelques centimètres de peau en contact avec Milo. Puis la raison me revient. Comme tout à l'heure, quand nos langues se sont touchées, c'était inévitable, alors pourquoi s'en préoccuper ? Et surtout, pourquoi j'y songe et pourquoi cela me fait un tel effet ?

Dans les enceintes, la playlist enchaîne sur *Who Do Ya Luv* de LL Cool J. L'ambiance brûlante grimpe d'un cran. Milo enfile une capote et pénètre Laurine. Elle en lâche un cri d'extase qu'il capture des lèvres, tandis qu'il amorce ses premiers coups de reins. Coincé sous leurs deux corps, je fais comme je peux pour livrer les miens.

Rapidement, de la sueur recouvre nos chairs, les bruits de nos peaux qui claquent et de nos plaintes s'élèvent dans la pièce. Le baiser de Milo s'éternise. Ses yeux sont toujours clos. Je refoule le désir de m'emparer de sa tignasse et de lui balancer :

— *C'est quoi, le putain de problème, pourquoi tu ne veux pas me regarder ?*

Comme s'il avait lu mes pensées, il choisit ce moment pour me montrer son visage. Ses prunelles noisette s'ancrent aux miennes. Les paupières lourdes, il me contemple un court instant, puis ses yeux tombent sur ma bouche.

— Plus fort, nous supplie Laurine.

La princesse a parlé. On s'exécute. Milo me fuit de nouveau du regard, tandis qu'il accélère le rythme. Pas plus d'une minute plus tard, Laurine gémit longuement, avant de trembler entre nous, et de doucement se relâcher.

Milo ralentit, puis tourne la tête vers moi. Il me sourit, comme si, de cette manière, il me signifiait : « mission accomplie ». Alors je lui rends son expression en arrimant mes yeux aux siens.

Une seconde passe.

Deux.

Trois.

Eh merde.

Mon bras s'élève et s'empare de sa nuque d'autorité. Je le consulte du regard un court instant, avant que ma bouche ne se plaque sur la sienne. Je ne réfléchis pas. J'ai vrillé. Ma langue réclame illico le passage et l'obtient. Pris de frénésie en renforçant mon baiser, je remarque à peine Laurine s'extirper de nos deux corps, qui entrent en collision quand elle s'en écarte. Je sens immédiatement le contact de la queue dure de Milo sur ma cuisse. Un courant électrique me remonte des pieds à la tête. Mon bras s'enroule cette fois fermement autour du torse de l'homme plaqué contre moi. Je le fais basculer et l'emprisonne sous moi. Puis je continue mes ondulations. Je m'embrase comme une torche ! Me sentant venir avec surprise, je me détache aussitôt de la bouche de Milo. Je place mes mains de part et d'autre de son visage, soulève le haut du corps en étirant les bras, puis je me fige.

Nos yeux se soudent. Nos souffles courts semblent sourds dans le silence de la chambre. Un putain de sursaut de lucidité me saisit.

Une seconde.

Deux.

Trois.

— J'adore… me susurre Laurine à l'oreille.

Je ne l'entends pas. Mes pensées tourbillonnent, alors que je suis lié au regard de Milo, qui a sans doute deviné ce qui se passe. Mon cœur s'emballe. Il s'écarte légèrement, un peu hébété par la tournure des événements. Comme je le comprends…

Qu'est-ce qui m'a pris ? J'ai… Je…

Milo détourne la tête, prêt à reculer.

Pas question.

Je m'empare de son menton. Une pression de mes doigts lui intime de ne pas bouger. Je prends un instant pour l'observer et déclare :

— Princesse, pourrais-tu m'apporter une autre capote et du lubrifiant ?

— Ouiiiiiii ! lance-t-elle.

Un rictus fleurit sur le visage de Milo.

— Qu'est-ce qui te fait croire que j'aime être en dessous ? dit-il.

Je me penche et souffle à son oreille :

— Je m'en tape de ce que tu fais avec les autres mecs, puisque t'es le seul que je vais baiser.

Il se tend d'excitation. Mon visage contourne le sien. Ses yeux mi-clos me fixent. Je murmure :

— Tu veux voir comment je m'y prends ?

Son sourire s'étire sur ses joues, après un instant d'arrêt. Je ne peux réprimer le mien, alors que je me plaque contre lui. Nos queues se rencontrent. Nos respirations s'accélèrent. Ma bouche retrouve la sienne, tandis que nos corps impatients ondulent déjà l'un contre l'autre. Comme plus tôt, les choses dérapent très vite. La chaleur sur mon visage devient insupportable. Mes mains se placent sur sa peau, sur ses muscles bien plus affirmés que ceux de Laurine. Son épiderme est plus rugueux. Sa force me déstabilise, mais, bordel, ça m'excite tellement ! Je n'ai pas peur de lui faire mal, alors je m'emporte. Il me faut rapidement reprendre mes esprits au moment où j'envisage sérieusement d'entrer dans ce corps qui ne demande qu'à fusionner avec le mien. Je passe une capote tandis qu'il vire la sienne, et ne me contrôle plus quand j'empoigne le membre de Milo sans me poser de questions. Une part de moi observe ces gestes avec surprise. Une autre les découvre avec fascination. Je m'abandonne à l'instant, curieux, un peu perdu, et submergé par la ferveur de l'instant. Les mains de Milo me saisissent les hanches. Ses yeux me sondent. *C'est le moment, putain.*

J'étale du lubrifiant sur mon sexe en le matant. Lorsque mes phalanges s'approchent pour le préparer, je sens Milo se crisper.

— Fais-moi confiance, susurré-je.

Son regard se porte sur ma queue au garde-à-vous.

— J'aurais peut-être dû y jeter un coup d'œil plus attentif avant de me lancer dans l'aventure, déclare-t-il.

Je souris.

Sa respiration devient courte, tandis que je le doigte, impatient de me fondre en lui.

— Tu peux encore reculer, dis-je en me replaçant au-dessus de lui.

— J'allais te dire la même chose.

— Mais ça serait tellement dommage ! commente Laurine avant de planter un baiser sur nos bouches respectives.

Je l'avais oubliée, bordel !

L'expression embarrassée sur le visage de Milo me prouve que je ne suis pas le seul. Il rit. Moi aussi. La situation est complètement dingue. Puis nos éclats se tarissent alors que nos souffles se coordonnent. Les yeux soudés aux siens, je m'empare de ses lèvres, mes phalanges le quittent. Un râle m'échappe au moment où je m'enfonce lentement en lui.

Son corps se cambre. Je tremble et retiens ma respiration, conscient de ce qui se passe, mais incapable de me raisonner. Je progresse en serrant Milo dans mes bras. Mon visage s'enfouit dans son cou. Sa main se pose sur ma nuque. L'autre sur une fesse.

Une pression de ses doigts.

Deux.

Trois.

Je peux y aller. Alors j'étire de nouveau les bras, et nos torses se quittent.

J'inspire au premier coup de reins, quand je remarque, du coin de l'œil, que Laurine admire le spectacle en se touchant. C'est agréable à contempler, mais ce n'est étrangement pas ce qui attire mon regard.

Deuxième coup de reins.

La situation m'échappe. Quelque chose en moi se soulève. Un feu brûle sous mon échine. Je déglutis en posant mes yeux sur Milo. Ses joues sont rosies. Une mèche de ses cheveux est collée à son front en sueur. Il est putain de canon.

Troisième saccade.

Plus forte, mais dans la retenue. Elle sera la première d'une série de lents va-et-vient. Mon esprit est sur pause. Fixé sur Milo, j'éprouve avec délectation chaque ondulation. Je me saisis de chaque seconde. Mon corps frémit de cette union, et devient vite plus emporté. Je secoue la tête.

— Putain...

Il me chope le menton, plaque une main sur ma fesse et la pétrit. À mon oreille, il susurre :

— T'es fichu, Leroy. Maintenant, tu ne penseras plus qu'à moi.

Je renforce mes assauts.

— Détrompe-toi, rétorqué-je sur un puissant coup de reins, c'est toi qui ne pourras plus m'ôter de ton esprit. Les autres mecs vont te paraître insipides après moi.

Il éclate de rire, puis me lance :

— Va falloir tout donner, dans ce cas.

Bordel...

CHAPITRE 16
SOUS LES SUNLIGHTS DE LA MONGIE...
MILO

Pour tout donner, il a tout donné…
Après avoir joui, Dorian a jeté la capote quelque part et s'est étalé sur moi.

Mes yeux égarés sont fixés sur le plafond. Ma respiration est courte. Je suis en sueur, vidé, mais *bordel*, je n'ai jamais pris un pied pareil.

Du coin de l'œil, j'avise Laurine rejoindre la salle de bain. Le bruit de la douche me renseigne sur son activité. Mon cœur ralentit un peu. Mon souffle devient moins haché.

— On a baisé ensemble, lâche-t-il, la tête abandonnée sur mon épaule.

J'inspire. Je me doutais que cette discussion arriverait tôt ou tard, mais pas si vite.

— Effectivement.

— T'es un putain de diable.

Je m'esclaffe. Il se redresse et s'agenouille à côté de moi. Sa main s'empare du drap pour essuyer mon sperme étalé sur son ventre aux abdominaux prononcés, puis son regard se rive sur moi. Il déclare :

— C'était génial. J'avoue.

Mes lèvres se courbent. Je le fixe en croisant les jambes.

— Je ne m'y attendais pas, dis-je.

— Moi non plus.

— Tu commences à flipper ?

Il hausse les épaules.

— Je sais pas, confie-t-il, avec un rire gêné très mignon.

Je l'observe. Il sourit, et ça me fait plaisir. Je n'aurais pas aimé le voir pétri de remords tout de suite.

— Tu devrais retrouver Laurine sous la douche, suggéré-je.

Il tourne la tête et cale ses mains sur les genoux.

— Ouais, je devrais. Après tout, elle est censée être le centre d'attention.

— J'ai pas eu l'impression qu'elle regrettait la situation.

Il pouffe. Moi aussi. Le moment s'éternise.

— Bon, j'y vais, lâche-t-il.

— OK.

Il se retourne. Forcément, mes yeux se portent sur son cul magnifique, qui disparaît quand il ferme la porte de la salle de bain derrière lui.

Estimant qu'il est temps que je m'éclipse, je me carapate en peignoir et en chaussons. Mon costume sous le bras, je traverse la réception et file dehors sans me préoccuper des regards sur moi. Je m'en cogne profond.

Parvenu à l'auberge de jeunesse, j'aperçois immédiatement Tony sur des marches qui mènent à une grange délabrée. Elle scrute son joint, puis l'allume, des lunettes de soleil sur le nez, une robe noire enveloppant sa silhouette fluette, et ses éternels Dr. Martens rouges aux pieds. Son visage se tourne vers moi. Elle aspire une taffe sans s'étonner outre mesure de ma tenue, et dit :

— Y avait plus d'eau chaude chez les bourges ?

— Je te rappelle que tu ne vis plus à la Palebière, mais dans le 8e, maintenant. Va falloir que tu t'y fasses, Skywalker. T'as basculé du côté obscur le jour où t'as ouvert les cuisses pour un mec pété de thunes.

Elle expire sa fumée tandis que je m'assieds à côté d'elle. Des invités au mariage accoutrés de tenues chics passent devant nous, l'air perplexe.

— On arrive ! lance Tony à ces inconnus, qui détournent aussitôt les yeux.

— Bon… Tu l'as dit à Max ou t'attends Noël ? demandé-je en m'emparant du splif qu'elle me tend.

— J'y arrive pas.

— Oh.

Je tire une taffe. Comme le sien, mon regard se porte sur l'horizon. Mes pensées se calment toujours en compagnie de Tony.

— J'ai couché avec Dorian, confié-je.

Un silence. Elle marmonne :

— Tu me dois cinquante balles. À Norah et à Cally aussi.

— Je n'ai pas parié. J'aimerais d'ailleurs préciser qu'un pari insinue que quelqu'un va miser le contraire ; or je n'ai jamais affirmé que je n'allais pas me le faire avant la fin du week-end.

— T'es redoutable, admet-elle, mais tu ne pensais pas pouvoir te le faire.

— C'est vrai, concédé-je. Comme quoi, la vie réserve de belles surprises !

— Tu vas peut-être tourner la page Simon, à présent.

Mon regard fixe un mont couronné de blanc, sur lequel un nuage s'est lové à la manière d'un anneau. Un rayon de soleil se projette sur son flanc et rend le spectacle étourdissant.

Mon esprit s'évade. Mon cerveau créatif se met en branle. Je pense à clôturer le *webtoon* de Bradley pour une nouvelle histoire qui se déroulerait à la montagne. Tempête de neige. *Gay for you*. Proximité forcée. *Oh, ouais !* Les traits des deux mecs prennent forme dans ma tête. Et forcément, l'un deux est métis, a une queue énorme et est l'homme le plus torride de cette planète.

— Milo !

Merde, Tony.

— Hum… Oui, je vais peut-être oublier Simon.

Et là, à cet instant, je prends conscience que quelque chose a changé. Depuis quelques mois, à chaque fois que j'ai pensé à Simon, j'étais envahi par la crainte d'éprouver des regrets. Elle me faisait mal, mais je savais la couver en secret. À présent, face à ces montagnes, elle ne m'est plus si douloureuse. Je me sens juste… nostalgique, mais pas de manière désagréable. L'image de Dorian s'invite dans mon esprit.

— C'était génial, putain.

Tony sursaute et se tourne vers moi.

— Oh, bah… Ça, alors !

— Quoi ? lâché-je.

— Le Milo que je connais ne dit jamais que quelque chose est génial à moins d'en faire des caisses. Y a pas plus blasé que toi !

J'éclate de rire.

— Pas faux.

— T'as des paillettes dans les yeux, Milo. Si Norah te voit comme ça…

— J'ai pas de paillettes dans les yeux ! Je suis juste… surpris.

— Comment ça ?

Je lui rends le joint auquel elle a à peine touché, mais elle le refuse. Mes épaules se haussent, car je ne suis pas mécontent de le torpiller seul. Il faut que mes idées s'éclaircissent et s'envolent. Je me sens inspiré et j'aime cette sensation. Certes, elle me met souvent à l'écart des autres. Mais comme je suis très égoïste et que mes propres pensées m'importent plus que celles d'autrui, cela ne me pose pas plus de problèmes que ça.

— Je le matais et... c'est comme s'il avait eu un court-circuit. Il m'a embrassé.

— Il était comment après ? demande-t-elle, dévorée de curiosité.

— Halluciné, mais pas flippé. Pas sur le moment.

— La soirée semble prometteuse ! Les filles et moi allons disséquer ses moindres gestes. Nous te ferons un rapport scrupuleux.

— Je ne m'attendais pas à moins de ta part, Tony.

Elle rigole, moi aussi.

— Bon... lâché-je, c'est quoi, ton délire ? Pourquoi tu le dis pas à Max ?

Elle sait de quoi je parle. Ses yeux se baissent sur le joint dans ma main. Elle soupire.

— Je me suis décidée que récemment.

À ces mots, je me tais. Tony est comme Norah, Cally et moi. On a beau se raconter toutes nos conneries, le terrain de l'intime est toujours difficile à aborder. On ne sait pas faire, alors on ne se plaint pas et on encaisse. Quand on est content, on se méfie, car on se demande quand la merde va nous tomber dessus. Quand on aime, on ne sait pas le dire. Quand on souffre, on le garde pour nous, afin de préserver nos proches. C'est ainsi.

Alors je n'ignore pas ce que ça coûte à Tony de se confier. Elle doit en avoir gros sur la patate, mais j'ai dans l'idée que c'est plus aisé pour elle de parler du sujet à un homme qu'à une femme, qui pourrait comparer sa propre situation. Au moins, y a aucun risque que je me retrouve un jour avec un polichinelle dans le tiroir. Leroy a beau posséder une bite magique, je ne pense pas qu'elle puisse accomplir ce genre de miracle.

— Je voulais pas d'enfant, me confie enfin Tony. Ça a toujours été très clair dans mon esprit, et ça m'a foutu la rage d'avoir à justifier ce choix de vie. Depuis que je le sais, je suis de mauvais poil. Je ne dois pas boire, pas fumer...

Son regard se pose sur le joint.

— C'était l'ultime taffe de la condamnée. Je voulais dire *bye bye* à ma jeunesse.

— Mais arrête de dramatiser. Il n'y a que ton vagin de condamné ! T'as pas besoin de tout remettre en question parce que tu vas avoir un bébé. Quand tu auras envie de te mettre sur le toit, tu le feras garder.

— Hum... T'as peut-être raison.

Je comprends cette histoire de justification. Moi-même je ne saisis pas pourquoi je dois m'expliquer ou donner un nom à ma sexualité. Qu'est-ce que ça peut foutre aux gens ? J'aime ce qui est beau. Même si je couve quelques préférences, je me fiche de la couleur de peau ou du sexe du partenaire que je choisis. Je n'arrive pas à comprendre pourquoi je devrais repousser une femme ou un homme qui m'attire si elle ou il y consent. J'écrase mon joint en chassant certaines pensées.

— J'ai failli ne pas le garder, ajoute Tony. J'ai vraiment eu la trouille, puis... j'ai pris conscience que voir Max papa me rendrait heureuse. Que *nous* voir parents me rendrait heureuse. Mais c'est sur moi que j'ai des doutes. Je suis une calamité. Pourtant, même si je ne suis pas très classe, je vais l'aimer ce bébé, à ma façon. Je veux dire, je me couperais en deux pour ma famille, Cally, Norah et toi, alors t'imagines pour lui ?

Je tourne mon visage vers elle. De toutes les personnes que je connais en ce monde, Tony est la plus généreuse. Mais cette générosité ne s'est jamais traduite par des mots, puisqu'elle n'a jamais su les exprimer, mais plutôt par des actes.

Je pouffe.

— Pourquoi tu pouffes, enfoiré ? Le moment est solennel, fais un effort !

— Désolé. J'étais en train de me dire que j'aurais kiffé avoir une mère comme toi.

Elle explose de rire. Ça lui a fait du bien de parler, et cette constatation me soulage.

— Ce gosse n'est pas prêt, admet-elle.

— Tellement.

— Qu'est-ce que vous foutez ? On va être en retard ! beugle Norah depuis l'entrée de l'auberge de jeunesse.

— Bah, partez devant, lancé-je en me levant. Je me lave et j'arrive.

— Tu déconnes ? Tu séjournes dans un 5 étoiles et nous on se tape des douches communes avec des tongs aux pieds, c'est quoi ton problème ?

Je m'approche et me penche à son oreille.

— Je viens de coucher avec Leroy, alors je le laisse un peu respirer.

Mes mots lui ont coupé la chique. Ses yeux s'agrandissent. Sa bouche s'entrouvre largement, incurvée dans un sourire.

— Oh, la vache ! crie-t-elle. Callyyyyyyyyy ! Viens voir !

— Ouiiiiiiiii ?

— Milo nous doit cinquante balles !

— Oh, putain, c'est pas vrai ! s'enflamme aussitôt Cally.

Mon sourire niais lui provoque un soupir joyeux.
— T'as surkiffé ?
— De ouf.
— Qu'est-ce qui se passe ? demande Dan, absolument sublime dans son costume qui rehausse son teint mat de Méditerranéen.

Cally se crispe. Je me tends aussi. Dan est le meilleur pote de Dorian. Il serait malvenu qu'il apprenne que son ami hétéro jusqu'à la moelle a connu sa première fois avec un homme dans l'après-midi. Mon sourire répond à celui de Dan.

— J'ai passé un excellent moment en profitant du jacuzzi de ma chambre. Je disais à Cally que c'était le kif.

— Oh, dit-il en retirant un instant ses lunettes de soleil, afin d'aviser mon peignoir avec circonspection.

Il ne pose pas de question. C'est ce qui est bien avec Dan. Il a abandonné l'idée de comprendre notre quatuor depuis longtemps. Max, quant à lui, passe devant moi, s'immobilise, parcourt ma tenue du regard, soupire et va rejoindre Tony.

— Tu nous retrouves à la cérémonie ?
— Ouais.
— Milo ? m'interpelle Tony. Elle débute dans deux minutes. Il serait judicieux de te presser !

Lorsque j'arrive, une troupe de personnes en habits chicos se dirigent vers l'entrée de l'hôtel. Il faut croire que j'ai loupé la cérémonie, car un homme avec une écharpe bleu, blanc, rouge est en tête de cortège. Le père Leroy, qui se tient à ses côtés, me jette un coup d'œil, avant de poursuivre sa conversation avec le maire du village. En queue de peloton, je distingue mes amis, ainsi que Laurine et Dorian. Je vais être fixé sur ce qu'il ressent au moment où son regard va croiser le mien. Je pressens deux réactions possibles :

Soit il commence à éprouver des regrets et détourne la tête.

Soit il assume et m'adresse un sourire.

Quand ses yeux rencontrent les miens, c'est la première qui l'emporte. Je soupire. J'aimerais pouvoir affirmer que la déception ne m'étreint pas la gorge. Mais ce serait mentir. Cela dit, c'est quelque chose que je sais faire, alors je me reprends, affiche un visage joyeux et file en direction de mes amis. J'ignore Leroy, mais Laurine m'agrippe le bras et me chuchote à l'oreille.

— Merci, Milo, c'était génial. Je suis encore sur mon petit nuage.

T'as de la chance. Moi, je viens d'en redescendre…

— Tout le plaisir est pour moi, princesse.

Elle glousse, et je souris.

— Je ne dirai rien pour Dorian et toi.

— Tu n'auras pas besoin de te forcer à dissimuler quoi que ce soit, ce soir. Tout le monde pense que nous sommes en couple, lui et moi. Mais il serait malvenu que Dan l'apprenne, sauf si Leroy décide lui-même d'en parler.

— Je suis d'accord. En revanche, je doute que son père ait mordu à l'hameçon.

— Je te confirme qu'il n'y croit pas du tout, et je peux aussi te garantir que Dorian ne fera plus rien pour lui assurer le contraire.

— Comment ça ?

Samantha se dirige vers nous. Un coup d'œil m'informe que le duc se place à ma gauche. Je note qu'il sera difficile de le surnommer l'Hété-Roi, à présent.

— Maintenant, c'est le vin d'honneur. J'aimerais savoir si vous avez prévu un discours, monsieur Leroy.

— Je pense que mon père et moi conviendrons tous les deux que ce ne serait pas une bonne idée, réplique-t-il.

— Très bien ! s'enthousiasme Samantha, qui ne masque pas son soulagement.

Elle invite Laurine à la suivre jusqu'à l'arche près de l'entrée, pour la photo des femmes avec le marié. Laurine lui emboîte le pas sans sourciller.

Un silence s'installe entre mon voisin et moi, et je ne compte pas le briser.

— T'étais où ? demande-t-il, d'un ton sec.

— J'ai pris ma douche à l'auberge.

— Pourquoi ?

— J'ai estimé qu'après ce qui s'est passé, il valait mieux te laisser seul avec ta copine.

— Et qu'est-ce qui s'est passé, Milo ?

Je me crispe. Son timbre est sans nuances. Je ne sais pas ce qu'il pense et n'ose le regarder.

— Je dois répéter ma question ? insiste-t-il.

Quelques secondes défilent, puis il m'agrippe le bras et m'intime de lui faire face. Il déclare sans un sourire :

— On a baisé, toi et moi, voilà ce qui s'est passé, et te tirer de la chambre une fois que c'était terminé, c'était…

Il me relâche. Ses mâchoires se serrent. C'est pas bon signe, pourtant son visage est encore plus sublime quand il fait ça. J'en reste un instant ébloui.

— T'avais pas le droit de partir après un moment pareil. Putain, je l'ai jamais fait avec un mec. J'en reviens même pas ! T'es un putain d'égoïste, ouais, t'es un bel enfoiré !

Il plante son index sur mon torse. Je suis ahuri de le découvrir si énervé.

— Je… je pensais que tu aurais besoin d'espace ! me justifié-je.

Il me scrute, comme s'il me sondait, puis il cingle :
— Va bien te faire foutre.
Il se tire vers le bar, s'empare d'une coupe et se l'enfile cul sec. Son père ne rate rien de la scène. Puis je respire en comprenant qu'il l'observe depuis le début. C'était donc de la comédie pour faire croire à son daron que l'on se disputait comme un couple. Le salopard, il aurait pu me prévenir !
Je rejoins Cally et Norah autour d'une table haute.
— Où est Tony ?
— Elle a emmené Max à l'écart. Elle va lui annoncer la big nouvelle.
Les filles sourient. Moi aussi. Nos yeux brillent de larmes contenues. Tony n'est peut-être pas un modèle d'élégance, mais nous n'avons aucun doute sur le fait qu'elle sera une maman géniale. Nous savions tout de ses incertitudes, mais on ne l'a pas forcée à s'épancher tant qu'elle n'en avait pas envie. On est là. Présents. Disponibles. Pas de jugements. Et c'est ça qu'elle attend.
— Comment a réagi Dorian ? s'enquiert Cally.
Je hausse les épaules.
— Tout est redevenu comme avant. Nous jouons notre rôle durant cette soirée, comme si rien ne s'était passé.
— Sérieux ? Rhooo… C'est nul.
— C'était qu'un plan à trois. Une expérience pour Laurine et Leroy. Point à la ligne.
— Ouais, mais toi ?
— Moi, quoi ?
— T'as pas envie que ça aille plus loin avec lui ?
— Il est hétéro.
Norah et Cally gloussent comme des idiotes.
— Il ne l'est pas.
— Si, il l'est.

— Il est gay.

— Il n'est pas gay, il est... Milo. Uniquement Milo, clarifié-je. Il désirait satisfaire sa curiosité sur la question, il l'a fait. Laurine aussi a profité de nouvelles découvertes, d'ailleurs.

— Racooooonnnnte !

— Leroy et moi l'avons stimulée des deux côtés, si vous voyez ce que je veux dire, affirmé-je en haussant deux fois les sourcils.

— Une double péné, la chance ! lâche Norah, ébahie.

— Des *penne* ? On mange des *penne* au repas ? demande Tony, qui débarque avec Max.

Norah a un hoquet de surprise. J'explose de rire. Cally en reste bouche bée. Un sourire niais est plaqué sur la tronche de Max dont la crinière est ébouriffée. Les cheveux de Tony forment un nid d'oiseau au-dessus de sa tête et son rouge à lèvres a bavé. J'aimerais pouvoir dire que la scène est inédite, mais...

Visiblement, le futur papa a bien pris la nouvelle. Et, évidemment, ni Cally, ni Norah, ni moi ne leur dirons qu'ils ont clairement l'air d'un couple qui vient de baiser en douce. Ils vont bien s'en rendre compte eux-mêmes quand ils seront redescendus.

La musique d'ambiance est à chier. On commence même à s'emmerder. Mon regard cherche Leroy sans le trouver. Il tombe sur Natacha, qui semble heureuse dans sa robe de mariée.

Samantha ordonne enfin à tout ce petit monde de s'orienter vers la salle de restaurant. Je m'y dirige et rejoins la table que l'on m'indique. J'ai la satisfaction d'y découvrir que Dan nous y attend. J'apprécie l'attention du père de Dorian, car je le sais à l'origine de ce changement de place. Son fils se pointe justement en compagnie de Laurine. Cette dernière est installée entre Max et Norah. Leroy est mon voisin de gauche. J'ignore si c'est une impression, mais je sens soudain un vent glacial provenant de l'ouest.

Ce sentiment se confirme quand les entrées sont servies. Cally et Norah scrutent la moindre de ses réactions. De mon côté, je trinque avec Max, qui ne s'en remet pas.

— Je vais être papa ! répète-t-il pour la cinquantième fois.

Il a bien l'intention de le fêter et est déjà éméché. À croire qu'il s'est dit qu'il allait écluser les verres que Tony ne peut plus s'enfiler en soutien.

Ce que j'apprécie chez Max, c'est qu'il a l'alcool amoureux. C'est d'ailleurs durant une nuit de beuverie que ces deux-là se sont jetés l'un sur l'autre. Problème, Tony était tellement murgée qu'elle ne s'en est pas souvenue. Max a déployé des trésors de patience pour l'apprivoiser. Il lui a même passé la bague au doigt pour être certain qu'elle ne pourrait plus lui échapper. Il en est fou, et cela se confirme lorsqu'il pose ses yeux sur elle.

— T'as envie d'un garçon ou d'une fille ?

Elle hausse les épaules.

— Je m'en fous. Qu'il aille bien, c'est tout ce qui compte.

Le sourire de Max s'étire sur ses joues. Des fossettes très sexy s'y creusent.

— Oui, c'est tout ce qui compte.

Je suis arraché à ce joli moment par Gilbert Montagné. Les notes de *Sous les sunlights des tropiques* se répercutent entre les murs de la salle. Ma mâchoire s'en décroche. La tronche de Cally, Norah et Tony vaut son pesant d'or. Une dizaine d'invités profitent de cet entracte pour se rendre sur la piste de danse. *Meeeerde*...

Leroy se lève immédiatement et aborde vigoureusement le

DJ placé tout près de notre table. Le type fait un pas de recul en le voyant approcher. Dorian lui tend son portable et déclare d'un ton qui ne souffrira d'aucun refus :

— Tu mets n'importe quel morceau de cette playlist, et t'arrêtes avec ta musique de merde. *Capisce ?*

Je me mords les lèvres pour ne pas rire. Le DJ hoche la tête. Leroy le toise puis revient à sa place.

— T'es super vénère, dis-moi, déclaré-je à Dorian. Je t'ai jamais vu faire ça au BBP avec Teddy le DJ. Pour certains morceaux, personne ne t'en aurait voulu, t'sais ?

Il se crispe et tourne lentement son visage vers moi. J'ai dans l'idée qu'il y a un malaise quand son regard me fusille.

— Le fait que je sois vénère n'a rien à voir avec la musique ni avec les *Sunlights* de ces putains de tropiques. Ça à voir avec toi et le fait qu'on a baisé ensemble, avant que tu te tires. Tu veux savoir pourquoi ça me fout les boules ?

Les voix autour de la table faiblissent les unes après les autres. Seuls Dan, Laurine et Max, placés à l'opposé, n'y prêtent pas attention.

Dorian n'attend pas vraiment de réponse, alors je n'en donne pas. De toute manière, même si je le pouvais, j'en serais incapable. Il poursuit :

— Il vient de m'arriver un truc de dingue, enchaîne-t-il. J'aurais voulu que la personne avec laquelle j'ai partagé ce moment reste à mes côtés pour l'encaisser. Que le type en qui je commençais à avoir confiance ne me lâche pas comme une merde, comme si ça n'avait pas d'importance, parce que ça en a pour moi, putain. C'est jamais arrivé avant, tu comprends ? Maintenant, c'est le bordel dans ma tête. Ce qui aurait pu être évité si tu n'avais pas détalé, enfoiré !

Son dernier mot me donne le courage de me justifier :

— J'ai mal estimé la situation.

— T'as mal estimé la situation ?

— C'est captivant, murmure Norah derrière mon oreille.

Le DJ choisit ce moment pour balancer *Temperature* de Sean Paul dans les enceintes. La piste de danse se vide immédiatement. Cally, Tony et Norah se lèvent direct pour l'investir. Je suis content de m'arracher à cette discussion pour les rejoindre. *Sean Paul, bordel !*

CHAPITRE 17
OK, JE SUIS PEUT-ÊTRE UN POIL PERTURBÉ...
DORIAN

S*eigneur*... Cally, Norah, Tony et Milo s'agitent en cercle au milieu de la piste. Laurine parle à Natacha, avec laquelle elle s'est visiblement liée d'amitié. Les vieux sont partis se rasseoir et assistent au même spectacle que moi. Les quatre acolytes tentent d'imiter la danse emblématique de Sean Paul. Celle de Milo est catastrophique, mais, comme Norah est pire, l'œil n'est pas uniquement attiré par sa piètre prestation. Ils éclatent de rire.

Max me tend un autre verre. Il est à fond et sourit en permanence. Je dois avouer que c'est contagieux, car je ne peux refouler un petit rictus en avisant cet air béat sur son visage. Dan se rapproche aussi. Là, je me crispe. Je ne sais pas ce qu'il a entendu de la discussion à table et tente de ne pas y penser, alors que mes yeux bloquent sur Milo.

J'ai les boules. Je lui en veux. Après l'avoir quitté, j'ai rejoint Laurine dans la salle de bain. J'admets que j'étais déboussolé. Elle, en revanche, était heureuse d'avoir partagé ce moment avec nous et n'est pas revenue sur ce qui s'est passé, si ce n'est pour s'en enthousiasmer. Je pense qu'elle croit que c'était une expérience pour moi, comme la double-pénétration l'a été pour elle. Sans conséquence, puisque désirée. Sauf que ce n'est pas tout à fait la même chose !

J'ai. Baisé. Avec. Un. Mec.

Et j'ai adoré ça...

Ce constat a été immédiat dans ma tête. Ça ne pouvait pas être plus clair. Ce qui ne l'est pas en revanche, c'est que je ne suis pas attiré par les hommes. Je ne l'ai jamais été et je ne le suis toujours pas. Alors, qu'est-ce qui s'est passé ?

C'est lui.

Milo.

Il a un truc, et je sais pas quoi.

Le DJ poursuit avec *Jump Around* de Cypress Hill. Cally, Tony, Norah, et Milo sautent partout et invitent les convives à les suivre. Ils se prennent des crampes à la chaîne, mais sont loin de se démonter. Au contraire, ils continuent, tirent même sur quelques bras et décollent certains culs. J'éclate de rire quand je vois Milo twerker devant une mémé de quatre-vingts ans qui l'a dénigré. Ça se fait pas !

— Ils sont barjots, commente Dan.

— C'est ce que j'aime chez eux, affirme Max. Depuis que je les connais, il n'y a pas un jour où je n'ai pas pleuré de rire ou de dépit.

— Cally se fout complètement de ce que pensent les autres, ajoute Dan. C'est le trait qu'ils ont en commun, tous les quatre. Ce sont des esprits libres qui ne se préoccupent pas des conventions.

Il se tourne vers moi.

— Mais tu l'as déjà remarqué, puisque ce n'est pas la première soirée que tu partages avec nous ni que ça dérape en raison de la présence de ces loustics. Cependant, tu restes silencieux. Qu'est-ce qui se passe, Dorian ?

— Rien, réponds-je en refoulant l'envie de me tortiller.

— T'es pas aussi bon que Milo pour les mensonges, mon pote. C'était quoi, ce que j'ai entendu tout à l'heure ?

Putain...

— Oui, c'est quoi le « truc de dingue » que t'as partagé avec Milo ? enchaîne Max. J'ai pas compris pourquoi tu lui en veux de t'avoir lâché ?

Je me crispe et fixe mon regard devant moi.

— Je l'ai baisé.

Dan et Max se taisent. Ça dure longtemps. Le premier se racle la gorge.

— Milo ? T'as baisé avec Milo ?

— Puisque je te le dis, bordel, m'énervé-je. On était en train de faire un plan à trois très bouillant avec Laurine et... ça a dérapé.

— J'arrive pas à le croire, murmure Dan, pantois.

— Pareil, commente Max.

Mes yeux scrutent Milo.

— Ce mec est un putain de magicien.

— Mais... t'as... tu... C'était bien ?

Mon regard ne quitte pas la piste quand j'affirme :

— C'est le meilleur coup que j'aie jamais connu.

Et c'est sans doute ça qui me perturbe plus que tout. Pourtant, j'en suis pas à ma première sodo, loin de là. Mais il y avait quelque chose de différent, cette fois-ci. C'était si puissant que j'ai été emporté. Un tourbillon de délices, jusqu'au moment où j'ai atteint le nirvana. J'en éprouve encore les répliques dans mon ventre en matant l'auteur de mes fichus tourments. Ma queue frémit à ces souvenirs.

Je me lève et me retourne vers Max et Dan, toujours médusés.

— J'ai plus faim, et j'suis crevé. Je vous laisse, bonne soirée.

Dan me consulte des yeux et devine que je suis bel et bien décidé. Mon regard rencontre celui de mon père et de Natacha. Je prends soudain conscience que je n'en ai plus rien à foutre de leur mariage. Je les rejoins et découvre Laurine hilare aux côtés de ma première épouse. Elle s'est trouvé une nouvelle copine. Une pensée pas très agréable s'imprime en moi à cette vision. Elles ont le même style, partagent le même caractère et rient aux mêmes blagues. Elles sont gentilles sans être douées d'un talent quelconque, mais elles sont aussi douces et surprenantes. Je prends conscience que, dans le schéma des personnes que je me suis tapées, Milo fait figure d'exception, et pas uniquement en raison de sa queue.

— Je suis K.-O., alors je monte, préviens-je ma petite-amie, avant de me tourner vers Natacha. Félicitations.

Puis je fais volte-face, estimant en avoir fait suffisamment.

— Tu laisses ton compagnon seul, Dorian ? m'interpelle mon père.

J'inspire, puis décide de ne pas lui répondre. Personne ne me retient quand je récupère mon portable, même pas Laurine, qui s'esclaffe avec Natacha.

En remontant dans la chambre, je me dis que c'est préférable. Je dois remettre de l'ordre dans mes réflexions, la solitude devrait m'y aider.

Après une douche et un brossage de dents minutieux, je bascule sur le lit comme une pierre. Sur le dos, je laisse mon esprit s'envoler vers ce qui s'y est passé plus tôt. Ça m'obsède. Je me suis tiré du dîner en prétextant être crevé, mais je ne suis pas près de trouver le repos tant mes pensées sont agitées. Je me fous en boxer et me réfugie sous les draps.

Mais une demi-heure plus tard, je ne dors toujours pas et entends la porte de la suite s'ouvrir et se fermer. Ça ne peut pas être Laurine, qui n'a pas la carte, à moins que Milo la lui ait confiée pour se rendre à l'auberge. Le week-end se termine, il n'y a plus de raisons de prétendre que nous sommes en couple, alors c'est possible.

Je prends soudain conscience que je n'ai aucun désir que ce soit elle qui entre dans cette chambre.

CHAPITRE 18
LA NUIT OÙ J'AI TOUCHÉ LES ÉTOILES...
MILO

J'entre en extirpant mes clopes de ma poche, puis les pose sur la console avant de retirer ma veste. Je la jette sur le canapé, mais il n'y en a plus. Elle échoue donc sur le sol. Je l'y abandonne et me place à genoux devant la table basse afin de rouler un petit joint. Il me tarde de le fumer sur la terrasse et de laisser mes pensées s'embrumer.

Je songe à Dorian, qui doit pioncer dans la pièce d'à côté. Il a dit à tout le monde qu'il était fatigué. Tu m'étonnes, vu ce qu'il a donné dans l'après-midi.

Je rigole comme un con en passant ma langue sur la feuille. Un sourire niais étire mes lèvres quand je roule le bédo. Max a eu la main lourde sur l'alcool. Ce soir, j'ai découvert qu'il était difficile de ne pas trinquer avec un futur papa.

Attends, dis pas non ! Je vais être papa.

Tu vas pas refuser un shot ? Je vais être papa.

Qu'est-ce que ça va être quand il va *vraiment* être papa !

Quand on y pense, c'est quand même un enfoiré. Il s'est

enfilé les verres à la chaîne, alors que Tony doit faire ceinture. Je me marre.

Faut que je me lave, mais j'ai la flemme. Je tire sur mon splif en avisant le jacuzzi sur le balcon. « *Good idea* » clignote dans mon esprit. Je m'y rends et me fous à poil. Après une taffe, je m'y plonge et m'y étends.

Les bulles se mettent en route. La vapeur se dégage de l'eau très chaude. La tête en arrière, mes paupières s'ouvrent sur le ciel nocturne. À cette altitude, les étoiles semblent tout près et mille fois plus brillantes que partout ailleurs. Je tire une nouvelle taffe et me tape un gros kif contemplatif, quand je sens une présence sur ma gauche. Mes yeux remontent alors sur un ventre ferme, un torse nu, puis sur un visage qui me fixe intensément. J'ai envie de lécher le tout.

L'attention de Leroy ne faiblit pas quand il gravit les trois marches qui le mènent dans le jacuzzi. L'ambiance est électrique, pourtant, aucun de nous n'a prononcé un mot. Sa cuisse me touche lorsqu'il se place à côté de moi. J'en frémis. Une tension se loge dans mon ventre. J'aspire dans mon pilon pour dissimuler cet émoi. Un long silence s'étire.

— J'étais comment ? demande-t-il à voix basse.

— Pardon ?

— J'étais bien ? Je veux dire, je sais m'y prendre avec un mec ou c'était moyen ?

Je pouffe. J'ignorais qu'il avait besoin d'être rassuré sur ce point. Venant de lui, ça a quelque chose de… mignon. Mais après tout, c'était une première fois pour lui, donc…

— T'étais incroyable.

Il sourit.

— Sérieusement ? Alors pourquoi tu t'es barré comme ça ? Je suis sorti de la douche, t'étais plus là.

— Je te l'ai dit, j'ai cru que t'avais envie de respirer. Une fois le plan à trois terminé, je n'avais plus rien à faire entre Laurine et toi. J'ai pensé qu'il était temps de m'éclipser. Il ne m'est pas venu à l'esprit que tu avais besoin de ma présence après. J'suis désolé, parce que je vais être sincère, j'étais certain que t'allais flipper.

Il soupire longuement, puis déclare :

— Je me pose des questions, mais je ne flippe pas.

— Quel genre de questions ?

Quelques secondes passent. L'air s'enflamme entre nous. Ses yeux se rivent aux miens. Ma pomme d'Adam remonte ma gorge, parce que le contempler fait resurgir les souvenirs de l'après-midi.

Il m'achève quand il répond :

— Je me demande comment je vais résister à ne pas me jeter sur toi pour recommencer.

Je m'embrase en une microseconde, laisse passer un nouveau silence et remarque :

— Mais… Laurine n'est pas là.

Ses épaules se soulèvent plus vite, comme sa respiration se hâte. Il souffle :

— En effet, Laurine n'est pas là.

Sa voix est rauque. Son air sérieux. Attiré comme un aimant, je m'approche de lui sans en avoir tout à fait conscience. J'ai un sursaut quand sa main émerge de l'eau et me saisit le menton.

— Tu te tires pas, cette fois.

La respiration courte, je secoue la tête, malgré l'étau qu'exercent ses doigts. Il les resserre sur mes joues et murmure :

— Un putain de diable.

Et ses lèvres se plaquent sur les miennes. Son corps en fait autant. Je suis au firmament !

Bon, OK, c'est pas cool pour Laurine, mais j'en ai un peu rien à cirer, parce que, quoi que je fasse, depuis ce plan à trois, je ne cesse de penser à ce mec qui me roule la pelle de ma vie. Or, si mes soupçons sont exacts, il semble aussi éprouvé que moi, alors, désolé ma cocotte, mais c'est le camp des hommes qui gagne sur ce coup-là !

Son bras me serre contre lui. L'autre s'enroule autour de mes épaules. Il me mord la lèvre inférieure, tandis que ses doigts se faufilent dans ma chevelure.

— Je veux te baiser, maintenant, dit-il, à bout de souffle.

— Tu peux pas mettre de capote, ici.

Il m'embrasse, vorace.

— J'en porte tout le temps, j'suis *safe,* et toi ? demande-t-il, au supplice.

Sa main s'empare de nos deux queues.

— Bordel, Leroy !

Son poing coulisse. Mes lèvres et ma langue me brûlent. J'ai chaud et je l'étreins fort.

— Je suis *safe.* Je suis *safe !* m'exclamé-je.

Aussitôt, ses bras soulèvent mes cuisses pour me placer au-dessus de lui. Je me laisse faire, refusant que ma bouche quitte la sienne. L'entraînement de l'après-midi me permet de m'empaler sur lui sans que la douleur soit trop vive. Je crois que, même si elle l'était, je m'en foutrais. Je le désire trop !

— Putain ! jure-t-il.

Je souris. Lui aussi. Nos langues se retrouvent alors que j'amorce mes ondulations.

— Tu vas me tuer, Milo.

— Je te l'ai dit, tu ne penseras plus qu'à moi.

Son sourire s'étire, alors que ses à-coups se font plus puissants. Je gémis dans sa bouche.

— Parce que tu crois que tu vas en sortir indemne, après ce qui passe là ? susurre-t-il.

Son front se colle au mien. Ses mains glissent sur mes côtes, remontent mon dos et m'enserrent fermement les épaules. Ses coups de reins s'accentuent. Un courant électrique me traverse soudain.

— Tu sens comme c'est intense ?

Comment répondre ? Je m'en remets à peine que je suis de nouveau propulsé vers l'extase. Mon cœur bat trop vite. Je peine à respirer, alors j'acquiesce plusieurs fois. Un coin de ses lèvres se courbe. Son regard suit la trajectoire de ma tête quand elle se jette en arrière.

— Tu me fais tellement bander, lâche-t-il avant de s'emparer de ma bouche.

Sa main s'invite sur mon membre, tandis que ses assauts se renforcent. Stimulé de toutes parts, il ne faut pas longtemps avant que je jouisse dans les eaux du jacuzzi. Ses yeux me contemplent durant chaque seconde de ma transe. Ses gestes deviennent désordonnés, emportés. Sur mon nuage, je suis à sa merci. L'esprit dans le vague. Il me prend comme personne ne m'a jamais pris avant lui. Puis il se fige, tremble alors sous quelques spasmes, puis se déverse en moi, les lèvres scellées aux miennes.

La tension retombe. Nos souffles s'apaisent. Nous n'avons pas bougé. Sa bouche se détache doucement de la mienne.

— Je sais pas si je vais réussir à m'en passer, putain.

Il ne doit pas dire ce genre de chose, mais je le tais et, dans mon état cotonneux, je lui souris. C'est alors que j'entends des sons provenant de l'entrée de l'hôtel. Puis un bruit de baies vitrées qui se ferment s'élève depuis les deux balcons voisins. Bercé par une douce torpeur, je me lève pour m'allumer une clope et satisfaire ma curiosité. Quatre étages plus bas, une bonne partie des invités attendent leurs voitures pour quitter les lieux. Plus loin, je distingue Cally et Norah. Elles me font des signes et s'écrient très nettement :

— On vous a entendus jusqu'ici, on était sûres que c'était toi !

Je mets quelques secondes à comprendre. Leroy rit dans mon dos. C'est alors que je prends conscience que je suis à poil, ma queue demi-molle placée entre les barreaux du garde-corps, en train de saluer niaisement les filles de la main. Je me décale sur la gauche, où du lierre me préserve des regards indiscrets, et tire quelques taffes en observant mes amies s'éloigner, et les voitures défiler les unes derrière les autres.

Derrière moi, je sens Leroy se rapprocher tel un prédateur. Le frisson dans ma colonne vertébrale en est le signal. Lorsque la peau de son torse se plaque à mon échine et que sa queue retrouve son fourreau, je tente d'en imprimer chaque moment dans mon esprit.

Tout cela est inattendu, extraordinaire, un peu magique, dans un sens. Alors je me repais de ses caresses, de sa bouche qui dévale ma nuque, de ses coups de reins plus délicats et langoureux. Face aux pics enneigés, dont la blancheur se révèle à la lune, Dorian Leroy me prend de nouveau, et moi, je m'envole plus haut.

CHAPITRE 19
L'EXCUSE DE LA GASTRO EST LE SÉSAME POUR ESQUIVER UNE DISCUSSION GÊNANTE. TESTÉ ET APPROUVÉ

DORIAN

Cinq jours plus tard

OK, peut-être que je flippe un peu, finalement. On est samedi soir, je dois retrouver Dan au Bloody Black Pearl et j'ignore comment me saper.

Je place trois tenues sur mon lit. Mon index tapote mes lèvres tandis que je peine à faire un choix. Mes pensées sont trop agitées depuis le mariage et ce qui s'y est déroulé.

Tant que j'étais là-bas, tout était OK, mais en rentrant, force est de constater que je ne sais plus où j'en suis. Je n'ai pas revu Laurine depuis mon retour ni envoyé de nouvelles à Milo. J'ai passé la semaine plongé dans le taf pour ne pas être forcé d'y réfléchir, mais je ne peux repousser plus longtemps l'inévitable. À moins que…

Je pense activement à rester chez moi pour ne plus avoir à me torturer l'esprit.

D'habitude, je prends des décisions et je m'y tiens. Mais depuis le week-end dernier, j'ai l'impression que je ne sais plus trancher sur quoi que ce soit. J'suis complètement paumé…

Je m'assieds sur le lit et me résous à prévenir Dan que je ne viendrai pas. Je le sens ainsi… Un soupir m'échappe après avoir envoyé le SMS à mon pote. Pas très fier, pour le coup, je m'arrache à mes pensées tumultueuses quand on sonne à la porte.

— Salut, mon bichon ! clame Laurine en se jetant à mon cou.

Je marque un pas de recul quand elle tente de m'embrasser.

— Bah, qu'est-ce que t'as ?

— Rien du tout, dis-je, pris au dépourvu. Je ne m'attendais pas à ta visite, c'est tout.

— Je n'ai plus de nouvelles de toi depuis des jours !

— J'ai eu beaucoup de travail et…

— C'est mon père qui m'envoie, me coupe-t-elle en entrant. Il m'a dit que tu ne le rappelais pas, alors j'ai commencé à m'inquiéter. Je pensais que tu étais malade, ou…

— C'est ça… expliqué-je en la redirigeant vers la sortie. Je ne suis pas dans mon assiette.

— Toi aussi ? s'étonne-t-elle. Au travail, c'est pareil. Cette épidémie de gastro provoque une hécatombe, ma parole !

Je pose illico ma main sur mon ventre et crispe les mâchoires.

— Ouais, c'est pas de bol que j'l'aie chopée, donc si tu veux bien…

Je la pousse de façon que ses pieds passent derrière le seuil de la porte, avant d'achever ma phrase :

— … faut que j'aille aux chiottes !

Laurine a un hoquet de surprise au moment où le battant se ferme devant elle. Je souffle de soulagement.

Comme je ne prévois pas de sortir, j'enfile un jogging, un vieux t-shirt, puis m'affale sur le canapé. Je lance Netflix et galère à trouver un truc à regarder, alors que ça fait une heure que je scrolle, bordel ! Rien ne me fait envie, jusqu'à ce que je tombe sur une série *boy's love* espagnole. J'ai beau en chercher des françaises, je n'y parviens pas.

Depuis mon retour, j'ai étudié mon comportement. Je n'ai pas maté un seul mec, donc je n'ai pas totalement basculé. Cela dit, je n'ai pas maté de femmes non plus. Et la façon dont je viens de repousser Laurine n'est pas pour me rassurer.

Qu'est-ce qui m'arrive ?

Je sens l'angoisse grandir en moi et décide d'éteindre Netflix, pour ouvrir l'application *Slashtoon*. Je cherche aussitôt une des séries de Milo et clique sur la première sans en lire la description. Je consulte le premier épisode, précédé d'une préface.

> *Salut, les gens, c'est Milo Masako !*
> *Voici « Bradley, pile ou face » ou l'histoire d'un escort boy gay, destiné à devenir un célèbre peintre ultra hot ! J'espère que vous aimerez vous plonger dans cet univers particulièrement cher à mes yeux.*
> *Je vous promets du sulfureux, du rire, de l'amour et des larmes. Alors, prêt(e)s à rencontrer Bradley, les coco(tte)s ?*

Je souris en découvrant le premier chapitre. Le dessin est

soigné. Une sorte de filtre rose transparent superpose les illustrations, ce qui donne une identification visuelle très précise à l'histoire.

C'est la marque de fabrique de Milo, d'après ce que j'en sais. J'ai investi dans la société *Slashtoon* pour le business. Le *boy's love* est en expansion constante, c'est un marché qui grandit vite. Cependant, je n'ai jamais lu un *webtoon* en entier avant de placer mes billes. Quitte à me lancer, autant que ce soit celui du mec avec qui j'ai couché. J'admire son talent en avançant dans l'intrigue. On devine très bien les intentions des personnages dans les regards qu'ils se vouent. Et ça commence fort !

Bradley est populaire et doté de beaucoup d'humour. Il fréquente les bancs de l'université durant la journée. La nuit, c'est dans les chambres d'hôtel qu'on le retrouve en tant qu'*escort* cultivant son anonymat. Dès le début de l'épisode, il se fait prendre par un type avec une teub énorme. À la fin du chapitre, le mec le paie. Bradley lui adresse un clin d'œil et retourne peindre chez lui, comme si rien ne s'était passé.

Milo ne fait pas dans la dentelle. Plus explicite, tu meurs. Dans ma tête resurgit un bout de phrase lu plus tôt : *« particulièrement cher à mes yeux »*. Pourquoi ?

Je me plonge dans l'histoire, puis les autres, curieux de comprendre ce qui se cache dans l'esprit de ce taré…

CHAPITRE 20
UN NOUVEAU PARTENAIRE DE TIME'S UP N'EST PAS UNE DÉCISION À PRENDRE À LA LÉGÈRE...

MILO

— Elle n'est pas un peu serrée sur la poitrine ? demande Cally.

— Eh bien, si tu croises les bras, tout le monde pourra contempler tes mamelons à ta prochaine réunion, ma chérie. Qui va s'en plaindre ?

Elle glousse, avant de retourner dans la cabine d'essayage.

— Ça craindrait qu'un sein se fasse la malle en pleine présentation *PowerPoint*, ricane-t-elle derrière le rideau, mais je vais quand même la prendre.

Elle sort habillée, plante ses lunettes de soleil sur son nez alors que nous ne sommes pas encore dehors, et lance :

— Pour les soirées coquines avec Dan, hiiiiii !

Je viens souvent la rejoindre le midi. Il n'est pas rare que nous nous arrêtions pour une séance de shopping durant sa pause déjeuner. Cally est accro aux fringues, et je ne parviens jamais à lui refuser quoi que ce soit, sauf le porté de *Dirty*

Dancing qu'elle voulait absolument exécuter au mariage de Tony. Heureusement, Dan m'a sauvé la mise sur ce coup[1].

Nous nous rendons dans une brasserie que nous connaissons bien. À peine ai-je le cul posé que le sujet Leroy revient sur la table.

— Tu as eu des news ? s'enquiert-elle.

— Pas depuis dimanche soir et son message qui disait qu'il était bien arrivé.

— T'aurais pu rentrer en voiture avec lui. Pourquoi t'as pris le train ?

— Leroy est hétéro. Il a une copine. Ce qui s'est passé était une expérience. Un goût de nouveauté pour lui, avant son retour dans son quotidien. Je n'ai rien à y faire, Cally.

— C'est ce qu'il t'a dit ?

— Non. Mais c'est certain.

— Pourquoi ?

— Quand on s'est quittés, il ne savait pas quoi dire, et moi non plus. Je crois qu'il s'est passé un peu trop de choses entre nous pour que nos paroles soient sensées et réfléchies.

— C'était à ce point ? demande Cally, les yeux brillants.

— De ouf.

Le serveur amène nos plats. Le brouhaha couvre notre conversation, mais ma voisine de gauche semble s'y intéresser. *Petite curieuse. Je te comprends tellement. Huhu, je fais ça tout le temps.*

— Laurine a débarqué dans la chambre avec sa valise, poursuis-je. Le mariage terminé, elle redevenait la copine de Leroy, alors elle est rentrée avec lui. Normal, quoi.

— Et c'est tout ?

---

1. À découvrir dans *Callista Cha-Cha*… Eh ouais, on y parle de Johnny Castle, Baby ! (Je parle de Patrick Swayze, hein ? Pas de l'acteur de X ;))

J'acquiesce avant d'enfourner un morceau de bavette.
— Envoie-lui un message, déclare Cally.
— Je ne crois pas, non.
— Milo, fais-le. J'aime bien Simon, hein ? C'est une gravure de mode, il est musclé, canon, sexy, intelligent et... sensuel. Sa voix grave, j'adore. Mais il est hyper chiant, en fait !
— On t'a jamais dit que les formes, dans une conversation, c'est utile ?
— Je viens de les mettre !
J'éclate de rire et secoue la tête. Puis j'inspire et plante mon regard dans le sien.
— Leroy ne m'a plus envoyé de messages depuis son retour, parce qu'il est revenu à la raison. Il s'est fait un mec, c'était fun, à présent, il est passé à autre chose, c'est tout !
Cally hausse les épaules et soupire.
— Bah, j'aimerais que tu insistes avec lui.
— Pourquoi ? Parce que c'est le pote de Dan, et que ça serait pratique pour les parties de *Time's Up* ?
— Carrément ! s'exclame-t-elle. J'y avais pas pensé, mais ouais ! Sauf qu'il faudra caser Norah qui sera seule, s'il vient à nos soirées jeux de société.
— C'est tentant, admets-je. Norah est tellement nulle à ce jeu que je ne serais pas mécontent de changer de partenaire. J'en ai marre que Tony et Max gagnent à chaque fois. Mais j'y pense, on pourrait inviter Pacha !
— J'suis pas sûre. C'est mon ex, alors je ne sais pas si Dan va apprécier. Si tu viens avec Dorian, je lui demanderai, mais ce n'est pas pour le *Time's Up* que j'aimerais que tu insistes, Milo.
— Pourquoi ?
— Parce que je te trouve beau quand tu parles de lui.

Je pouffe et rougis un peu. Elle pose sa main sur la mienne.

— S'il revient, ne le pousse pas à te fuir. Accorde-toi une chance, s'il te plaît.

Je déglutis, parce qu'elle touche un point sensible de ma personnalité, puis je lève les yeux et réponds à son sourire par le mien.

CHAPITRE 21
LE GRAND SAUT, MAIS ATTENTION À LA CHUTE !

DORIAN

Trois semaines plus tard

Il n'y a pas une putain de seconde où je n'y pense pas. Milo s'est incrusté dans ma cervelle. C'est pire depuis que j'ai commencé la lecture de ses *webtoons*. Ça me donne l'impression de m'être glissé dans la tête de ce mec. Même dans le studio, alors que ce connard de Comod'or enchaîne les rimes sur un nouveau son, des images dans le jacuzzi ne cessent de surgir dans mon esprit.

J'imaginais que ça me serait passé, avec le temps. Mais c'est tout le contraire. Plus les jours défilent, plus je deviens distrait. Mes pensées reviennent toujours à lui, et je doute qu'elles puissent disparaître, à présent.

Depuis le mariage, je n'ai plus de nouvelles de Milo. J'ai lutté les trois derniers samedis pour ne pas me rendre au Bloody Black Pearl. Je sais qu'il y passe ses soirées.

J'ai failli y aller, mais après réflexion, j'ai renoncé. Que vais-je lui dire ? Que va-t-il arriver ? On a repris nos vies à

Panam. Les Pyrénées sont loin. Mais depuis mon retour, j'ai la désagréable sensation d'y avoir laissé quelque chose.

Au sous-sol, en galère,
C'est pas la patrie que je vais ci-mer.
Rentre dans ton pays, qu'elle dit la dame.
Et prends toutes tes affaires,
Mais je suis né à Clichy, Fraülein,
Alors qu'est-ce que je peux bien faire ?

À chaque fois que je ferme les yeux, je me revois en train de baiser Milo. Comod'or peut s'époumoner, il n'y a rien à y faire. Ces images ne me quittent pas. Je m'en accommode mieux ces derniers jours, mais c'est usant. Depuis la lecture de ses *webtoons*, je me pose dix mille questions.

Calembours et parades,
Des chroniques, et nique et nique,
C'est la chaîne continue des malades,
Elle te contrôle pour mieux t'entuber.
C'est la mode du queeeeer
C'est la mode du cuir
Moi je dis que ce monde est en train de s'effondrer...

En vérité, j'aurais pu l'appeler depuis tout ce temps. Je pense à lui écrire un message lorsque je bugge en comprenant soudain le sens des paroles que je viens d'entendre.

— Coupe tout, ordonné-je sèchement à l'ingénieur du son.

Des secondes défilent avant que Comod'or sorte enfin de la cabine.

— Il se passe quoi ? braille-t-il.

— Calme-toi, me murmure Aurélien, derrière moi.

— Non, je me calme pas, bordel !

Mes yeux fixent le mec avec qui je ne souhaitais plus collaborer, et que mon bras droit m'a convaincu de reprendre. J'aurais dû m'écouter.

— C'est quoi le problème, patron ? demande-t-il.

— Je vais te poser une question, réponds bien : c'est quoi, le putain de rapport entre ton histoire de queer en cuir et le message que tu veux faire passer ?

— C'est juste une image.

— Une image de quoi ?

— Des pédales ! On en voit partout à la télé maintenant. Ils ont tous craqué, ils...

Sa gueule se ferme au moment où mon poing percute sa mâchoire.

— Dorian, qu'est-ce qui te prend ? s'étonne Aurélien.

Rafik me retient par le bras au moment où je veux réitérer et plisse les yeux, stupéfait. Comod'or se tient la joue en m'insultant de tous les noms.

— Qu'il s'arrache ou je vais le buter ! cinglé-je.

— Dorian !

Je fixe Aurélien et pointe mon index sur son torse.

— Tu me ramènes encore un artiste homophobe, tu prends tes affaires et tu dégages, c'est clair.

Il se saisit de mes bras.

— Mais putain, qu'est-ce qui t'arrive ?

— Quoi, ça te choque pas ?

— Ça va, c'était rien. T'en as d'autres, des mecs qui tiennent ce genre de propos.

— N'importe quoi !

Il me relâche.

— Il t'arrive quoi ? répète-t-il.

Je souffle comme un bœuf.

— Sortez, tonne Rafik. Toi aussi, Aurel.
— Quoi ?!
Mes potes se toisent jusqu'à ce qu'Aurel abdique. Seul avec Rafik, mon cœur retrouve lentement son rythme normal.
— Il s'est passé quoi dans ce putain de chalet ? me questionne-t-il.
— C'était pas un chalet, c'était un hôtel à la montagne...
— Dorian.
Je lève les yeux et le fixe. Ça dure, alors j'inspire et me lance :
— J'ai baisé avec un mec.
Un silence. De plomb. Le type que je classe parmi mes potes les plus chers, avec Dan et Aurel, a le visage figé. Il blêmit au fil des secondes.
— Donc, poursuis-je, pas question que je tolère qu'un morceau issu de cette maison de disques...
Rafik secoue la tête.
— Je parle pas taf, là ! me coupe-t-il. C'est qui, cet homme ? Le faux petit copain ? Il doit être vachement convaincant si t'as couché avec lui !
— Tu sais pas à quel point t'as raison, marmonné-je. C'est un ami de la copine de Dan.
— Cally ?
— Ouais.
Rafik réprime difficilement son sourire au souvenir de Cally. Elle est du genre à marquer les esprits.
— Attends, tu veux dire que c'est ce type, le blondinet à lunettes qui se marre tout le temps ?
— Ouais, c'est lui. Milo.
— Et... il est... important pour toi ?
Oui.
— Non ! mens-je.

Rafik hausse un sourcil. *Devin, va !*

— J'ai juste passé… un bon moment.

— Un bon moment ?

— Ouais.

— Tu l'as baisé combien de fois pendant ces quarante-huit heures ?

— Cinq.

Il éclate de rire. Je ne peux réprimer le rictus qui s'inscrit au coin de ma bouche.

— Et Laurine ?

Je me crispe. Je ne sais pas raconter de salades à Rafik, et c'est un pro pour poser des questions courtes qui invitent aux réponses en chaîne. Il est redoutable pour tirer les vers du nez.

— Elle ignore tout, admets-je. Enfin, presque tout. On ne s'est revus que deux fois depuis le mariage de mon père.

— Et avec ton daron, comment tu le vis ?

— On va dire qu'il n'est plus dans le top de mes préoccupations, actuellement.

— C'est Milo qui détient la première place du classement ?

— Clairement.

— T'as envie de le revoir ?

— Ouais.

Un silence.

— J'ai une dernière question, ajoute Rafik.

— Hum ?

— T'es gay ?

Mon esprit s'envole vers cette partie à trois, vers celle en duo dans le jacuzzi, et vers les autres. Je souris.

— Non.

J'étouffe un rire, puis déclare :

— Je ne sais pas. Je suis Milo. Juste Milo.

* * *

Mes yeux se lèvent sur l'immeuble de Milo, à Pantin. Je sais pas ce que je fous là ni ce que je vais lui dire. Mais il faut que mes pensées s'apaisent. Et que *je* me calme, car je ne tourne plus rond depuis le jacuzzi.

J'inspire, carre les épaules et entre dans le bâtiment. Pas d'ascenseur, alors je grimpe les trois étages, le cœur battant. Refusant de réfléchir davantage, je toque immédiatement à sa porte quand j'y parviens.

Elle s'ouvre, et je m'apprête à saluer Milo, mais ma voix se bloque dans ma gorge au moment où je découvre un homme devant moi. Il est loin d'être blond, et je n'ai pas couché avec lui.

Je dévisage Simon, qui me dépasse d'une tête et qui ne porte qu'un boxer sur son corps massif. Je le connais, je l'ai déjà rencontré. Je sais qu'il sortait avec Milo, mais je ne l'ai pas vu depuis longtemps. Il faut croire que j'aurais dû me renseigner sur la situation du type avec qui j'ai baisé avant de débarquer chez lui.

Le voir m'irrite aussitôt. Et je suis un bel enfoiré, parce que je n'ai pas mis un terme à ma relation avec Laurine, alors pourquoi ça me fait vriller de regarder la tronche de ce mec que j'ai envie de charger comme dans un match de football US ?

— Oh ! lâche-t-il, surpris. Ça fait un bail, tu vas bien ?

Ferme ta grande gueule, enfoiré !

— C'est qui ? entends-je derrière lui.

Simon, qui ignore tout de mes pensées les plus sombres, s'écarte un peu. Je distingue Milo, assis à son bureau sous la fenêtre, et penché sur sa tablette graphique.

— C'est Dorian, lance Simon.

Milo se tourne immédiatement. Puis ses yeux se posent sur Simon, avant de se reporter sur moi. Je lève les bras.

— Je dérange, dis-je, tout en avisant la tenue minimale de Simon.

Je fais demi-tour en serrant les mâchoires. J'ai grave les boules. Ma gorge est broyée dans un étau, et je me maudis d'avoir une réaction si excessive. Ça ne me ressemble pas. *Il m'arrive quoi, putain !*

Je dévale les marches, la rage au ventre, et croise une vieille dame quand j'entends Milo crier dans les escaliers :

— J'ai pas couché avec lui !

Mes jambes se figent. La mémé affiche des yeux ahuris, avant d'entrer chez elle en me lançant un regard suspicieux. Le mien se lève et rencontre celui de Milo, penché un étage plus haut.

— Je m'en fous que t'aies couché avec lui ou pas.

— Ouais, ça se voit, raille-t-il.

Je souris. Quelques secondes défilent sans qu'aucun de nous ne parle. Je gravis lentement les marches. Il en descend quelques-unes.

— T'es une vraie meuf, en vrai, lâche-t-il.

Je me passe la langue sur la lèvre inférieure.

— J'suis un mec un peu théâtral. Je vois pas où est le malaise.

Il pouffe.

— Il va rester combien de temps ? demandé-je.

— Il s'en va.

Je le détaille. Il est vêtu d'un jean clair sous un t-shirt blanc à col V. Ses pieds sont nus, ses cheveux en bataille. Il porte ses lunettes. Je m'approche.

— T'as pensé à moi ?

Ses lèvres s'ourlent à ma question. Mes yeux bloquent dessus.

— Un peu.

Pas crédible. Il éclate de rire, et j'adore ça. Du coin de l'œil, j'aperçois une silhouette. Simon est plus haut, tendu. Son regard dur nous observe. Milo suit le mien. Il se racle la gorge et se détourne pour l'éviter, comme s'il avait honte de lui. C'est ma présence qui provoque cette réaction. Vais-je me tirer pour autant ? Pas question.

Simon descend les marches sans se presser. Ses mâchoires sont serrées tandis qu'il nous dépasse. Je peux enfin respirer quand j'entends la porte d'entrée du bâtiment claquer.

— Il était en galère de logement pour la nuit, m'explique Milo. Je lui ai rendu service.

— Vous n'êtes plus ensemble ?

— On ne l'a jamais vraiment été.

— Alors pourquoi ce mec nous a matés comme s'il se sentait trahi ?

— Parce que c'est le cas.

Il m'invite à entrer chez lui pour terminer cette discussion. Je vois que ça lui coûte. Il s'occupe du café pour éviter de revenir sur le sujet. Son corps est crispé. Ses gestes plus nerveux que d'habitude. Ce type n'aime pas se confier. Mais je ne vais pas le lâcher…

— Ça arrive souvent qu'il dorme chez toi ? le questionné-je.

— Hum… de temps en temps.

— Et vous baisez encore, parfois ?

Il tient un silence avant de répondre :

— Ça arrive.

Son commentaire ne me plaît pas. Je demande :

— C'est arrivé depuis le mariage ?

Il se retourne et m'observe quelques secondes sans un mot.

— Laurine, comment va-t-elle ? finit-il par dire.

Je ne détourne pas les yeux, même si j'ai bien compris pourquoi il me posait cette question.

— Je ne l'ai pas touchée depuis toi.

Il en reste muet. Des rougeurs me montent au visage tant je suis surpris d'avoir lâché ces mots avec une telle facilité. Pourtant, je ne cille pas. Je demeure là, à le fixer. C'est lui qui a foutu le dawa ! Mais j'ai pas dit non pour m'y vautrer, et je ne suis pas du genre à me défiler. Je crois que ma présence ici le prouve.

— Je n'ai pas couché avec Simon depuis La Mongie, révèle-t-il après un silence. S'il nous a matés comme ça, c'est parce que je n'ai pas fréquenté d'autres mecs que lui depuis un an. Ça a dû lui faire bizarre. Il a rencontré quelqu'un et ça devient sérieux, apparemment.

— Et ce quelqu'un n'a pas de quoi le crécher quand il n'a pas d'endroit où dormir ?

— Il est à l'étranger en ce moment. Simon récupère son appartement la semaine prochaine, alors j'imagine qu'il n'aura plus besoin de cette adresse de secours à l'avenir.

Je m'approche de quelques pas. Il est adossé au plan de travail sur lequel je place mes mains, de part et d'autre de ses hanches. Ma bouche est à quelques centimètres de la sienne.

— On fait quoi, tous les deux ? je demande.

— Comment ça ?

— Nous. Est-ce qu'il y a un « nous » ?

— T'as envie qu'il y ait un « nous » ?

— Je sais pas, je…

Un sourire naît sur mes lèvres. Mon front se colle au sien.

— J'suis en feu depuis toi. J'arrête pas d'y penser. Pas toi ?

J'ai besoin qu'il me dise que je ne suis pas le seul à vriller. Qu'il est dans le même état que moi. Soudain, je flippe, car si ce n'est pas le cas, comment vais-je digérer tout ça ?

Je suis peut-être un adepte des plans à trois, mais je ne suis pas le genre d'homme à courir plusieurs lièvres à la fois. Même si je n'ai pas toujours été élégant avec les femmes, je les respecte. Je suis peut-être un enfoiré, mais j'essaie d'être honnête envers les autres et envers moi-même.

C'est pour cette raison que je ne me sens pas à l'aise vis-à-vis de Laurine. Elle ne mérite pas que je lui cache cette relation. Mais avant de mettre un terme à celle que je partage avec elle, je veux être bien certain que je ne suis pas le seul à me faire un putain de film. La quitter aura des conséquences, mais je me connais. Je suis toujours mon instinct.

Ce qu'il s'est passé avec Milo était puissant. Presque destructeur. J'ai jamais ressenti ça. J'ai jamais vécu ça. Et ça n'a rien à voir avec le fait qu'il soit un homme. Je ne peux pas être le seul à avoir immédiatement saisi cette connexion quand nous nous sommes touchés ! L'ai-je rêvée ? Après tout ce temps, l'idée d'avoir imaginé tout ça germe.

Je tremble un peu en attendant sa réponse. Ses yeux rivés aux miens, il met fin à mon supplice quand il déclare :

— J'y pense chaque seconde.

Le signal ne peut être plus clair. Mes lèvres impatientes s'abattent illico sur les siennes, avides de plus, de ce qui leur manque depuis trois putains de semaines.

CHAPITRE 22
UN ARTISTE HEUREUX N'EST PAS À L'ABRI D'ACCEPTER DES COMPROMIS FOIREUX

MILO

Leroy et moi reprenons notre souffle. Depuis La Mongie, je me suis repassé en boucle les images classées X de la chambre 407, alors je n'ai pas hésité une seconde à me jeter à corps perdu dans cette étreinte torride. Flottant dans mon extase post-orgasmique, je crois avoir rêvé ce moment, tandis qu'un sourire béat s'épanouit sur mes lèvres.

— C'était mortel, lâché-je.

Il rit et tourne son visage vers moi.

— Ça faisait longtemps, j'ai tout donné.

— T'as de la ressource pour un type qui fait abstinence depuis un mois.

Un coin de sa bouche se courbe.

— J'ai pas dit que je ne m'étais pas branlé.

— Tu l'as fait en pensant à moi ?

— Ouais.

J'en reste un peu soufflé. Leroy n'est pas du tout comme je l'imaginais. Il semble assumer ce qui s'est passé et ne pas souhaiter lâcher l'affaire. Il a même parlé d'un « nous ». Mais je dois me montrer prudent, et ne pas trop m'enflammer.

Non, parce que si ça devient sérieux, cette histoire, je ne voudrais pas de nouveau tout faire foirer. J'ai encore en tête les mots prononcés par Simon ce matin :

Si je le rejoins lundi, je ne pourrai plus venir ici.

Ce qui signifiait :

Si je le rejoins lundi, tout sera terminé et tu ne pourras plus revenir en arrière. J'aurai tourné la page.

Je n'ose imaginer ce qu'il a ressenti en découvrant Dorian dans les escaliers. Je devrais culpabiliser, mais, soudé au regard de ce dernier, je n'y parviens pas.

Pourtant, il n'y a strictement aucune chance que ça marche avec le type qui partage mon lit. Il est hétéro. Là, il s'emballe parce que je suis irrésistible, et pour la nouveauté, mais le jour où il reviendra à la raison ne tardera pas. Il n'est pas gay. Juste Milo. Et je le comprends tellement !

Mais il y a un hic : Milo ne sait pas garder un mec...

DORIAN EST PARTI en début de soirée. Je m'empare de mon portable et contacte Sofia, mon éditrice.

— Hello, mon lapin en sucre, claironne-t-elle, tu me contactes pour m'annoncer que tu as des chapitres d'avance, n'est-ce pas ?

— Un jour peut-être, je serai capable de t'épater, tu verras.

— Ne te donne pas cette peine. Peu parviennent à me surprendre autant que toi.

J'éclate de rire.

— Non, je t'appelle, car j'ai une nouvelle histoire à te proposer.

— Comment ça ? On fait quoi avec *Bradley*, pile ou face ?

— Je vais terminer la série et en commencer une autre.

— Hum... lâche-t-elle, dubitative. C'est quoi le pitch ?

— Un *gay for you* à la montagne. Un truc épique entre un auteur en retraite d'écriture et un bûcheron métis hyper torride. Je vois tempête de neige, proximité forcée, hétéro avec une bonne grosse bûche...

— OK, OK... j'ai compris, j'suis emballée... *Yala !*

— ... mais pas question que tu termines Bradley sans un baroud d'honneur pour tes fans françaises.

— Hein ? m'étonné-je. Non.

— Milo, tes lectrices pensent que tu es Japonais. Il serait de bon ton d'enfin leur dévoiler qui tu es.

— T'as toujours pas digéré le plan galère de la dernière soirée ?

— Tu crois ?

Je soupire, parce que ça me gonfle.

— Je n'ai pas envie qu'on connaisse mon identité, insisté-je. À l'étranger, ça me dérange moins. Prévois un truc ailleurs qu'en France et j'irai.

— Pas si tu te lances dans une nouvelle série. La ville d'Angoulême accueille ce samedi le troisième *World Wide Webtoon* du pays. Si tu y vas, ils vont sauter au plafond. Personne n'a oublié le succès de ta première BD. Tes *webtoons* cartonnent, mais des artistes doués, il en émerge tous les jours, sans parler de l'intelligence artificielle qui vous pousse tous vers la sortie. Si tu ne donnes pas un peu de toi à tes fans, tu vas passer à la trappe dans les années à venir, sans même t'en apercevoir, mon chéri.

— Sofia, déconne pas...

— Tu veux publier une nouvelle histoire ? déclare-t-elle. Très bien. Tu fais la convention à Angoulême et j'accepte.
— Non, je crois pas que…
— C'est pas négociable, cingle-t-elle.
— Bien sûr que si, ça l'est.
— Non.
— Mais si.
— Non.
— Mais siiiiii…
— Toujours pas, Milo.
— Ça va venir…

J'inspire. Sofia est aussi douée que Tony à ce jeu, je le pressens. Une notification de Leroy fait vibrer mon portable.

> On se revoit quand ?

> Quand tu seras « libre » de le faire.

Il sait ce que je sous-entends. S'il se décide à vouloir plus qu'une partie à trois avec moi, il faut qu'il rompe avec Laurine. J'ai trop de respect pour elle pour continuer ces baises en douce. J'en reviens toujours pas qu'il songe à la quitter. À cet instant, l'idée que quelque chose va foirer germe dans mon esprit. La même qui me traverse à chaque fois que je me sens heureux, comme maintenant.

> Je passe au bureau, puis j'irai lui parler.

> J'ai des rendez-vous et un déplacement à Lyon qui vont m'occuper les prochains jours, mais je peux venir te voir lundi ?

> Avec plaisir ;)

> J'ai hâte.

Je glousse et fais une capture d'écran que j'envoie direct à mes copines. Les réactions sont immédiates.

De Cally :

> Oh, putain ! Ça y est !!!
>
> Noraaaaaaaah, t'as vu ?

De Norah :

> Ouiiiii ! Mes yeux picotent.
>
> Il a l'air tellement amoureux.

De Tony :

> Jeudi, ça va être ta fête, frérot !

Je balance des émojis « mdr ».

> Vous faites quoi, samedi ? Je dois me rendre à Angoulême pour un événement autour des webtoons.

De Cally :

> Trop bien ! On pourra faire du cosplay ?

> Yep

De Norah :

> GÉNIAL !

> Mais Milo, amène-toi, cette fois !

Une heure plus tard, j'ai la confirmation que les filles, Dan et Max, viendront me soutenir à la *World Wide Webtoon*, à la condition que je fasse le trajet avec eux. Je ne peux pas leur en vouloir. La dernière fois, je ne me suis pas présenté à la soirée à laquelle je les ai invités. Ça a fait mauvais genre.

Désormais, je suis plus rassuré pour le rendez-vous de samedi. J'ignore encore à quel point il va marquer les esprits.

CHAPITRE 23
BICHON N'EST PAS HOMME À TIRER SA RÉVÉRENCE FACILEMENT...

DORIAN

Tu as parlé à Milo ? me demande Rafik, alors que je passe la porte de mon bureau.
— Ouais, dis-je en souriant, et pas que.

Il bloque deux minutes en comprenant ce que je sous-entends, puis ses yeux s'arrondissent.

— T'as l'air heureux comme un pinson ! lance Nadia en entrant. Laurine a décroché son bac ?

— Ha, ha, ha, lâché-je mollement.

La sœur de Rafik n'a jamais pu blairer Laurine. Je trouve les femmes dures entre elles, par moments. Mais elle a toujours été protectrice envers moi, et j'aime assez ça, je dois le reconnaître.

— Je suis venue t'avertir que Ludovic Carnel passe te faire une visite imprévue, d'où ma présence.

— Il se pointe pourquoi ? je demande.

— Je l'ignore. Heureusement, ça n'a rien à voir avec l'incident de Comod'or. On pourrait savoir ce qui s'est produit ?

— J'ai dû le convaincre de ne pas porter plainte contre toi, assène Aurélien, qui nous rejoint et ferme la porte derrière lui.

Je le scrute, essayant de comprendre mon pote, qui semble m'en vouloir à mort. On marche sur la tête, ou quoi ?

— Ce type tient des propos homophobes dans ma maison de disques. Il désire porter plainte. Qu'il y aille ! J'ai la bande-son pour prouver ce que j'avance, éructé-je.

— Tu devras peut-être leur donner toutes les autres, où certains de tes artistes font les mêmes sous-entendus.

Je blêmis. De quoi il parle ?

— Il n'y avait rien de sous-entendu dans ce qu'il a dit, putain !

— Au cas où tu débarquerais, Comod'or n'est pas le seul à lancer ce genre de petites boutades de temps en temps.

— Petites boutades ! hurlé-je.

Je m'enflamme.

— Dorian... souffle Rafik. Calme-toi, on va...

— Dégage ! crié-je à Aurélien, qui me fixe, hébété.

La porte s'ouvre sur Ludovic Carnel et sa mèche grise formant une vague sur son front. Le type en costume de dandy semble sorti tout droit d'un film britannique. Il entre en haussant la tête.

— Je dérange, peut-être.

Aurel se renfrogne en m'observant. Pareil !

Je serre les poings sur mon bureau, avant de les poser calmement au-dessus. Cela me coûte de l'admettre, mais présentement, je suis dans la merde. Je n'ai pas encore parlé à Laurine. Son père est devant moi pour une raison obscure, et mes potes me matent comme si j'étais un extra-terrestre.

— Bonjour, monsieur Carnel, lancé-je avec un sourire.

— Bonjour, Dorian, je suis heureux de vous voir.

Mes amis le saluent. J'invite tout le monde à s'installer sur le canapé et les deux fauteuils dans une ambiance électrique.

— J'ai croisé votre père, récemment, m'annonce Carnel, tandis qu'Alice nous sert le café.
— Vraiment ? dis-je d'une voix blanche.
— J'ai été surpris qu'il n'ait pas abordé votre changement d'orientation.
Euh... Attends... Je ne comprends pas...
— Les termes qui nous lient à Unity Bonanza sont clairs, commenté-je. Ils partiront en tournée le mois prochain comme convenu dans le contrat qu'ils vont signer. Rien n'a changé.
— Je ne parle pas de ça, Dorian. Je parle d'une nouvelle qui me tourmente depuis mon dîner, hier soir. Je recevais Edmond et Jocelyne Rimarbeau, figurez-vous. Les parents de votre première épouse. Ils semblaient persuadés que vous étiez devenu gay.

Ma respiration se coupe. Mon cœur rate un battement. Rafik, Nadia et Aurélien tournent leurs visages dans ma direction ; je bugue. Carnel en rajoute :
— Ôtez-moi d'un doute, mais que va-t-il se passer quand vous allez annoncer cette nouvelle à ma fille, et plus largement, à toute la communauté musicale ?

Je me tends.
— Ce qui se passe dans l'intimité avec votre fille ne vous regarde pas. Quant à ce que vous affirmez, je ne vois pas pourquoi j'aurais à le justifier aux acteurs de l'industrie du disque, quand bien même ce serait vrai.
— Ça ne l'est pas ?

Je marque un temps d'arrêt. Mon cœur me pousse à hurler à ce type que je me fais un mec et que j'adore ça ! Mais il y a Nadia, Rafik, Aurélien, et tous mes artistes dans le bateau. Les parts de Carnel sont importantes dans l'entreprise. Il pourrait tous nous faire couler.

L'instant est crucial. Le silence pesant. Des souvenirs du

passé m'emportent et me renvoient à toutes ces nanas que j'ai fréquentées, mes deux mariages, mes deux divorces, mes aventures d'un soir et... lui. *Milo...*

Mes yeux se plantent dans ceux de Carnel :

— Ce soir, je vais annoncer à votre fille que je suis effectivement gay.

— Dorian ! s'exclame Aurel.

Rafik me fixe, ahuri. Nadia pose une main sur mon épaule et la serre. Elle n'en a pas conscience, mais ce geste de soutien suffit à me donner le courage de continuer.

— En réalité, je ne sais pas si je suis gay. Je suis juste Milo, selon moi. Mais c'est un détail, car c'est effectivement un individu avec une queue. Si quelqu'un dans cette boîte n'est pas d'accord avec ça, je m'en cogne. La seule personne possédant des raisons de me coller son poing dans la gueule, c'est votre fille. Si elle le fait, comprenez que ce ne sera pas en raison du genre de mon...

Merde, comment dois-je appeler Milo ? Petit ami ? Mec ? On est en couple, du coup ? Je ne sais pas trop.

— Ça n'a pas l'air aussi solide que vous semblez le croire si vous n'arrivez pas à mettre de mots sur ce que cet homme représente pour vous, ricane Carnel. Ça devrait pourtant avoir son importance.

— Pourriez-vous nous expliquer où vous voulez en venir ? l'interroge sèchement Nadia. Vos parts dans la maison de disques ne vous autorisent pas à juger, voire à commenter la vie personnelle de monsieur Leroy.

— Je suis persuadé que le conseil d'administration de *Rage Records* ne sera pas de votre avis, réplique-t-il en se levant.

Il me toise en reboutonnant sa veste.

— Parlez à ma fille ce soir, comme vous l'avez dit. En ce qui me concerne, notre relation s'achève ici.

— Monsieur Carnel, attendez, le retient Aurélien, qui lui emboîte le pas.

Seul dans mon bureau avec Rafik et Nadia, je prends soudain conscience que je respire comme un bœuf.

— Il ne retirera pas ses billes aussi facilement, lance mon amie. *Rage Records* lui rapporte beaucoup d'argent.

— S'il les a placées ici uniquement parce que sa fille fréquente Dorian, alors qu'il s'en aille. Bon débarras, remarque Rafik.

Je suis heureux de l'entendre, mais il perdrait sans doute son job. Rafik est un amoureux du rap. Si Carnel était comme lui, il n'envisagerait pas aussi facilement d'y renoncer pour des histoires personnelles. Il sait que Laurine ne m'aime pas. Il n'a jamais été dupe. Cette relation arrangeait tout le monde. Point. C'est sa fierté qui est touchée. Il ne veut pas entendre que Dorian Leroy a préféré un mec à sa progéniture. Ça doit lui gratter les couilles à cet enfoiré. Eh bien, tant mieux !

— Mais t'es un grand malade ! tonne Aurélien en revenant.

— Quoi ?

— On va tous mettre la clé sous la porte, putain !

— J'aimerais bien voir ça, remarque Nadia.

Aurel l'observe, halluciné, puis reporte son attention sur moi.

— Tu vas vraiment tout foutre en l'air pour ton petit *crush* à la montagne ?

Je me lève.

— C'est pas la question. Je produis du rap, parce que j'aime ce son, bordel. Il hurle à l'iniquité, il est engagé. Je vois pas pourquoi j'accepterais qu'on crie à l'injustice sociale et à l'oppression quand on crache sur les homos avec des allégations à gerber. Je ne vois pas non plus pourquoi je devrais me justifier au sujet de la personne avec laquelle j'ai envie de baiser !

— Tu dis ça, mais t'en as déjà produit des disques de ce genre. C'est simplement que t'avais pas ouvert les yeux, ou que tu préférais les garder bien fermés.

— Peut-être bien. Mais aujourd'hui, je peux t'affirmer que c'est terminé.

— Parce que t'as eu une illumination en te tapant un mec.

— Exactement.

Rafik se gratte la barbe. Nadia pose son regard sur moi.

— Toi, tu as des choses à me raconter.

Je lui souris comme un niais. Aurélien lâche un soupir nerveux et se tire. Je ne le retiens pas. Rafik prend une grande inspiration.

— Je te suis quoi que tu fasses, tu le sais, m'annonce-t-il, mais tu détiens entre tes mains l'avenir de nombreux employés de cette société. Avant de rendre ta relation publique, attendons de voir ce que prépare Carnel.

Je consulte des yeux Nadia. Son expression m'informe qu'elle est en accord avec la requête de Rafik.

— Ce n'est pas encore une relation, et ça ne le sera peut-être jamais, précisé-je. Quand bien même, je resterai fidèle à mes principes. Les gens qui ont un problème avec ça peuvent quitter le navire.

— Il ne faudrait pas qu'il coule, le navire, frère, me prévient Rafik.

J'acquiesce, puis rentre chez moi, légèrement abattu. Je savais que rompre avec Laurine ne serait pas sans conséquence. Pourtant, après avoir avoué la vérité à la concernée, on ne peut pas dire qu'elle soit vraiment chagrinée par notre séparation.

— J'ai tout de suite vu que c'était passionné entre vous, lance-t-elle en me servant un café.

J'admets que je m'attendais à un éclat de voix. Une gifle. Je ne sais pas. Mais non, elle me tend ma tasse avec un sourire.

— Je l'ai compris au repas de mariage. Natacha aussi. On a même parié. Tu nous dois cinquante euros à chacune.

— Mais j'ai rien misé, moi !

Ses lèvres se courbent. Les miennes l'imitent, puis je soupire.

— Tu ne le prends pas mal ? T'aurais le droit.

Elle secoue la tête.

— Je ne me suis jamais fait d'illusions sur notre relation, Dorian. Tu ne m'as jamais aimée comme je l'aurais désiré, mais tu me respectes et t'es un super coup. J'aurais été idiote de ne pas en profiter le plus longtemps possible.

Je m'esclaffe.

— Et tu es loin d'être idiote.

Elle rougit.

— Et puis… comment t'en vouloir, après ce que j'ai vu ? ajoute-t-elle. J'en ai parlé à mes copines, elles sont hyper jalouses. Aucune n'a fait un plan à trois avec deux gays. D'ailleurs, si l'envie vous prend de recommencer, samedi, je peux me déplacer à Angoulême.

— Angoulême ? répété-je. Qu'est-ce que j'irais bien foutre à Angoulême ?

— T'es pas au courant ? J'ai croisé Dan. Il part avec Cally et les autres à la convention *webtoon* de Milo. Un truc dans le genre.

— Milo ? À une convention ?

Elle acquiesce.

— Angoulême, ça ne me dit rien en temps normal, revient-elle à la charge, mais si tu veux…

— Je n'y vais pas, la coupé-je. Je pars à Lyon demain matin et ne serai de retour que dimanche soir.

— Ohhhh… lâche-t-elle, déçue.

Je lui tapote la joue, puis pose un baiser sur ses lèvres.

— T'inquiète pas. Si un jour, Milo et moi pensons retenter l'expérience du plan à trois, ce sera avec toi et personne d'autre, princesse.

Un sourire fleurit sur son visage.

— Tu vas me manquer, mon bichon.

CHAPITRE 24
LE ROI DES SURPRISES, C'EST MOI, BABY !
MILO

J'éclate de rire en découvrant les tenues cosplay de Cally, Norah et Cindy, la coloc et amie transgenre du père de Tony, elle-même déguisée en… Tony. Max et Dan nous ont finalement lâchés et sont restés sur Panam. C'est vrai que c'est un peu barré, ces conventions, mais franchement, c'est fun, non ? Si je n'étais pas là pour des motifs professionnels, j'aurais mis le paquet !

Norah se pavane devant moi en Bulma, de *Dragon Ball Z*, tandis que Cally adopte les traits de Mikasa Ackerman de *L'Attaque des Titans*. Cindy, déguisée en Hua Cheng de *Heaven Official's Blessing* souffle à mon oreille de sa voix de ténor :

— Paraît que tu me fais des cachotteries. Les filles ont vendu la mèche. Leroy, putain ! J'en étais sûre, je l'ai dit à Richard. C'est pas vrai, Richard ?

Richard Velaro est le père de Tony. Il ressemble à Robert de Niro. C'est un ex-taulard qu'on ne voit pas beaucoup. Mais si un événement particulier concerne l'un des membres de notre quatuor, il répond toujours présent.

— Je confirme, confirme Richard.

— T'as des pouvoirs magiques de ouf, Fleur de la Pluie Pourpre[1], m'ébahis-je.

— Tellement... laisse traîner Cindy, avant d'adresser un clin d'œil à Richard.

Euh...

Ingrid, l'une des chargés de l'organisation, m'invite à la suivre, sans s'étonner outre mesure de l'accoutrement de mes amis. Le cosplay est une religion chez les adeptes de *webtoons* et de mangas. Plusieurs auteurs de ces deux genres sont présents. De loin, j'avise l'énorme queue qui s'étire depuis la porte vers laquelle je me dirige. Je pâlis. Les queues, j'adore ça, mais de préférence sur un mec comme Leroy.

La foule me fait flipper. Je sens mon cœur pulser plus vite, alors qu'on approche de mes fans. Pris de panique, je chancelle et me rattrape à l'épaule d'Ingrid.

— Désolé, je...

... fais demi-tour. Elle court derrière moi, tandis que je contourne le couloir d'un pas rapide.

— Qu'est-ce que vous faites ? crie-t-elle.

— Ça ne va pas le faire, Ingrid.

— Quoi ? Comment ça ? Vous avez une *masterclass* à animer dans cinq minutes ! Tout le monde vous attend.

— Une *masterclass* ? répété-je en accélérant l'allure. C'est quoi, ce délire ? On ne m'a pas prévenu.

— Votre chargée d'édition a dit qu'il n'y aurait pas de problème.

---

1. Fleur de la Pluie Pourpre : surnom du personnage de Hua Cheng dans le damneï* (*roman *boy's love* chinois) *Tian Guan Ci Fu*, parce qu'il a protégé une fleur d'une pluie de sang avec son parapluie. Un chef d'œuvre du genre, mes ami·e·s... Aussi appelé *Pluie de Sang*, surnom que je lui préfère, mais bon... c'était pour l'effet Whaou ;)

La garce... Tu ne perds rien pour attendre, Sofia, mais j'admets que ton piège est redoutable.
Je fais volte-face. Ingrid manque de se péter le nez sur mon torse. Une fois qu'elle a retrouvé son équilibre, je la toise.
— Quel est le thème de la *masterclass* ?
— Comment on devient auteur de *webtoons boy's love* pour adultes ?
— Ça pourrait en défriser quelques-uns, souris-je, mais il n'est pas question que j'anime quoi que ce soit, putain !
Ingrid inspire profondément, me tend son portable et me demande de lire des textos :

> Pas de bras. Pas de chocolat.
>
> Pas de masterclass. Pas d'hétéro à grosse bûche.

Sofia avait anticipé ma réaction. Incroyable...
Je m'apprête à lui répondre, quand mon œil est attiré par une silhouette familière. J'en reste bouche bée. *Leroy.*
Il est à quelques mètres, des lunettes de soleil sur le nez, et me sourit. La même expression s'épanouit lentement sur mon visage, avant que je ne me souvienne de la requête d'Ingrid.
— Laissez-moi un peu de temps pour rassembler mes idées, et j'arrive.
— Très bien, dit-elle. Rejoignez-moi dans la salle dès que possible. Je vous placerai après la petite surprise.
— La petite surprise ? répété-je.
— Rien dont vous ne devez vous inquiéter.
Au contraire, le stress m'envahit. Mais je pense bûcheron, je pense montagne, je pense... *Je ne vais pas y arriver, bordel !*

Mon regard vrille sur Leroy, qui le capture immédiatement, et finalement je déclare à Ingrid :

— Je vous rejoins dans quelques minutes.

Ou pas.

Mon cœur bat plus vite à mesure que j'approche du duc et de son air de prédateur, que je devine derrière ses lunettes.

— T'as dû commettre une erreur en tapant Lyon sur ton GPS. J'ai le devoir de t'annoncer que tu te trouves à Angoulême.

— Je suis parti plus tôt, m'apprend-il en faisant remonter un œil lubrique sur moi. On m'a dit que mon petit poulain sortait de sa grotte. Je suis venu le voir de mes propres yeux.

Je déglutis à ces mots et me crispe. L'angoisse revient vitesse grand V.

— Qu'est-ce que t'as ?

— J'ai pas envie d'être là, affirmé-je.

Il me dévisage, puis ses yeux errent sur les festivaliers. Les cosplayeurs se mêlent à toutes sortes de personnes issues de milieux et de classes sociales différentes. Il règne une atmosphère joyeuse. Tout le monde est souriant. Les stands débordent d'ouvrages d'artistes illustrateurs, et d'auteurs de *webtoons* pour adultes. Cette partie du bâtiment leur est réservée. Les couleurs se mélangent, la culture *kawaii*[2]*,* les éclats de rire et les discussions animées diffusent une ambiance un peu folle et euphorique. Je la goûterais avec plaisir si je n'avais pas à répondre à quelques obligations.

---

2. Kawaii : se dit d'une esthétique d'origine japonaise qui évoque l'univers de l'enfance (couleurs pastel, personnages imaginaires, etc.). Cela signifie littéralement "qui incite à l'affection", "adorable", "quelque chose de mignon". Toutefois, elle n'implique pas forcément la reconnaissance d'une beauté physique, et son concept s'avère sensiblement plus vaste. Le monde devrait être *kawaii* !

— Si ça te donne des suées, on s'en va, dit-il. Mais si t'es prêt à te lancer, alors je reste avec toi.

Je pense à cette nouvelle histoire. Il faut que je la dessine. J'en ai besoin. Elle doit s'extirper de mon cerveau et prendre vie sous mon stylet. Ça devient urgent. Mais je ne peux pas développer deux séries à la fois. Je ne suis pas rapide comme certains auteurs étrangers soumis à un rythme de parution infernal. À côté d'eux, je suis un feignant qui se dore la pilule au soleil, je n'ai donc pas à me plaindre.

— Ça va me mettre la pression si je sais que t'es là, déclaré-je. Je ne préfère pas.

— Alors je resterai en dehors de la salle.

Une virgule se forme au coin de ses lèvres.

— T'es attendu dans combien de temps ?

Je consulte ma montre.

— Deux minutes.

Il me fixe, puis m'attrape le bras pour me tirer jusque dans un couloir, où un renfoncement mène à une porte. Il me plaque dessus et abat sa bouche sur la mienne.

— J'en pouvais plus, lâche-t-il.

Notre baiser est vorace. Impatient. Je le serre contre moi, agrippe ses fesses, je…

… bascule en arrière au moment où le battant s'ouvre sur une vaste pièce sombre, très haute de plafond, les murs couverts de rideaux noirs. Leroy me retient par les bras alors que je percute un corps derrière moi. Un type portant un badge d'organisateur lâche un cri, puis pose sa main sur son cœur.

— J'ai eu la peur de ma vie, se justifie-t-il, avant de nous dévisager tous les deux.

Son front se plisse, puis, décidant qu'il s'en fout, se tire. Dorian me pousse à l'intérieur. Le tumulte résonne autour de nous, nos yeux se soudent dans la pénombre. Nos bouches se retrouvent. Il me la dévore littéralement et souffle :

— On a bien le temps pour une petite branlette, tu crois pas ?

— Assurément, conviens-je en déboutonnant immédiatement ma braguette.

Il m'imite et nos mains nous empoignent chacun avec ferveur. Je m'agite sur le membre de Leroy. Il se mord la lèvre et sourit.

— Tu me rends dingue.

Il ne sait pas à quel point c'est réciproque. La tension dans mes reins se diffuse dans mes veines qui s'enflamment. Je le réclame. Le désir me foudroie, alors je l'embrasse, parce que je suis fou de ses baisers, et...

Je tombe à genoux.

Ses yeux fiévreux me fixent. Son torse se soulève au rythme rapide de sa respiration. Ma langue lape une première fois son gland sous ses pupilles extatiques.

Deux fois.

Trois.

Puis je l'enrobe. Un râle remonte sa gorge. Son regard intense me contemple le satisfaire. Sa main libre s'enfouit dans ma chevelure.

— T'es tellement doué, souffle-t-il.

Ses doigts me caressent la joue. Un sourire effleure sa bouche.

J'entends derrière moi :

— Milo ? Milo ?

C'est la voix d'Ingrid, ça ! Il faut croire que ça fait un petit moment que les deux minutes sont passées. Je m'active.

— Milo, putain, chuchote Leroy, dont la main se crispe dans mes cheveux.

— Milo ? lance encore Ingrid.

Elle est où ? Elle se rapproche vite, bordel !

— Milo ?! répète-t-elle.

Saoulé, je fais glisser mes lèvres autour du sexe de Leroy et m'écrie :

— J'arrive !

Puis je reprends Leroy en bouche.

— Parfait ! entends-je.

Les doigts de mon partenaire se raidissent dans mes cheveux et m'arrachent un petit cri loin d'être viril. Mes yeux remontent son corps soudain braqué par un projecteur, et trouvent les siens fixant le fond de la pièce. Je comprends sa réaction lorsque je devine, effaré, que le rideau derrière nous vient de se lever.

Un silence de plomb s'abat sur l'endroit où est manifestement prévue la *masterclass* que je dois animer. La « petite surprise » d'Ingrid est sans conteste... une grosse pour les participants.

Bien, bien.

Face au silence qui s'éternise, ainsi qu'à l'immobilité de Leroy, je discerne quelques gloussements, puis des éclats de rire, des sifflets, et même quelques encouragements. Je tourne la tête de profil et découvre la centaine de spectateurs. Ce constat fait, je reporte lentement mon attention sur la queue de Leroy, qui n'est plus aussi en forme qu'une minute plus tôt. Je relève mon regard sur son propriétaire, qui remonte son pantalon.

Alors que je me redresse, et comme je suis incapable de prendre la situation au sérieux, je me mords les lèvres pour ne pas exploser de rire. Leroy s'en aperçoit et me fusille des yeux. Je reboutonne mon jean tandis que le rideau se baisse.

Quelle excellente idée, Ingrid !

Des conversations animées s'élèvent aussitôt dans la salle. J'entends encore beaucoup de rires, ce qui me soulage. L'endroit est réservé aux adultes, alors bon... le petit incident devrait passer. S'ils sont ici, c'est qu'ils lisent des *webtoons* pornos gay. Jouer les outrés ferait d'eux de sacrés hypocrites.

Une chose est certaine, à présent : *Slashtoon* ne m'invitera plus à aucun événement. Comme on ne connaît pas ma tête dans les parages, j'imagine qu'après cet éclat triomphal, ils vont décider qu'il est préférable que cela reste ainsi.

Huhu ! J'suis trop content.

Après cette réflexion fort sympathique, je m'apprête à m'adresser à Dorian quand Ingrid débarque comme une furie.

— Non, mais vous vous rendez compte de ce que vous avez fait !

— Vous n'avez pas aimé ma « petite surprise » ? répliqué-je en la gratifiant d'un clin d'œil. Avec moi, pas besoin de rideau, chérie !

— Comment on fait maintenant ? lance-t-elle, à bout de nerfs.

J'observe Leroy avec inquiétude, car il n'a toujours pas dit un mot, puis, bien obligé, j'en reviens à Ingrid et je réponds :

— Soit je me rends à cette *masterclass* et je devrai sans doute justifier du fait que je taillais une pipe à mon homme, plutôt que d'intervenir à ladite *masterclass*...

Je m'écarte, cale mes mains sur mes hanches et soumets la seconde option :

— Soit je me tire.

Ingrid en reste bouche bée.

— Vous n'êtes pas professionnel, monsieur Masako !

— C'est ce que j'arrête pas de dire à tout le monde ! me défends-je, la paume sur le cœur.

— T'as dit « Mon homme » ? m'interroge Dorian.

Hein ? Mon regard dérive sur lui. Le sien se pare de son air de prédateur.

— T'as dit « Mon homme », répète-t-il en approchant d'un pas.

Son buste rencontre le mien. Sa bouche se profile près de la mienne. Ses yeux se posent dessus.

— Ouais, j'ai dit ça, réponds-je, la voix traînante.
— Ça m'a excité grave.
— Excusez-moi ? nous interpelle Ingrid.
— J'aurais cru que tu flipperais que je t'appelle comme ça, soufflé-je à Leroy en me saisissant de l'une de ses fesses avec fermeté.

— Faudrait quand même qu'on sache où on va, susurre-t-il, après s'être mordu la lèvre. Je comptais t'inviter au resto et passer la nuit avec toi à l'hôtel, mais on pourrait faire livrer le dîner dans la chambre, t'en dis quoi ?

— Que du bien, évidemment…
— Monsieur Masako !

Elle me gonfle, putain !

— Y a un moment, faut abandonner, Ingrid !

Je me coupe au moment où j'aperçois une jeune femme derrière elle. Le sang déserte mes joues. Mes yeux vrillent aussitôt vers Leroy, qui prend un appel, l'air agacé. Ça ne doit pas être la première fois que son portable vibre dans sa poche, si j'en crois son attitude. Il s'éloigne.

— Votre sœur est ici, m'annonce inutilement Ingrid, que je maudis du regard.

— Heureusement qu'il y a la presse ! tonne ma frangine. J'aurais fait comment pour te retrouver, sinon ?

Je lève les bras comme si c'était une évidence.

— Bah, éviter de chercher ! lâché-je.
— T'es un sacré enfoiré.

— Je sais. Salut.

Je la contourne rapidement, puis détale comme un gamin, car je suis sûr qu'elle va me suivre.

— Milo !

— Je ne suis plus làààààà !

J'accélère le pas jusqu'aux vestiaires. Au moment où j'y parviens, Salomé me rattrape par l'épaule. Mon bras est tiré en arrière, et je m'étonne de sa force.

— Wow ! Tu vas où exactement ? demande Dorian, qui me relâche.

— J'aimerais savoir la même chose, commente ma sœur.

Elle lui lance une œillade appréciatrice, puis déclare :

— Je vous ai vu, tout à l'heure. Torride.

— Mer…ci.

— Salomé, sa frangine, se présente-t-elle.

Leroy en reste muet.

CHAPITRE 25
IL FAUT PARFOIS ÊTRE INVENTIF POUR TIRER DES VERS DU NEZ...

DORIAN

Milo est dans le vestiaire avec sa frangine, pendant que je bois une bière dans l'espace-bar éphémère. Je ne savais pas qu'il avait une sœur ! Cally, Norah et Tony l'ignoraient aussi. Elles n'en reviennent pas.

— Je lui en veux à mort, glisse Norah.

— Il va prendre tellement cher, marmonne Tony.

— J'arrive pas à croire qu'il nous ait caché une chose pareille ! Une frangine ! Mais quel mytho !

— Je ne vois pas pourquoi vous tombez de vos chaises. Je vous rappelle que ce mec vous a menti sur son véritable métier pendant six ans, déclaré-je.

— C'est vrai, en convient Norah, et tu comprendras notre déception ! On pensait qu'il butait du terroriste en mission secrète, dans les endroits les plus reculés de la planète, nous !

— Sauf que si nous n'avions pas appris la vérité ce soir-là, on n'aurait jamais vu Leroy, le pantalon sur les genoux, aujourd'hui, se moque Tony.

— C'était génial, me lance Cally, le regard brillant, en posant une main sur ma rotule.

— Il faut absolument reconstituer le puzzle Milo, affirme Norah à ses amies. Sa sœur devrait pouvoir nous y aider.

— Je suis d'accord, commente Tony. Après la « petite surprise » de tout à l'heure, elle va forcément devenir chiante, cette convention. Rien ne pourra rivaliser avec le spectacle offert par Dorian et Milo.

Je ricane de dépit. Une nouvelle notification s'affiche sur mon portable. Je soupire. Malgré les lunettes de soleil qui recouvrait mes yeux lors du lever de rideau, certains m'ont identifié. Je suis connu dans le milieu du rap. Il faut croire qu'une personne à ce festival *webtoon* est un mordu, puisqu'il a pris une photo de ce moment d'anthologie et l'a diffusé sur les réseaux en taguant ma tronche. Nadia m'a contacté il y a quelques minutes pour me prévenir et m'a ordonné de ne répondre à personne. Rafik m'a envoyé le GIF d'un mec qui se tape le front. Aurélien, lui, n'a pas encore réagi.

Je n'ai pas ouvert mon compte Twitter[1], parce que j'angoisse un peu de ce que je vais y découvrir. Lorsqu'un message de l'un de mes artistes s'affiche à l'écran. Je comprends que je fais bien de ne pas me presser, mais n'y résiste pas. Je supprime l'identification et observe le cliché. Je porte les lunettes, la tête baissée. Il ne me sera donc pas difficile de nier que c'est moi. Les SMS commencent à s'enchaîner.

T'es une pédale, en fait ?

---

1. *Twitter* est devenu *X*, mais dans le texte, ça me faisait chelou. Faudrait pas qu'on pense que ce roman est porno ! D'ailleurs, on en parle de cette nouvelle appellation ? Huhu !

> C'est une nouvelle façon de promouvoir la maison de disques ? À gerber.
>
> C'est Ronald. On était au lycée, ensemble. J'aurais dû tenter ma chance, c'est con. Mais il n'est jamais trop tard ;)
>
> C'est pas toi ? Ça peut pas être toi ? Dis-moi que c'est pas toi.
>
> C'est chaud, j'adore !
>
> Cette fois, je te crois. Bises. Papa.
>
> T'es sérieux ? Un mec ? Ça me dégoûte.
>
> T'es mon héros, frère.
>
> Tu te fais le cul de ce blondinet ? J'y crois pas.

Et les messages défilent et s'accumulent. Heureusement, quelques-uns me font marrer, mais j'en reste hébété. Non, ce n'est pas le bon mot. En vrai, j'hallucine. J'suis en colère. Mais qu'est-ce que ça peut bien leur foutre, à tous ? À part pour exhibitionnisme et atteinte aux bonnes mœurs, qu'est-ce qui leur permet de me juger, voire de commenter, à ces connards ? Les propos homophobes et racistes sont légion, de nos jours. À croire que la plupart des gens de ce pays ont oublié que c'est interdit par la loi, ou quoi ! Ça doit être l'effet de groupe qui incite ces moutons sans couilles et sans cervelle à s'exprimer à tort et à travers. Qu'ils viennent me les balancer en face, ces mots-là, je saurai les recevoir, ces enfoirés !

Aujourd'hui, tout le monde a un avis sur tout et se fait un devoir de le partager derrière son écran. La plupart des chroniqueurs à la télé et des influenceurs sur les réseaux sociaux pullulent et clament leurs opinions qui ne souffrent, selon eux, d'aucune contestation. Ils sont pour la plupart incompétents pour juger de ces situations, mais peu importe. Ça fait de l'audimat et des vues. Ça donne l'illusion que tout le monde est en droit d'imposer ses idées et ses croyances. Et des putains d'algorithmes valorisent le buzz bien dégueulasse, alors je ne devrais pas m'étonner de lire « *sale PD* » sur mon dernier commentaire, si ?

Qu'ils aillent tous bien se faire foutre !

Je range mon portable dans ma poche, décidé à ne plus le consulter. Mais je suis secoué.

La nervosité ne me quitte pas jusqu'à ce que Milo se pointe. Une fois que je pose mes yeux sur lui, je sens mon corps se détendre un peu. Il s'approche.

— Elle est où, ta frangine ? lui demande Tony.

— Partie.

— Y a longtemps ? s'étonne Norah, effarée.

— Non, elle vient juste de...

Elles se lèvent toutes les trois, puis courent en direction de la sortie. Milo éclate de rire, les yeux rivés sur le chemin qu'elles ont pris.

— J'aurais dû préciser aux toilettes, déclare Milo.

Puis son visage se tourne vers moi. Il me sonde.

— On s'arrache ?

— Carrément.

Je n'avais pas envie de me rendre au restaurant, finalement. Après le bain de foule à la convention, c'est bien le restaurant qui est venu à nous. Je rejoins Milo dans sa chambre d'hôtel, après avoir récupéré nos sushis auprès du livreur. Milo est au téléphone quand je rentre.

— Non, on n'en reparlera pas, Salomé, dit-il, avant de remarquer ma présence. Bon, faut que je te laisse. Bisous !

JUST MILO

Il raccroche. Je pose mon chargement sur le bureau et mes fesses sur une chaise en croisant les bras.

— Quoi ? demande-t-il, alors que le silence s'éternise.

— C'est ta seule frangine ?

Il détourne les yeux et se lève pour récupérer les sushis.

— J'ai super faim.

Je place une main sur le sac. Il tente de s'en emparer, mais je le retiens.

— On mangera après avoir parlé, affirmé-je.

— Mais ça va être froid !

J'inspire. *Mais quel gamin !*

— Ce sont des sushis, lui rappelé-je.

— Oui, mais je voulais un McDo, à la base.

— Tu vas surtout poser ton petit cul sur le lit, avant que je m'en occupe personnellement.

Comme je l'espérais, il se tortille en comprenant le sous-entendu. Je souris. *Easy...*

Milo se tourne et s'exécute lentement. Mutin, il papillonne des cils en me contemplant, une fois assis.

— Faut qu'on parle, déclaré-je.

Il se crispe. Je l'avais deviné. Mes mains ouvrent le sac de bouffe. Avec mes baguettes, je plonge un maki dans la sauce.

— Je t'explique, poursuis-je. Chaque fois que tu me donneras une réponse honnête, je mettrai de la nourriture dans ta bouche. À la fin de mon interrogatoire, et si j'estime que tu es sincère, j'y glisserai autre chose. Ça marche ?

Il me regarde avec intensité. J'imaginais qu'il trouverait une raison de se défiler, mais il ne semble pas réfractaire à mon idée. Il inspire profondément et acquiesce. Milo l'ignore, mais j'avais besoin qu'il le fasse. Plus que jamais.

Je commence :

— Pourquoi tu fuis ta frangine ?

— Parce que je ne m'entends pas avec elle.

C'est une réponse sensée, j'avoue. Mais s'il croit que je vais en rester là, il rêve.

— Elle a affirmé qu'elle ne connaissait pas ton adresse ni ne savait où te joindre. C'est vachement extrême pour une simple discorde, tu ne trouves pas ?

Il garde le silence. Ça m'irrite. Ouais, putain, ça m'agace grandement !

— Tu ne vas rien me confier, hein ? lâché-je, la voix chargée d'amertume.

— Je ne vois pas l'utilité de discuter de ça. Il y a un mois, toi et moi, on ne pouvait pas s'encadrer, rappelle-t-il, l'expression contrariée. Nos petites parties de jambes en l'air, j'adore, mais elles ne signifient pas que je vais te parler de ce dont je n'ai pas envie.

Ces mots me font l'effet d'un coup de massue. J'en reste sans voix, car je prends conscience à l'instant de ce qui est en train de se passer : je traite Milo comme si nous étions en couple, alors qu'on n'a encore rien clarifié sur le sujet. Depuis le mariage et notre première baise, je me suis enflammé. J'ai carrément vrillé. J'ai même plaqué tous mes rendez-vous à Lyon pour rejoindre ce type. Je me comporte comme un amoureux transi, et pourtant, je ne sais rien de cet homme. J'ignore même où j'en suis. La vérité est dure à accepter, mais force est de constater qu'il n'a pas confiance en moi. Quel con j'ai été... Et je m'en prends plein la gueule à cause de ce mec, si j'en crois les nouvelles vibrations de mon smartphone, que j'éjecte à travers la pièce dans un subit élan de colère. La rage me monte à la tête et provoque un court-circuit. Je tends un doigt nerveux en direction de Milo :

— Va bien te faire foutre, toi aussi !

Et je m'arrache. Je claque le battant sans faire semblant et me dirige vers l'ascenseur de l'hôtel. Les portes coulissent sur une cabine pas très grande. J'y pénètre en même temps que Milo, dont les bras tentent de me tirer au-dehors. Je le repousse.

— OK, j'ai fait le con, admet-il. Reviens, Dorian.

Je dégage sèchement mon bras qu'il retient encore.

— Sérieusement ? s'étonne-t-il face à ma réaction.

Son regard consulte l'intérieur de la cabine, avant d'y entrer. Les portes se closent. La descente s'amorce. Milo semble nerveux, et ce n'est pas la première fois que je le remarque dans cette situation. Une idée machiavélique chemine alors dans mon cerveau. J'appuie sur le bouton d'arrêt d'urgence.

— Qu'est-ce que tu fais ?! s'alarme-t-il.

— Tu paniques ?

— Pas du tout.

Ses yeux tremblent. Il est claustro. Très bien. Si je veux obtenir des aveux sincères d'un mec comme lui, il me faut avoir recours à des méthodes retorses. Il tente de se jeter sur le panneau de commandes, mais je me place devant lui et me penche sur son épaule :

— Si tu désires sortir d'ici, réponds à mes questions.

— T'es un enfoiré !

Il recule, la mine un peu défaite. Le masque se fissure. Le vrai Milo ne tardera pas à surgir si j'insiste, j'en suis persuadé, alors je ne me gêne pas, quitte à le bousculer.

— Tu ne peux pas te défiler, affirmé-je. Et tu vas répondre, car putain, j'ai besoin que tu le fasses !

— Mais pourquoi ? Je t'ai rien demandé, moi !

Ces paroles provoquent un nouveau court-jus sous mon crâne. Je m'emporte, alors que j'ai conscience que je ne devrais pas, mais ça déborde !

— Fais-le ! Demande-moi, merde ! Demande-moi ce que je ressens depuis que j'ai baisé avec un mec ! lâché-je. Avant, tout était clair dans ma tête, ma voie était tracée. J'ai de la thune, un taf génial, je me suis tapé des femmes magnifiques et… personne ne m'emmerdait pour ça ! Ma vie me convenait. Puis y a eu La Mongie… toi… et depuis, c'est le bordel, alors tu vas arranger ça !

— Attends, quoi ?

Il déglutit. Il n'est vraiment pas à l'aise.

— Qui es-tu, Milo ?

— Lâche-moi ! s'énerve-t-il en me poussant en arrière.

C'est la première fois que je le vois en colère. J'en suis si surpris que j'en reste un instant muet. Mais je suis allé trop loin, et je dois savoir, ou je vais devenir fou.

— Pourquoi tu ne te confies jamais ? Pourquoi tu veux pas montrer qui tu es ? J'ai peut-être pas mal de défauts, mais merde, j'ai toujours été honnête envers toi. Ça te défriserait qu'on inverse un peu les rôles pour une fois ?

— Pour quelles raisons devrais-je le faire ?

Mon agacement est tel que je le chope par le col. Il en reste soufflé.

— J'ai parlé d'un « nous », putain. Un « nous » ! Parce que j'ai envie de tenter le coup. Parce que tu t'es incrusté dans ma foutue peau en un week-end, enfoiré ! Un « nous » signifie pour moi qu'on se fait confiance. Or je ne vois pas comment ce serait le cas, puisque des deux, je suis le seul à ne pas mentir !

— Notre histoire a débuté sur un mensonge.

À ces mots, je le relâche et recule.

— C'est ça, ton argument ? dis-je, tandis que j'appuie sur un bouton qui redémarre la cabine, la déception m'étreignant la gorge. Très bien. Pas de « nous », alors.

La descente s'amorce à nouveau.

— Leroy...

— C'est pour ça que tu m'as dit que ça n'avait jamais vraiment été une relation avec Simon. T'as fait en sorte de ne pas t'impliquer en dehors de la baise, hein ? Putain, j'aurais dû le deviner. J'suis tellement con.

Je me tape le front de la main en prenant conscience de ma bêtise. J'ajoute :

— Je sais pas ce qui m'arrive, je me suis grave enflammé. Venant de moi, c'est pas étonnant, mais... j'ai peut-être mis en péril l'avenir de mes employés... J'ai...

Je pâlis au souvenir de ce que j'ai dit, commis et vécu depuis ce foutu mariage. J'ai pas réfléchi. Mes yeux se relèvent sur le mec à qui je dois ma démence. À l'instant T, je lui en veux à mort. Il ne m'a pas incité à revenir. Il n'a même rien fait pour, puisqu'il s'attendait à ce que je flippe. Eh bien, c'est maintenant que je flippe, en fait !

— Mon père m'a tapé sur la gueule le jour où il a découvert un de mes dessins où deux hommes s'embrassaient, m'avoue-t-il.

Ces paroles me coupent le souffle. J'en reste coi, la gorge prise dans un étau. Les portes de l'ascenseur s'ouvrent. Aucun de nous ne bouge. Mes yeux verrouillés au sien, je respire plus vite. Mon cœur se serre quand le visage de Milo se drape d'une expression déchirante que je ne lui ai jamais vue. La peine pare ses traits, puis un air neutre la remplace, comme s'il venait d'enfiler un masque, avec difficulté.

La culpabilité m'envahit. Qu'est-ce que je fous ? Pourquoi je l'oblige à me confier ses secrets alors qu'on se connaît à peine ? Je m'en veux, car ce que je perçois dans ses yeux provoque en moi un sentiment douloureux. Je ne m'attendais pas à ça ! Ses iris deviennent brillants de larmes, malgré les efforts qu'il déploie pour dissimuler ce que ses souvenirs font resurgir. Même si je brûle de curiosité, je n'y résiste pas et plaque mes mains sur ses joues.

— Chut, c'est bon. Ne dis rien.
— Mais je…

Mes lèvres recouvrent les siennes pour qu'il se taise.

Je désire comprendre ce qui m'arrive, mais pas si ça doit le rendre malheureux. Je n'ai pas le droit d'exiger des confidences qui le font souffrir, alors que nous n'avons pas encore affirmé que nous sommes en couple. Je ne fais jamais ça avec les meufs !

Mon regard erre sur son visage. Je lui saisis le menton.

— Je veux que tu comprennes, dis-je. Je m'en cogne que t'aies des couilles.

Sa bouche s'entrouvre à ces mots. La mienne s'en rapproche.

— Je me sens bien avec toi, déclaré-je en m'emparant de ses fesses. J'ai l'impression de redevenir un gosse et j'adore ça. Tu me fais rire et j'ai confiance en toi. Je suis un peu paumé par tout ça, alors j'ai besoin de toi. Et, ouais, j'aimerais mieux te connaître, je l'avoue. Le jour où tu désireras me parler de tout ça, je serai là.

— Tu es en train de définir la relation entre deux potes ou je me trompe ?

Je pouffe en plaquant mon torse contre le sien. Mes doigts se resserrent sur ses globes.

— J'ai trop envie de te baiser pour qu'on soit de simples potes.

Il s'esclaffe comme un con. Mais je suis heureux que ce son franchisse sa gorge, après les dernières minutes étouffantes.

— Mais du coup, c'est ça que tu entends par « nous » ? demande-t-il. Une relation genre *sex friends* ?

Je hausse les épaules.

— Je sais pas. On pourrait se fréquenter et voir où ça nous mène ? Par contre, on n'en fait pas étalage, et on ne couche avec personne d'autre tant qu'on n'est pas fixés. Ça marche ?

— Ouais, mais faut que tu comprennes un truc, lance-t-il, j'suis un expert pour tout faire foirer.

Je dépose un baiser sur ses lèvres et rétorque :

— T'inquiète pas, je l'avais bien remarqué.

CHAPITRE 26
UNE PIZZA À EMPORTER EST PARFOIS PRÉFÉRABLE...

MILO

Quatre jours plus tard

Pepe, le patron de la pizzeria *La casa de Pepe*, se ramène avec sa bouteille de Montepulciano, tout droit sortie de sa cave. Son resto est situé à l'angle de la rue en bas de chez moi. Au regard de mes talents culinaires, autant dire que Pepe voit souvent mon petit cul posé sur l'une de ses chaises. Toujours la même. S'il le peut, il me la réserve quotidiennement.

Pepe a cinquante-huit ans, est marié depuis trente-deux ans avec Martina, sa femme, une cuisinière qu'il ne faut pas emmerder. Depuis une dizaine d'années, la pizzeria est bien connue pour leurs engueulades légendaires, qu'ils n'hésitent pas à faire éclater devant tous les clients. L'équipe de *Cauchemar en cuisine* en ferait une attaque si elle se pointait dans le coin. En revanche, la bouffe y est succulente, donc on ne risque pas de voir l'animateur rugbyman par ici. Dommage, j'aurais aimé être spectateur d'une confrontation Philippe Etchebest/Martina. Cette dernière surgit justement par la porte battante qui mène aux cuisines. Sa voix grave à l'accent italien prononcé retentit d'entrée :

— Je suis patiente, mais il y a des limites, Giuseppe ! Si ça continue, je laisse tout tomber et ces cons iront bouffer au Jap' d'à côté !

Je n'ai jamais osé lui dire que Christophe n'est pas plus Japonais que moi ni que j'y mange très souvent. Je tiens à ma vie. Elle le déteste depuis qu'il s'est installé à deux numéros d'ici.

Leroy sursaute à ses paroles, alors qu'on vient à peine de se poser.

— Euh... C'est nous qu'elle traite de cons ?

J'éclate de rire. Pepe grogne face à son épouse plantée au milieu du resto, dépose calmement son plateau, puis brandit un index dans sa direction. Derrière eux, trois musiciens sont en train de s'installer tranquillement. Eux aussi Italiens, et *eux aussi*, au fait des disputes légendaires du couple.

— Les pizzas ne vont pas se faire toutes seules, va en cuisine, *Pepita*, réplique Pepe d'un ton froid.

— Pas tant que tu ne te seras pas excusé !

Il inspire, puis expire de nouveau le surnom de sa femme, les mains crispées, en mode cocotte-minute prête à exploser.

— *Pepita*...

Elle campe ses poings sur ses hanches couvertes de son tablier, puis hausse le menton.

— Pas. Tant. Que. Tu. Ne. Te. Seras. Pas. Excusé.

Le regard halluciné de Dorian passe du couple à moi. L'orchestre fait quelques essais de son. Les clients réguliers guettent le spectacle. Les autres affichent la même tronche effarée que Leroy. Et, enfin, Pepe déclare lentement :

— Je n'aurais pas dû dire que tes linguines aux anchois n'étaient pas *al dente*.

— Eh bien, voilà ! soupire Martina en levant les bras.

Elle décale légèrement la tête et m'aperçoit derrière Pepe, qui vient encore de s'écraser comme un canard. Je suis mort de rire.

— Milo, *pulcino*[1], me lance-t-elle avec son accent à couper au couteau, je ne suis pas contente ! Le chapitre 45 de Bradley est en pause depuis le début de l'été. Qu'est-ce que tu fiches ?

— T'as conscience que la loi française autorise des jours de vacances à ses ressortissants ?

— Oui, et c'est bien pour ça que je regrette que tu ne sois pas asiatique ! Avec eux, t'attends pas six semaines pour clôturer une scène de cul !

— J'en conviens.

Je me lève et lui offre l'accolade touchante qu'elle réclame. Quand elle recule, ses yeux se posent sur Dorian.

— T'es pas Simon, toi, remarque-t-elle.

Je pince les lèvres. N'ayant guère l'habitude d'entretenir des relations durables, je n'ai ramené qu'un seul mec ici. J'imaginais que l'info resterait confidentielle, mais c'était sans compter sur Martina. Simon était particulièrement friand de ses linguines aux anchois.

— Effectivement, grince Leroy.

Les yeux de Martina le parcourent de haut en bas.

— Qu'est-ce que je te sers... Ton nom, déjà ?

— Dorian, ça se prononce à l'américaine.

— Je suis Italienne, *cazzo*. Tu trouveras pas de burgers, ici, l'*Americano*.

— *Io sono della Martinica*[2], *Regina*. Et je vous préviens,

---

1. *Pulcino* : poussin.
2. *Io sono della Martinica.* : Je suis originaire de la Martinique.

j'aime pas qu'on me la fasse à l'envers avec une quatre fromages, quand il y en a que trois.

Le choc se lit sur les traits de Martina et les miens, quand nous découvrons que Leroy semble maîtriser l'italien. Le visage de la patronne se tourne aussitôt vers moi.

— Je le préfère largement à Simon !

Je souris, tandis qu'elle me tapote la joue, avant de retourner en cuisine.

— T'as vraiment des amis particuliers, constate Dorian en portant le vin à ses lèvres.

— Je ne m'entoure que de gens qui me distraient. C'est une règle que je me suis fixée depuis longtemps. Ainsi, je ne m'ennuie jamais.

Il pose son verre.

— C'est important pour toi ?

— Quoi ?

— De t'amuser.

— C'est vital.

— Pour quelles raisons ?

Je m'enfonce sur ma chaise et croise les bras sur mon torse. Dorian observe ce geste tandis que mes souvenirs s'envolent vers les personnes qui partagent ma vie.

— Un jour sans se marrer est un jour perdu, selon moi.

Un rictus s'inscrit au coin de sa bouche.

— Alors pourquoi ça n'a pas marché avec ce type que j'ai trouvé chez toi ? Il ne te faisait pas rire ?

Loin de m'attendre à cette question, je me tortille sur mon siège.

— Simon, marmonné-je, alors qu'une boule se forme dans ma gorge.

— Ouais, j'avais saisi.

Lui rappeler était inutile. Martina l'a cité, nous avons déjà parlé de lui, et il le connaît. Il ne souhaite donc pas prononcer son prénom, et cette pensée m'est agréable. Je m'en trémousserais presque, mais la conversation s'aventure sur un terrain glissant que j'hésite à arpenter.

— Tu avais raison à son propos, admets-je. Je ne... n'étais pas très impliqué dans notre relation.

— Excepté avec ce mec, tu en as eu d'autres qui ont duré ?

— Non. Ça t'étonne ?

Un silence passe. Il me scrute comme s'il essayait de lire dans mes pensées. J'évite son regard.

— La psy, que mon éditrice m'a forcé à consulter après un odieux chantage dont elle a le secret, m'a affirmé que je souffrais de la peur de l'abandon, dis-je en observant mon verre.

— Et c'est vrai ?

— Pas depuis que Tony, Cally et Norah font partie de ma vie. Elles suffisent à me rendre très heureux, affirmé-je. Simon... je voulais que ça marche, au début. Il est génial, gentil, drôle... Enfin, il l'était, avant...

Je bois une gorgée pour me donner du courage. Ces mots-là, je ne les ai jamais confiés à qui que ce soit, mais ça lui tient à cœur que je m'épanche. Je suis d'ailleurs surpris de les débiter avec tant de facilité face à lui. Dans l'ascenseur, à Angoulême, quelque chose s'est passé. Je l'ai ressenti. Des digues en moi ont cédé à cause de cet homme bien plus déterminé à mon sujet que je ne l'imaginais. J'en éprouve une certaine fierté, par ailleurs, mais ça me fiche la trouille. Après mon aveu au sujet de mon père, Leroy n'a pas insisté. Je m'attendais à une folle nuit de sexe, à Angoulême, mais nous sommes finalement restés chastes, ce qui nous ressemble peu. J'ai remarqué que son portable, à l'écran fissuré, n'arrêtait pas de vibrer. Il était agacé quand il s'est senti obligé de l'éteindre. Je crois que ce qu'il se passe entre nous lui cause des problèmes. Il a parlé du fait qu'il mettait en péril l'avenir de ses employés, mais n'a pas voulu s'épancher sur le sujet.

Depuis, le doute persiste. Serait-ce à cause de moi ? Mais si c'est le cas, il doit beaucoup tenir à moi pour ne pas prendre ses cliques et ses claques. Qu'est-ce qu'il fout là ?

Je devrais arrêter de m'enflammer. Pour une fois que j'ai envie que ça marche avec un mec, il a fallu que je tombe sur le plus gros queutard hétéro de la planète. Pourquoi faire simple, n'est-ce pas ? C'est voué à l'échec. C'est clair. Un type comme moi ne peut décemment espérer garder un homme tel que lui…

— Bref, clôturé-je, je n'ai pas été assez doué pour que s'épanouisse ma seule et unique relation.

— Tu désires en entretenir une avec moi ? demande-t-il, ses yeux noirs fixés aux miens.

Mon cœur rate un battement. Je ne sais pas si sa question relève de la curiosité, ou si c'est une proposition. D'expérience, je préfère réfléchir à mes mots une seconde avant de les formuler.

— Et toi ?

Ouais, le courage ne m'étouffe pas.

Leroy sourit en le constatant.

Putain, ce qu'il est hot…

Une réaction inconvenante agite mon pantalon quand son regard se fait prédateur. Les expressions de ce type sont un livre ouvert. J'ai noté que je suis aussi bon mytho qu'il est mauvais. Et j'adore qu'il soit incapable de dissimuler ses émotions. Je ne l'imaginais pas du tout ainsi sur le plan personnel. Sous ses airs de beau gosse qui se la raconte, Dorian est une âme sincère comme on en rencontre peu. Il le cache volontiers derrière une attitude de connard. Une facette de lui qui m'a cependant attiré, si l'on en croit les circonstances...

— Je t'ai déjà expliqué comment je voyais les choses en parlant d'un « nous », déclare-t-il. À toi, maintenant.

— Je ne pense pas que ça dépende de moi, répliqué-je, alors je ne me suis pas posé la question.

— Comment ça ?

Je soupire, contraint de faire face à cette évidence qu'il ne semble pas saisir de son côté.

— Tu n'es pas gay, Leroy. T'as pris ton pied avec moi parce que t'as l'habitude de te taper des nanas. C'était un shoot de nouveauté qui te fait encore planer. Quand tu vas redescendre, la chute sera rude pour moi.

— J'suis pas comme ça, rétorque-t-il.

— Non, t'es un mec deux fois divorcé qui a trempé sa carotte dans pas mal de terriers. Faudrait être cinglé pour vouloir entamer une relation avec toi.

Il pouffe.

— Ça ne devrait donc pas te poser trop de problèmes. T'es le type le plus taré que j'ai jamais rencontré.

— Je le prends comme un compliment.

Il éclate de rire et, d'un geste si naturel et si doux qu'il m'en coupe le souffle, plante sa main sur la mienne.

— Tu veux vraiment savoir ce que je désire ? susurre-t-il.

J'opine deux fois de la tête, suspendu à ses lèvres. Il dit :

— Je désire tenter l'aventure, te baiser de toutes les manières possibles, tant que tu m'y autorises, et me bidonner chaque jour avec toi, comme à La Mongie. Voilà ce que je veux.

J'en reste un instant sans voix, puis murmure :

— Tu ne te rends pas compte de ce que ça implique, Dorian. Prends le temps d'y réfléchir.

— Je ne vois pas pourquoi, réplique-t-il après une gorgée de vin. Quand je désire une femme, je ne me pose pas de questions. Pourquoi le ferais-je avec toi ?

— Le regard des autres sera...

— Je me contrefous du regard des autres, rétorque-t-il sèchement en réajustant son col tel un duc (*bordel, je bave*). Je n'ai pas besoin de leur opinion pour me sentir exister. Personne n'a le droit de juger mes actes, si ce n'est moi.

Je m'incline sur la table, comme attiré par un aimant, et la respiration un peu plus courte. Ma cuisse gauche se plaque contre la sienne. La chaleur de ce contact remonte immédiatement dans mon entrejambe. Je gémis en silence.

— Mon ego m'interdit d'accorder plus d'importance à leur avis, poursuit-il, *hyper sexy*. Quand tu es Noir, blindé de thunes et élevé dans le 9e, tu en prends pour ton grade, quoi qu'on en dise. Mais j'ai jamais laissé quelques connards bourges et racistes m'affecter. Je vaux mieux que ces abrutis et je ne suis pas à un combat près. Avec le temps, certaines remarques te renforcent. Crois-moi, je suis plus solide que tu ne le penses. Mais, toi, Milo, auras-tu le courage de te frotter à un mec comme moi ?

Cette fois, j'en peux plus, il m'excite grave avec ses mots, sa présence magnétique, et ses lèvres dont je rêve de m'emparer. Il me surprend. Me fascine et m'attire inexorablement. Je lui chope le cou et me penche à son oreille.

— File chez moi, je t'y rejoins, murmuré-je en plaçant mes clés dans sa paume. La pizza, je la prends à emporter et je la boufferai sur tes abdos.

Son visage contourne le mien. Ses lèvres déposent un baiser sur les miennes.

— Que l'aventure commence, *baby boy*...

C'est chelou, mais je kiffe. Je me trémousse en gagnant le

comptoir, tandis que Leroy quitte le resto. L'orchestre derrière moi entonne *Sarà perché ti amo*[3]. Je remue du cul en attendant ma pizza, l'esprit au firmament.

— Tu as l'air heureux, mon garçon ! me lance Pepe.

Mes lèvres se courbent.

— Si c'est lui qui t'inspire ce sourire, fais ton maximum, ajoute-t-il.

— Tu donnes des conseils conjugaux, toi ? s'étonne Martina, qui s'approche, mes boîtes de pizzas suspendues sur sa paume.

— Pour te supporter depuis trente ans, je suis devenu un expert !

Je les laisse à leur embrouille en riant et prends le chemin du retour, tout excité à l'idée de retrouver Dorian.

---

3. *Sarà perché ti amo* : Ricchi e Poveri, 1981. Rappel du refrain :
Che confusione
Sarà perché ti amo
È un'emozione
Che cresce piano piano
Vous l'avez en tête, c'est bon ? Huhu !

CHAPITRE 27
RETOURNEMENT DE VESTE ET VOISIN FACHO... ÇA FAIT BEAUCOUP POUR LA PATIENCE D'UN HOMME HONNÊTE !

DORIAN

Mon portable sonne tandis que je grimpe les escaliers de chez Milo, les clés serrées dans ma paume.

— Mon Dodo, on a un problème, déclare Nadia.

Il n'y a qu'elle qui me surnomme comme ça. Elle est la seule à en avoir le droit, mais je préfère qu'elle évite en public.

— Comment ça ?

— Le père de Laurine veut convaincre d'autres membres du conseil de retirer leurs billes.

— Quoi ?

— Plusieurs d'entre eux menacent de partir si tu ne reviens pas sur ta décision concernant Comod'or. Ils souhaitent aussi que tu fasses profil bas en ce qui concerne ton *coming out*.

— *Coming out* ?

— Ils ne souhaitent pas que tu t'affiches au bras de ton petit ami. Ils pensent que cela va créer des polémiques.

Quelques artistes importants les suivront, prétextant que ça va faire de la mauvaise pub.

— Fils de putes de fachos ! tonné-je en claquant la porte d'entrée derrière moi.

— La grande majorité te soutient, Dorian, rassure-toi. Tu aurais été ému de voir comment *Fatal Death Mortel* a pris ta défense. Ils étaient dans les locaux, tout à l'heure.

— Ils sont cramés avec leur rap *hardcore*, mais j'aime ces types, putain.

— Tu peux. Ils t'ont accordé un sursis en menaçant de rompre leur contrat si tu quittais la tête de *Rage Records*. Ça a fait réfléchir le conseil.

— J'arrive pas à le croire, Nadia. Qu'est-ce que ça peut bien leur foutre, sans déconner ?

— Chéri, tu n'es pas des quartiers, comme moi. Là-bas, l'homosexualité est un sujet encore très tabou. J'ai un cousin gay qui a fait venir une femme du bled et s'est marié avec elle uniquement pour préserver les apparences auprès de sa famille. Une de nos rares rappeuses LGBT a récemment quitté la France pour l'Angleterre afin de trouver la paix. J'ai le regret de t'avouer que tu produis une musique qui défend bien des causes, mais peu celle-ci. J'ajouterai qu'elle oublie souvent celle des femmes, d'ailleurs.

Elle soupire. Ses mots me percutent de plein fouet. Mes œillères ont disparu, alors je ne devrais pas m'étonner de leur effet sur moi.

— Mais tu veux savoir ce que je crois ? poursuit-elle après un court silence.

— Ouais, balance, lâché-je, un peu abattu.

— Je crois qu'il est temps que *Rage Records* s'y mette, tu vois.

— C'est vraiment ce que tu penses ?

— Plus que jamais.

Je souris derrière mon portable. Mes yeux se jettent sur la rue en contrebas ; Milo sort du resto *La casa de Pepe*, les pizzas en bout de bras.

— Je ne sais pas ce que ça va donner avec ce mec, lancé-je.

— Tu ne t'es jamais posé autant de questions pour une femme, remarque-t-elle.

— Parce que je n'avais pas à me les poser. Les circonstances font que je n'ai pas vraiment le choix.

J'observe sa démarche. Son attitude assurée, malgré ce qu'il est vraiment, du moins si j'ai bien deviné ce qu'il dissimule derrière cette attitude nonchalante et cette dérision permanente.

— Nadia, tu crois que je fais une connerie ?

Elle ne répond pas immédiatement.

— Je ne t'ai jamais vu aussi excité par une histoire, pas même avec tes deux premières épouses ! Alors, non, je ne pense pas que tu en fasses une, mon chéri.

— Milo est certain que la nouveauté explique mon comportement.

— Il a peut-être raison, ou peut-être pas. Si tu ne tentes pas l'aventure, tu ne le sauras pas.

Quelques secondes passent. Je devine à l'avance qu'elle hésite à formuler, et ne me trompe pas quand elle déclare :

— Je pense que tu devrais suivre les recommandations du conseil d'administration. Ton identité sur les images à Angoulême n'a pas été authentifiée, mais étant donné la situation et ses conséquences, tu devrais peut-être te faire discret ces prochains jours.

— Me cacher, tu veux dire, commenté-je, tandis que je sens la colère m'envahir.
— Calmer le jeu, précise-t-elle. Profite de quelques semaines pour réfléchir à tout ça, et voir où ça te mène. Au bout du compte, tu le connais depuis peu, Dodo. Et pardonne-moi de te dire que tes choix amoureux, jusque-là, ont été de véritables catastrophes.
— Tu juges systématiquement les femmes que je fréquente stupides et pas assez bien pour moi.
— Parce que c'est le cas et que ça t'arrange. Une personne douée d'esprit pourrait te surpasser et tu n'aimes pas ça. J'espère rencontrer ce Milo très bientôt pour constater de mes yeux s'il correspond à ton schéma habituel, ou s'il est le Messie que j'attends depuis si longtemps.
— Milo est tout sauf un schéma habituel. Si t'arrives à le décoder, fais-moi signe.
Elle rit.
— Pile ce qu'il te fallait.
Mes lèvres se courbent, puis elle raccroche en m'adressant des bisous. La porte s'ouvre enfin sur Milo, qui semble embarrassé alors qu'il pose les boîtes sur le plan de travail de la cuisine.
— J'ai oublié la sauce piquante, lance-t-il.
Je m'approche et me colle à lui.
— T'inquiète pas, la soirée sera épicée quand même.
Il pouffe, puis recule d'un pas.
— Leroy, tu devrais prendre ta *calzone* et partir.
J'en reste coi. *Hein ?*
— Quoi ?
— T'as très bien entendu.
— Attends, au resto, tu disais…
— Des conneries, et ce n'est pas un scoop, me coupe-t-il

sans que la moindre émotion traverse ses traits. Tu avais raison en me balançant que je ne devais pas prendre tout ça à la légère, et je ne veux pas que tu te tortures l'esprit pour moi.

— Attends, je ne comprends pas, je… lâché-je, halluciné.

Il ne cille pas et m'observe.

— Tu n'es pas gay.

Pris de court, je ne trouve rien à rétorquer. Profitant de mon hébétement, Milo me pousse en direction de la sortie. J'ai encore le portable dans ma main quand il ferme la porte devant ma tronche. Il se fout de ma gueule !

— Milo ! crié-je en tambourinant.

— Je ne suis pas là ! clame-t-il depuis son appartement.

— Tu te fiches de moi ? Ouvre !

Quelques secondes passent avant que je ne tape de nouveau sur le battant.

— Milo, je vais exploser cette porte si tu ne te magnes pas le train !

— Vous pouvez la fermer ? lance une voix derrière moi.

Je pivote en soufflant comme un bœuf. Le voisin de palier de Milo a les bras croisés au-dessus d'un ventre bedonnant. Le tissu de son marcel s'arrête au niveau de son nombril. *Beurk…*

— C'est quoi ton problème ? cinglé-je.

— Toi ! réplique-t-il. J'arrive pas à écouter *CNews*.

— Sans déconner ? Je dérange l'extrême droite ? Fait chier !

Je toque encore avec vigueur, et le mot est faible !

— Ouvre cette putain de porte !

— Ah, j'ai compris… bougonne le voisin d'une voix écœurée.

Ma tête se tourne lentement vers ce gros connard.

— Sois tu rentres chez toi, sois je t'encastre dans ta téloche de facho, enfoiré !

Milo surgit et m'attrape par le bras, avant de me guider vers les escaliers.

— Ne vous inquiétez pas, monsieur Petitbois, il s'apprête à partir.

— Quoi ? protesté-je.

— Je vois que vous l'avez encore choisi bronzé, balance le voisin à Milo, au calme.

Je vais le buter !

— Vous savez pourquoi, monsieur Petitbois, la taille, ça compte ! claironne Milo, fier d'en rajouter une couche pour l'emmerder. Nous en avons déjà parlé !

— Ouais, et j'suis pas prêt de l'oublier, lâche le type, avant de claquer sa porte.

La colère ne m'a pas déserté, alors que Milo dévale les escaliers, le bras toujours accroché au mien. Je me dégage et cesse mes pas à proximité du premier étage.

— Mais putain, qu'est-ce que tu fous ? tonné-je.

Il se fige, ahuri. Puis comme s'il se souvenait soudain de la comédie qu'il m'a jouée tout à l'heure, il se ressaisit.

— C'est ici que l'on se quitte. Salut !

Et il remonte chez lui à la vitesse de l'éclair. J'en reste quelques secondes abasourdi, avant que la fureur ne me fasse vriller et ne m'incite à fuir les lieux sans délai.

Mais qu'est-ce qui m'a pris de croire que quelque chose était possible avec ce mec ? Il est complètement taré !

CHAPITRE 28
RIEN NE VAUT UNE IMMERSION TOTALE NI LES CONSEILS DE MAMA

MILO

C'est le rendez-vous du dimanche chez Mama, la grand-mère de Cally. Cette dernière mange sa part de gâteau en me fusillant des yeux. Norah la soutient. Tony me scrute d'un air dubitatif.

— Donc tu ne vas pas le revoir ?
— Non.
— Parce qu'il n'est pas gay.
— Voilà.
— Une information qui ne t'a pas empêché de te le faire à La Mongie.
— C'est juste.

Tony m'affiche son visage le plus blasé. Norah croise les bras et balance :

— Non, mais tu te fous de notre gueule ?
— Effectivement, réponds-je, mais, cette fois, je suis sérieux. Ce type a divorcé à deux reprises. C'est un queutard. Il a juste été grisé par la nouveauté et par le mec incroyable que je suis. Après le fiasco avec Simon, Leroy n'est pas

l'homme qu'il me faut. Je vais souffrir un max avec ce mec, c'est certain !

Ce que je fais est dégueulasse. J'ai prononcé ces derniers mots, car je sais que ce sont les seuls dans mon laïus qui pourront convaincre Tony, Cally et Norah de lâcher l'affaire. Je retiens un sourire en constatant que je ne me suis pas trompé. Mais je conserve mon visage mi-triste, mi-embarrassé pour ne pas me faire griller. C'était sans compter sur Mama, la redoutable et tenace Grecque orthodoxe, qui fait les meilleurs goûters du monde :

— T'as surtout pas le courage de te lancer ! balance-t-elle en s'asseyant sur le divan aux côtés de Cally.

— N'importe quoi ! m'insurgé-je.

Défense à chier, mais je ne suis pas avocat...

— Tu ne l'aimes pas, le duc de Hastings, Mama, pourquoi tu t'incrustes, d'abord ? me plains-je.

— Je l'ai peut-être jugé un poil trop vite. Cally et Tony sont désormais des femmes respectables, tu pourrais l'être toi aussi...

— Et moi, alors ? proteste Norah.

Tony et Cally se pètent de rire. J'aimerais en faire autant, mais Mama ne me lâche pas.

— Tu trouves toujours tous les prétextes possibles pour ne pas t'engager.

Pas cette fois, ai-je envie de rétorquer.

— Mais il serait temps que tu le fasses, Milo. Bientôt, tu passeras la trentaine, de beaux et charmants jeunes hommes pourraient séduire ton duc, tu sais.

— Il n'est pas gay, réaffirmé-je.

Elle lève les yeux au ciel, soupire, puis avise ma valise dans l'entrée.

— Tu pars ?

— Quelques jours, affirmé-je, content qu'elle change de sujet, *bordel* !

— Où ça ? demande Cally.

— Dans les Alpes. J'ai loué un petit chalet à la montagne.

— Mortel ! T'y vas avec qui ?

— Avec ma tablette graphique. D'ailleurs, je précise que je ne serai pas joignable. Si Sofia, mon éditrice, sollicite de mes nouvelles, expliquez-lui bien que je ne serai pas dispo avant l'année prochaine.

— J'suis pas ta secrétaire, cingle Tony en brandissant son index vers moi, mais je peux accepter cette mission si tu me dis ce que tu vas faire là-bas.

J'inspire, puis un grand sourire se plaque sur mes lèvres.

— Je me lance dans un nouveau *webtoon*.

— Naaaaaaaaaan...

Le pitch de mon histoire de l'auteur de thrillers et du bûcheron coincés par une tempête en montagne remporte l'adhésion pleine et entière de mes copines. Norah en est ébahie et déclare :

— J'espère que tu placeras le contexte à Noël. J'adore la neige !

J'aime cette femme.

En début de soirée, me voici devant la porte de mon chalet loué sur *airbnb*, à un type qui s'appelle Bob. J'aurais sans doute dû me montrer plus regardant sur la localisation. Il m'a fallu rouler une heure sur les petites routes pour parvenir jusqu'ici. Je voulais une maison isolée, mais là...

À cette réflexion, je fais un tour sur moi-même. Mes yeux embrassent les environs. Le chalet est niché au milieu de la forêt. Des bruits d'animaux très proches me déclenchent un frisson. Je suis venu dans le but de trouver l'inspiration et de me ressourcer, après le tumulte des dernières semaines. Je peux désormais affirmer que je ne vais pas faire semblant. Mon portable ne capte même pas la 4G !

Je pénètre dans le chalet, un poil fébrile, mais l'intérieur me rappelle pourquoi je voulais louer cet endroit. Il sera parfait pour implanter le cadre de mon histoire.

J'ai pour habitude de me rendre dans les lieux que je dessine, car le réalisme est important à mes yeux. Il permet aux lecteurs de mieux s'en imprégner, et à mon imagination de se concentrer uniquement sur les personnages.

Je branche ma tablette graphique et place mon PC sur l'énorme table à manger en bois de chêne. Quelques instructions du propriétaire m'y attendent. Je ne les lis pas et dégaine aussitôt mon stylet. Mon regard erre sur la pièce et tombe sur le large tapis, qui s'étend sous la table basse, tout près de l'âtre en pierre. Deux divans, positionnés face à face, encadrent le tout. J'imagine déjà les lieux la nuit, mon couple discutant autour d'un verre, sur ces deux canapés, un feu chatoyant dans la cheminée.

Mes yeux se fixent sur la table basse. Elle me dérange. Je me lève et la place dans un angle inutile. Puis je me rassois devant ma tablette et pose le premier coup de stylet en concevant la première scène de mon *webtoon*. L'excitation s'empare de moi, comme à chaque fois que je débute une histoire. Celle-ci a une saveur particulière, car elle va me permettre de rêver la relation que j'aurais voulue avec Leroy.

CHAPITRE 29
LA DÉCOUVERTE DU POT AUX ROSES

DORIAN

J'ai beau me repasser la soirée en boucle, je n'arrive toujours pas à comprendre le retournement de situation, après la pizzeria. Milo m'a carrément jeté dehors. J'ai encore la rage, mais une partie de moi couve une impression pénible. Celle de manquer un élément essentiel pour saisir le changement soudain dans l'attitude de ce mec.

En rentrant, j'avais les nerfs. Je ne voulais plus penser à Milo, plus lui parler. Je n'allais pas en faire une jaunisse ni pleurer à chaudes larmes, mais je me suis senti… humilié. J'ai mis du temps à comprendre ce que j'éprouvais, car je n'y avais jamais été confronté ! Après coup, je regrette de ne pas lui avoir collé mon poing dans la tronche, à cet enfoiré !

— Donc ça y est, t'as repris tes esprits ? soupire Rafik au téléphone.

— Ouais, dis-je en me versant un café.

Il est sept heures. Comme lui, je suis matinal, même quand je ne me rends pas au bureau, ce qui est le cas pour les prochains jours.

— Tant mieux, commente-t-il.

— C'est à cause du cul, expliqué-je. C'était génial.
— J'ai pas demandé à ce qu'on creuse le sujet.
— C'est forcément ça, poursuis-je, sans relever. J'ignorais à quel point c'était... intense, entre deux mecs. J'étais sur la...
— Frère, j'ai pas besoin des détails !
— ... stratosphère quand il m'a sucé. J'aurais dû m'en douter. Les hommes savent inévitablement mieux faire que les femmes, puisqu'ils possèdent une queue, eux aussi, n'est-ce pas ?
Un silence.
— Rafik ?
— Sans doute, lâche-t-il après un soupir.
— C'est l'effet nouveauté qui me fait penser à ce mec en permanence, à ton avis ?
— Hum... possible.
— Tu sais comme j'aime la baise. J'y suis sensible. J'ai vrillé.
— Ouais. Dis, on pourrait en revenir à l'objet de mon appel ?
— C'était quoi, déjà ?
— La *battle* organisée par *Rage Records*, dans une semaine, connard.
— Demande au conseil d'administration de s'en occuper, puisqu'ils préfèrent que je me terre le temps que ça se tasse, marmonné-je.
— Dorian... Alice a tout prévu. Tu viendras, hein ?
Je hausse les épaules, ce qu'il ne peut pas deviner.
— Peut-être bien, réponds-je, après avoir bu une gorgée de café.
— Au fait, tu as vu Aurel, jeudi soir ?
— Non.

— Au bureau, il a dit qu'il devait te rencontrer pour cette histoire de comité. Il a activé ton signal GPS pour te trouver.

— Mon… quoi ?

— C'est toi qui l'as fait installer dans ta voiture au cas où tu serais bourré. T'as pris cette décision un lendemain de cuite, quand t'as pas retrouvé ta caisse, tu te souviens ?

— C'est vrai. Que me voulait Aurélien ? S'excuser, peut-être ?

— Te parler. T'engueuler. Que sais-je ? Il digère pas cette histoire de *coming out*.

— Je n'ai pas fait mon *coming out* !

— Bah, un peu quand même.

Je lève les yeux au ciel, quand soudain ça fait *tilt* dans ma tête.

— Attends, tu as dit que c'était quand, déjà ?

— Jeudi dernier.

La pizzeria...

Les pièces du puzzle s'emboîtent dans mon esprit. Si Aurélien a croisé Milo, ce soir-là…

— Rafik, je te laisse.

— T'es un enf…

Je toque à la porte d'Aurélien, quinze minutes après le coup de fil de Rafik. Il m'ouvre avec un grand sourire plaqué sur la tronche.

— Ça va, mon…

— Ta gueule ! lâché-je.

— Qu'est-ce que t'as encore ?

— T'as parlé à Milo ?

— Quoi ?

— Te fous pas de moi !

— Je l'ai juste croisé par hasard et…

Je fulmine et serre les poings.

— Par hasard ? répété-je. En bas de chez lui ?

— Je savais pas que c'était en bas de chez lui. Je te cherchais toi !

— Pourquoi ?

— Pour que t'arrêtes de déconner avec ce tocard.

— Et en quoi ça te regarde, exactement ?

Il se fige, éberlué.

— Je… Mon job, putain ! Tu…

— T'es viré.

— Quoi ?

Je tends mon index dans sa direction. J'ajoute sans reprendre mon souffle :

— On se connaît depuis combien de temps, toi et moi ? Quinze ans ?

— Dorian, mec, tu…

— T'as été un super pote, jusque-là.

— Je le suis toujours.

— Non, Aurel. Un pote ne jugerait pas où je fourre ma queue. Un pote poserait son cul sur le canapé et m'écouterait. Toi, t'es le mec qui m'a planté un couteau dans le dos. Qu'as-tu dit à Milo ?

— Ce qu'il ignorait, c'est tout. Je lui ai parlé des menaces du conseil d'administration, et que tu allais droit au casse-pipe si tu t'entêtais dans cette histoire. En somme, la vérité. Et ça me fait bien chier d'être viré parce que je suis le seul à y voir clair !

Je soupire et fixe Aurel.

— T'y vois pas clair du tout, connard. Si t'avais les yeux en face des trous, t'aurais capté que je ne me suis jamais senti aussi bien que depuis La Mongie. Qu'il soit un mec n'est pas important pour moi et je ne vois pas ce qui t'autorise à avoir un avis sur la question.

— Les gens du milieu vont te tomber dessus. Tu t'exposes au cyberharcèlement, et à la ruine de ta réputation.

Je ricane de dépit, puis mon éclat se dissipe et laisse place à une expression venimeuse.

— L'avantage d'avoir un ego surdimensionné comme le mien, rétorqué-je, c'est que je m'en cogne de ce que les gueux pensent de moi, tu piges ? C'est *ma* queue, bordel ! Je la fourre où je veux !

Il affiche une mine dégoûtée. Je vais le buter !

Mon poing est prêt à lui asséner un méchant uppercut quand je ressens une vibration dans la poche arrière de mon jean. J'en extirpe mon portable et y découvre un texto de Norah mentionnant une adresse, et un message :

> J'suis une romantique, une amie pas fiable, et je suis fan du film Holiday (Jude Law, ma vie, bordel !). Si t'as l'occase, ramène de la fausse neige à Milo. Ça m'étonnerait qu'il y en ait en plein mois d'août.

Effectivement...

Mes yeux se fixent sur Aurel. Je prends alors conscience qu'une page se tourne, et ma colère me déserte. Je me casse sans un dernier regard pour lui. Mon cœur se serre, mais j'ai autre chose à faire que de m'attarder sur un type que je croyais connaître, et que je découvre sous son vrai jour, à présent.

CHAPITRE 30
LA VIE À LA MONTAGNE EST LOIN D'ÊTRE TRANQUILLE, EN FAIT !

MILO

Je suis hyper inspiré. Glenn, le bûcheron sexy à la peau d'ébène et à la voix rocailleuse, sauve Barry, le séduisant blondinet, auteur mondialement connu, des griffes d'un grizzli en plein blizzard. Mon stylet pose les premiers détails du storyboard, maintenant que j'ai dessiné les traits de mes personnages et le cadre de la première séquence. Demain, je pourrai attaquer celle où Barry se réveille dans le chalet de Glenn, quand il va le surprendre à poil dans la salle de bain. *Ouais... C'est bien, ça...*

Toc, toc, toc.

Il me tarde d'illustrer le moment où Barry va fuir la baraque en courant, genre enchaînement romanesque intense, mais qui se termine en scène de cul dans la neige. Norah va kiffer.

Toc, toc, toc.

C'est moi, ou ça vient de toquer ?

La panique me saisit. Mes yeux se lèvent vers la carabine exposée au-dessus du linteau de la cheminée. Je pourrais me la jouer comme dans les films américains, et sortir le fusil à pompe pour écarter les rôdeurs, avec une réplique haute en couleur, sauf que je m'interdis de toucher à ce truc !

Je file vers la porte, dépité. Je vais crever dans cette forêt pour mes principes. C'est plié.

Très lentement, j'ouvre le battant et constate avec amertume que j'aurais pu mettre la chaîne du verrou avant de m'y employer.

Je jette un regard inquiet vers l'extérieur quand je me sens propulsé en arrière. Une main me chope par le col. Des yeux sombres percutent les miens.

— T'es un bel enfoiré ! jure Leroy en me poussant à l'intérieur.

Il me relâche et me scrute, le corps crispé. Je l'observe avec fascination. Dorian est le genre de type qui prend un soin particulier à adapter sa tenue à son environnement. Il fait un pas vers moi, en jean sombre sous une chemise à carreaux très sexy. Le personnage de Glenn prend vie sous mes yeux. Il ne lui manque plus que la hache, et le portrait serait en tout point ressemblant. Je me mords la lèvre à cette vision.

— Hey ho ! Je t'ai parlé, Milo !

Je secoue la tête et pouffe.

— Désolé, je... j'étais perché dans mon imaginaire. C'est toujours compliqué de redescendre quand je suis dedans.

Quelques secondes défilent. Il m'observe comme s'il s'attendait à ce que je dise quelque chose. Je m'en tortillerais d'embarras, puisqu'aucun commentaire ne me vient, à part la question :

— Tu... cherchais ton chemin et tu t'es perdu dans le coin ? dis-je avec un air bête.

C'est pathétique, et j'en ai pleinement conscience.

— Je suis ici parce que j'ai appris pourquoi tu t'es comporté comme un lâche.

Ces mots me font l'effet d'un coup de poing. Leroy se rapproche d'un pas.

— Je crois que tu n'as pas bien saisi. Je ne plaisantais pas quand je te disais que je voulais tenter quelque chose avec toi. Et je ne suis pas le genre de mec à balancer des paroles à la légère. Que tu sois un homme emmerde les autres, mais je m'en tape, tu comprends ? C'est moi qui décide avec qui je couche, qui je vois et qui j'aime. Ceux à qui ça ne plaît pas, ils peuvent bien aller se faire foutre, c'est pigé ?

Ses pas le mènent tout près de moi. Il est un peu plus grand que moi, ce qui me pousse à relever légèrement la tête. Je tente d'assimiler ses mots, mais son regard s'arrime au mien et m'en empêche. Je suis hypnotisé par ce qui se dégage de lui. Cette détermination, dont j'ignorais encore l'existence quelques instants plus tôt. Sa soif de vivre envers et contre tout, et selon ses choix, fait écho en moi. C'est ce que je me suis toujours promis.

L'air crépite entre nous après ces paroles formulées avec une conviction qui m'a coupé le souffle. Et il a dit un mot. Un mot de quatre lettres qui résonne dans mon esprit, entêtant et plein d'espoir. Un mot qui fiche la trouille, comme il me rend heureux : *aime*. Il ne l'a pas évoqué dans une déclaration, mais qu'il l'exprime me laisse supposer qu'il n'est pas fermé à ce sentiment avec moi. *Serait-ce possible ?*

Moi. Milo. Qui m'a aimé jusque-là, à part mes meilleures amies ? Ai-je un jour offert l'occasion à d'autres de le faire ? Pas vraiment. Alors pourquoi s'élève en moi une impression d'euphorie à l'idée que le duc puisse envisager de tomber amoureux de moi ? Le défi ?

Faut être balaise pour avoir réussi à mettre un hétéro tel que lui dans son lit. On devrait me décerner une médaille, selon moi. Mais plus… Est-ce concevable ? Les battements de mon cœur se hâtent à cette pensée.

N'ayant jamais décidé de faire le saut de l'ange dans une quelconque relation, même pas avec Simon, je suis partagé entre la panique et l'envie de m'envoyer en l'air sur l'instant. Incapable de trancher alors que le silence s'éternise, je déclare :

— Je suis très content de te voir.
— T'es content ?
— Ouais.
— Oh. Parfait, alors.

Je discerne un soupçon d'ironie dans ces mots, mais je choisis de ne pas m'y attarder. Mon téléphone me sauve d'une autre déclaration pathétique. Le dieu Wi-Fi me veut du bien aujourd'hui !

— Allôôôôôô ? claironné-je en reculant vers la cuisine et les escaliers tout près.
— Pourquoi tu cries ? me répond Cally.
— Pour rien, voyons, dis-je sans changer de ton, un sourire épanoui aux lèvres.

Je pose la main sur le téléphone et lance à Dorian.

— C'est un appel professionnel, je vais le prendre là-haut, si ça ne t'ennuie pas.

Puis je m'éclipse dans les escaliers, jusqu'à parvenir à la salle de bain de l'étage.

— Tu parlais à qui ? demande mon amie.
— Leroy, chuchoté-je. Comment il a su que j'étais là ? C'est toi qui lui as dit ?

Je fais couler l'eau dans la baignoire afin de couvrir le son de ma voix.

— Oh, putain ! s'enflamme-t-elle. Non, c'est pas moi, mais j'aurais dû !

— Il s'est pointé en chemise de bûcheron, poursuis-je. Ce type veut ma mort.
— Il a fait tout ce chemin pour toi, tu te rends compte !
— Pourquoi ?
— Pourquoi quoi ?
— Pourquoi il est là ? précisé-je.
— Tu lui as posé la question ?
— Ouais... il dit qu'il a envie de tenter l'aventure. Que le fait que je sois un mec n'est pas important. Je ne m'attendais pas du tout à ça, venant de lui. Et je crains que...
— TG.
— Comment ça, TG ? lâché-je, effaré. T'es duuuuure !
— Je le serais si j'avais vraiment prononcé « Ta Gueule » et, finalement, c'est ce que je vais faire. Tes craintes, tu te les fous au cul, Milo !
— Haaaaan.
— N'essaie pas de me la faire à l'envers, continue-t-elle dans un débit de parole fulgurant. Ton mécanisme d'autodéfense, que même Turing[1] n'arriverait pas à décrypter, est déjà en train d'inventer des scénarios pour tout faire foirer.
— C'est toi qui me dis ça ?
— Évidemment, puisque je suis une experte dans le domaine ! Mais j'ai changé, Milo. Depuis Dan.
— Je sais, chouchou.
— Je sais que tu le sais.

---

1. Alan Turing est un mathématicien et cryptologue britannique, auteur de travaux qui fondent scientifiquement l'informatique. Il joue un rôle majeur dans la cryptanalyse de la machine Enigma. Poursuivi en justice en 1952 pour homosexualité, il choisit, pour éviter la prison, la castration chimique par prise d'œstrogènes. Il est retrouvé mort par empoisonnement au cyanure le 8 juin 1954 dans la chambre de sa maison. Steve Jobs s'est inspiré de Turing pour créer le logo de la pomme d'Apple. C'était la minute histoire !

Mes yeux brillent un peu. Les siens aussi, j'en suis certain. Je suis fou de cette fille et je suis si heureux qu'elle ait trouvé l'amour malgré son deuil et des années de dépression. Aujourd'hui, elle est une jeune femme qui mord la vie à pleines dents, en compagnie de l'homme qui a réussi à briser sa carapace en béton armé. Dan a compris comment en venir à bout. Il s'est donné tous les moyens – *et le mot est faible* – de la conquérir. Parce qu'elle le méritait. Comme Max avec Tony. Et j'espère, un jour, comme Norah et le chanceux qui partagera son existence.

Et moi, dans tout ça ?

Je les envie, mais l'idée d'être en couple est un concept étrange à mes yeux. Jusqu'alors, et bien que j'aie apprécié la présence de Simon, je ne me suis jamais senti pleinement à l'aise avec un homme ou une femme. Je n'ai jamais éprouvé ce que j'espère trouver chez mon ou ma partenaire. Une âme en laquelle j'aurais une confiance totale. Une âme qui me ressemblerait, qui me comprendrait, qui adopterait la même philosophie que moi. Je veux quelqu'un qui rit de tout, et de rien. Je veux quelqu'un qui s'amuse de la bêtise, qui crie à la vie, et qui fuit tout ce qui le tire vers le bas.

Il n'est pas facile de partager l'existence d'une personne en marge des codes de la société. Peu me comprennent, et j'en laisse encore moins m'approcher.

Mais lui...

Les souvenirs de La Mongie me reviennent en tête. Je me rappelle ses mains puissantes sur ma peau. Nos sourires complices, alors qu'on prenait un pied d'enfer. C'était clair. Sans fausse note. Limpide. Et c'est ça qui me fait peur.

Cally a raison. Je suis en train de reproduire mes schémas habituels, alors que j'ai toutes les chances de me faire le

bûcheron beau à se damner de l'histoire dans les minutes qui viennent. C'est quoi, mon problème ?
À cette réflexion, j'ai des difficultés à reprendre mon souffle.
— Cally, faut que je raccroche !
J'avale une grande goulée d'air. Soudain, je me rappelle que je me suis tiré comme Bip Bip le Coyote[2] en laissant Leroy derrière moi. J'aurai de la chance s'il n'a pas fait demi-tour. J'ai encore trouvé tous les prétextes pour saborder une relation naissante. Je soupire, exaspéré par mon propre comportement. Mes yeux se lèvent vers la baignoire. L'eau est à mi-hauteur. Je me désape et m'y allonge en inspirant, avant d'y plonger la tête.
Un calme sourd m'enveloppe dans la sérénité de mes songes. Ce que je cherchais. Un instant de quiétude. Avec moi-même. Le vrai moi-même.
Je goûte ces quelques instants de répit quand je sens soudain des doigts se saisir de ma queue et la presser avec vigueur. Je reviens à la surface et manque de percuter le front de Leroy, penché au-dessus de moi. Sa main libre agrippe ma tignasse.
— Qu'est-ce que tu fous ?! crie-t-il.
Ses yeux se plantent dans les miens.
— Je réfléchis à ce que tu as dit tout à l'heure.
— Et tu ne pouvais pas le faire en bas ?
Il tire sur mes cheveux. Mes lèvres se crispent.
— J'ai peut-être cédé à l'impulsion du moment, grincé-je.
Il conserve son emprise sur ma chevelure.
— C'est à ça que je dois m'attendre ? lance Dorian.
— Comment ça ?

---

2. Bip Bip le coyote : si vous avez la ref, vous êtes peut-être vieux…

— Si on se met ensemble, toi et moi. C'est à cette attitude que je vais devoir m'habituer ?

Je ne réponds pas, parce que je ne sais pas quoi répondre. Il me bouscule, me désarçonne et tient surtout mes boules entre ses doigts ! Il me relâche, se redresse en me toisant, puis se déchausse, toujours sans me quitter des yeux. L'intensité de son regard sur moi est telle que ma respiration s'accélère.

— Tu veux la jouer comme ça ? Très bien, annonce-t-il. Entre toi et moi, je pensais que tu serais le guide dans cette histoire, mais je me suis lourdement trompé. Tout bien réfléchi, ce n'est pas ce que j'attends.

Je peine à saisir ses paroles, mais elles m'excitent quand même. Ma queue s'épaissit et pointe vers mon nombril. Un rictus s'invite sur les lèvres de Leroy en le constatant.

— Et moi, j'attends quoi, à ton avis ? demandé-je.

Ses yeux langoureux remontent mon torse jusqu'à mon visage.

— Que je prenne les choses en main.

À ces mots, il plonge ses jambes dans l'eau sans se soucier de ses fringues. Ses doigts abordent le col de sa chemise bûcheron, qu'il défait lentement. Alors qu'il s'apprête à la retirer, je l'en empêche.

— Non, garde-la.

— Elle te plaît ?

— Ouais…

Il sourit, s'accroupit, et se penche sur moi. L'eau pointe au niveau de son torse à moitié dénudé. Je frémis.

— C'est m'imaginer couper du bois qui t'excite.

— De ouf.

Il éclate de rire, puis m'embrasse. Le baiser est bref, un

peu chaste, mais torride. Le tissu de son pantalon qui frotte contre mon sexe me fait tressauter.

— Je vois ça… souffle-t-il.

Il me mord le globe, tandis que sa paume s'invite sur une fesse qu'elle empoigne.

— Quand je disais prendre les choses en main, je parlais de toutes les manières possibles, chuchote-t-il à mon oreille.

Ma respiration se suspend quand il ajoute :

— Désormais, tu n'appartiens qu'à moi, Milo. Si ton pote Simon n'a nulle part où crécher, je lui conseille l'hôtel, à cet enfoiré. Je ne veux plus jamais retomber sur un mec ni même une femme en me rendant chez toi.

— À l'exception de Tony, Cally et Norah.

— Évidemment.

Il recule. Son geste provoque un remous et projette de l'eau sur le sol. Je n'y prête pas attention. Lui si. Ses yeux se posent sur les gouttes échouées sur le carrelage. Puis il se lève, plaçant ses pieds joints entre mes cuisses. Son regard ne me quitte pas tandis qu'il déboutonne son jean.

— Voilà ce qu'il va se passer, maintenant, déclare-t-il alors qu'un sourire naît sur ses lèvres. Tu vas me sucer, puis nous allons tous les deux sortir de cette baignoire, et je vais te baiser jusqu'à ce que tu me supplies d'arrêter. T'en dis quoi ?

J'en reste soufflé, mais acquiesce vigoureusement. Son membre se déploie sous mon nez et mes yeux ébahis de contentement.

— Ouvre la bouche, lance-t-il.

Je m'exécute. Son sexe s'y glisse avec lenteur. Ses doigts s'enfouissent dans mes cheveux. Lorsque son bassin entame les premiers va-et-vient, je ne résiste pas à empoigner ma queue pour la caresser.

— Non.

Mes yeux se relèvent sur lui. Les siens sont mi-clos, et le sourire qu'il arbore me laisse un instant contemplatif.

— Te touche pas, dit-il. Pas encore.

Ma main m'abandonne et remonte sa jambe nue, avant de se saisir de sa fesse ferme. Leroy accentue le rythme entre mes lèvres.

— Putain, jure-t-il alors que sa queue tape le fond de ma gorge. Milo… je vais venir, je…

Il explose sur ma langue, ses doigts se crispant dans mes cheveux, tandis qu'un long râle lui échappe. Ma bouche délaisse son membre, mon regard remonte sur lui. Le sien est fiévreux, intense, électrisant et irrésistible. Je le contemple, ses mots flottant dans mon esprit :

Désormais, tu n'appartiens qu'à moi.

Oh que oui !

CHAPITRE 31
RIEN NE VAUT UNE BELLE CHEVAUCHÉE À LA MONTAGNE

DORIAN

J'essuie mes cheveux en parvenant au salon. Milo se tortille, en calcif, sur *Da Rockwilder* de Method Man, et j'adore cette vision. Je souris en l'observant jeter une bûche dans l'âtre, comme si une braise allait lui péter à la tronche.

— T'es là ? lance-t-il en me découvrant derrière lui.

Planté au milieu du tapis encadré de deux divans, je me tiens entièrement nu. Ses joues se colorent. Il n'est pas encore à l'aise. Je le ressens.

Il n'y a que lorsque nous baisons qu'il me livre tout, ou presque. Désormais, je l'ai compris, comme j'ai saisi que j'allais devoir être patient pour qu'il m'accorde toute sa confiance.

— Pourquoi t'es venu ici ? je demande.

— J'avais besoin de prendre l'air et... je voulais commencer cette nouvelle histoire.

— Celle du bûcheron dont tu m'as parlé ?

— Ouais.

— J'ai vu tes sketches sur ta tablette graphique. Tu t'inspires de moi ?
— Peut-être bien.
Je souris. Lui aussi.
— Et il se passe quoi entre le bûcheron et...
— Barry. C'est un auteur de thrillers hyper connu.
— Il se passe quoi entre eux ?
— Glenn, ledit bûcheron, explique-t-il en prenant place sur le canapé, sauve Barry des griffes d'un ours durant une randonnée. Une tempête de neige sévit, et les voilà tous les deux bloqués dans le chalet de Glenn.
Je m'installe sur le divan face à lui, plante mes yeux dans les siens et l'écoute attentivement.
— Glenn est homo ?
— Non, il est divorcé d'une femme. Le genre de mec taciturne, qui ne s'est jamais remis de sa séparation. Mais Barry est hyper canon, et ça fait longtemps que Glenn ne s'est pas envoyé en l'air. Quand Barry va lui suggérer la chose, et comme la tempête s'éternise, il ne va pas beaucoup résister avant de sortir sa grosse bûche.
J'éclate de rire.
— C'est quoi, le lézard ? dis-je.
— Comment ça ?
— Y a toujours un obstacle. Ça sera quoi, le leur ?
Il me scrute, comme si ma question touchait quelque chose chez lui. Je comprends quoi, lorsqu'il rétorque :
— Le reste du monde.
Le silence s'éternise. Les crépitements dans la cheminée et la danse des flammes diffusent une atmosphère particulière. Mon regard erre sur les ombres qu'elles forment sur le torse de Milo, avant de s'ancrer au sien.
— Une fois revenu à son quotidien, reprend Milo, Barry

va retrouver ses problèmes, ses angoisses et ses ambitions. Il pensera à Glenn, mais ce dernier vit à la montagne, isolé de tout, à l'abri des préjugés et des remarques. Ils n'ont pas la même vision de leur relation ni de la société, d'ailleurs.

— Comment ça va se terminer entre eux ?

Milo sourit, puis jette ses yeux sur le foyer de l'âtre.

— Glenn va retrouver Barry pour comprendre qui il est. Ils vont baiser comme des lapins, s'éclater, et vivre plein d'aventures dingues, puis… Glenn fuira la civilisation qu'il déteste et reviendra dans son chalet.

— Barry va tout lâcher pour le rejoindre à la fin ?

— On peut dire ça. Il pourra écrire et devra renoncer à la vie qu'il s'est construit seul, au mépris des convenances… mais il n'aura aucun regret.

— Pour quelle raison décide-t-il de tout quitter ? le questionné-je.

Milo garde le silence, ses yeux rivés sur les flammes.

— Pour quelle raison ? répété-je.

Son visage se tourne lentement vers moi.

— Parce qu'il aime Glenn.

Quelques secondes.

Mon cœur qui pulse plus vite.

Je déglutis, partagé entre le désir et un sentiment étrange qui m'enveloppe telle une couverture chaude et agréable.

— Tu as déjà aimé quelqu'un ? m'enquiers-je.

Il secoue négativement la tête.

— Moi non plus.

Nos yeux restent soudés. Ce que je ressens est inexplicable, alors que le lien qui m'unit à cet homme semble se renforcer, comme mon attirance pour lui. Je lutte à l'instant contre une irrésistible envie de me jeter sur ses lèvres, et de le faire de nouveau mien. Ses iris noisette me fixent. Quelques mèches de ses cheveux blonds tombent sur son front. Il ne porte pas ses lunettes, et je le trouve divin, tandis que mon regard erre sur lui. Je le préfère sans, et le contemple encore un instant. J'ai saisi que, comme ses mensonges, elles ne servaient qu'à le protéger, comme si ses yeux pouvaient trahir ses pensées.

Les miennes s'envolent ; tout à l'heure, il me taillait cette pipe d'anthologie dans la baignoire. J'ai compris ce que je devais faire, et ce qu'il attend de moi. Milo n'a pas envie de materner un type qui découvre un pan de sa sexualité. Non, ce qu'il souhaite, c'est un mec qui assume qui il est, ce qu'il est, et qui sera suffisamment solide pour le suivre dans ses délires. S'il est face à moi, à me contempler, c'est qu'il envisage que je sois cette personne. Et cela gonfle mon orgueil autant que ça me fait flipper, alors je déclare :

— Considère cette semaine comme une immersion dans ton histoire. Tu vas avoir de l'inspiration, crois-moi.

Un sourire éclaire ses traits. Je m'esclaffe, puis me lève, ma queue rebondissant dans le vide, avant de se figer dans sa direction, ce qu'il ne manque pas de constater. Puis son regard remonte sur mon visage. J'approche de lui d'un pas mesuré.

— T'es à moi, maintenant. T'as saisi ?

Il hoche lentement la tête. Je m'empare de son menton, mon sexe à quelques centimètres de sa bouche. Je le glisse entre ses lèvres. Une impulsion du bassin et l'arrière de son crâne trouve l'assise du canapé. J'y plante mes mains et y prends appui, avant d'entamer des va-et-vient vigoureux, les yeux braqués sur Milo que mon corps surplombe.

— C'est ça, suce bien, soufflé-je.

Un couinement de satisfaction lui échappe, ainsi qu'un clin d'œil. *Il kiffe ?* Moi aussi, putain. J'accentue mes assauts.

Ses paumes se plaquent sur mes fesses et les pressent de continuer.

— Attends, attends ! lancé-je avant de jouir.

Cette fois, j'aimerais bien qu'on aille plus loin qu'une petite pipe, mais il me faut tout mon sang-froid pour m'écarter de la bouche de Milo. Ce dernier m'observe, un sourire sur le visage. Il me rend dingue.

— Lève-toi.

Il s'exécute lentement, sans un mot. Nos lèvres se frôlent. Je sens mon échine irradier à l'idée de le prendre avec force. Je brûle de le faire mien. Et ce regard…

Je lui agrippe le bras, puis lui intime de se retourner. Mon bassin se plaque contre ses fesses musclées, son oreille est au niveau de ma bouche.

— Tu me fais bander, susurré-je, alors que je place ses mains sur l'assise et les emprisonne avec les miennes.

Un souffle rauque lui échappe. Il se dévisse le cou pour m'embrasser, son cul se frottant à mon sexe douloureux.

— Impatient, m'amusé-je.

— Prends-moi.

— Demande plus gentiment que ça.

Mes lèvres dévalent sa nuque, ses omoplates. Mes doigts se faufilent sur la taille de son boxer, que je fais glisser jusqu'à ses genoux. Ma bouche s'égare sur sa colonne vertébrale.

— Cambre-toi.

— Leroy…

Mes mains se plaquent sur ses hanches et les tirent en arrière. Je lui gifle sèchement une fesse. Il sursaute.

— T'en recevras une autre, si tu t'exécutes pas plus vite, c'est pigé ?

Son cul se tortille. Un sourire joyeux se forme sur son visage. Je secoue la tête, pas étonné par cette expression.

— Je suis au service du duc, quelles que soient les circonstances, déclare-t-il, mielleux.

— Je croyais que j'étais bûcheron.

— Le combo parfait, si tu veux mon avis.

Il est fou, mais c'est ce que j'aime chez lui. Ce qui me charme et qui fait que je suis là, à me marrer, à le chauffer, à m'exciter à mort, car baiser avec lui, c'est comme prendre les montagnes russes du plaisir et de la démesure. De la folie et de l'abondance, j'en veux encore. Une conversation avec Dan me revient soudain à l'esprit.

— *Je suis amoureux de Cally, car elle m'évade d'un sourire. Car je succombe à ses rires. La vie est plus colorée et joyeuse quand je suis avec elle. Je suis accro à cette fille, parce que je suis addict au bonheur que j'éprouve en sa compagnie. Je te souhaite de trouver une femme avec laquelle tu t'éclateras autant, mon ami.*

Sauf qu'aucune femme n'a eu ce pouvoir. Se pourrait-il que ce soit finalement un homme qui le possède ? À cette idée, ma bouche mord la fesse de Milo, avant d'aborder son sillon.

— Dorian… gémit-il quand ma langue se faufile à l'intérieur.

Mes mains écartent ses globes, mes lèvres s'activent, tandis que ses plaintes s'étouffent dans un coussin. Je me redresse, le lui arrache des dents et le jette dans un coin. J'ai noté qu'il était pudique au lit. C'est pas mon cas. S'il n'est pas friand des mots salaces, à l'exception de ceux formulés dans ses *webtoons*, moi, j'en suis adepte. Et l'entendre couiner m'excite, alors je vire l'autre coussin que j'avise du coin de l'œil, avant qu'il ne s'en saisisse. Mes doigts écartent les siens et s'emparent de sa queue. Je le prépare, l'exalte, et me délecte de le rendre dingue. Stimulé des deux côtés, Milo se tortille sous ma langue et ne retient plus ses gémissements. *Bien.*

— Bordel… lâche-t-il.

Une autre claque sur les fesses et je me relève, mon membre pointant sur son entrée.

— T'as couché avec quelqu'un depuis la dernière fois ?

— Non, répond-il.

À ces mots, je m'enfonce en lui.

— Moi non plus, soufflé-je en contenant un juron.

Mon bras se plaque sur son torse pour le redresser. Ma bouche retrouve sa gorge. Ma langue la parcourt, tandis que j'amorce un premier coup de reins.

— T'aimes ça ? susurré-je.

— Ouais.

— Pourquoi tu le dis pas ?

— Qu'est-ce qui se passe, Leroy ? Tu crains de pas être à la hauteur ? T'as besoin d'être rassuré ?

Ma main s'abat sur sa fesse. Il sursaute et couine. Je souris derrière son oreille.

— Dis-le.

J'ondule lentement en lui. Milo semble éprouvé et cette idée me plaît. Il prend son pied.

— Dis-le, répété-je.

— Tais-toi et va plus vite.

L'enfoiré…

Je me fige. Légèrement de profil, il jette un rapide coup d'œil sur le côté.

— Qu'est-ce que tu fous ? demande-t-il, quand il constate que le temps s'éternise.

— Dis que t'aimes baiser avec moi.

— Ça se voit pas ?

Je lève les yeux au ciel.

— Si ! C'est pas ça.

— C'est quoi, alors ?

— Je veux que tu me dises ce que tu ressens !

— Hum… On ne peut pas apprendre à mieux se connaître avant ?

— Ma queue est logée dans ton cul, Milo.

— Vraiment ? Je ne sens rien, dit-il en se tortillant.

Son bassin fait un mouvement de va-et-vient. Mes yeux se baissent sur ses fesses.

— Continue, ordonné-je.

— Oui, chef, glisse-t-il langoureusement.

Un sourire étire mes lèvres en relevant mon regard sur lui. Le sien m'imite, alors que j'en reviens à ce que je contemplais plus tôt. Le désir me vrille les reins, je me sens encore épaissir et reprends mes ondulations.

— Tu trouves que je suis un bon coup ? m'enquiers-je.

— Quoi ? lâche-t-il après une complainte.

— T'as très bien compris.

— T'es… T'es un bon coup.

— C'est tout ?

Il ne répond pas. Ça m'irrite. Les femmes sont plus disertes sur mes performances. Mes assauts gagnent en puissance.

— Je veux être ton meilleur coup, déclaré-je en agrippant ses cheveux, et je veux que tu l'exprimes haut et fort !

Mes saccades deviennent plus endiablées. De la sueur recouvre mon épiderme. Nos peaux claquent, tandis que mes hanches percutent les siennes. Je mords le lobe de son oreille, trouve sa bouche et l'embrasse, ma main coulissant sur sa queue.

— Putain ! s'écrie-t-il, alors que je le pilonne.

Un rictus fleurit sur mes lèvres. Mon corps devient fou. Ses plaintes s'élèvent, plus étouffées, plus rapides, plus emportées.

— C'est ça, exprime-toi. Crie à quel point t'aimes que je te défonce le cul.

— Bordel, Leroy !

Il se tend entre mes doigts avant de jouir sur le canapé. Mon sourire s'étire en le constatant. Je le relâche, emprisonne de nouveau ses mains avec les miennes et murmure à son oreille.

— J'ai pas fini. Accroche-toi.

Et alors, j'y vais franco. Je donne tout et n'ai plus aucune limite. Milo tremble contre moi, comme si je venais de toucher un point sensible. Je réitère un mouvement qui reproduit cette réaction et poursuis mes assauts sans relâche, éprouvant avec délectation cette étreinte torride qui m'invite à le serrer contre moi.

À l'instant même, je refuse qu'il quitte de nouveau mes bras. Puis cette idée s'envole ; en mon sein s'élève une sensation puissante et dévastatrice. Je touche l'extase, le torse plaqué contre le dos de Milo, ma bouche frôlant la sienne. Mon souffle est aussi haletant que le sien quand il murmure :

— C'est toi, le putain de diable.

CHAPITRE 32
S'ENVOYER EN L'AIR DANS LES BOIS : CHECK. VOYONS SI ON PEUT COCHER D'AUTRES CASES DE LA NOUVELLE TO DO LIST

MILO

Nous sommes affalés sur le divan. Allongés l'un contre l'autre, son torse est collé à mon dos. Il ne s'est toujours pas retiré et je ne compte pas lui demander de le faire.

Je n'y réfléchis pas.

Je suis loin.

Au Nirvana.

Leroy vient de me propulser au septième ciel de la luxure, et je flotte avec béatitude. Son front se pose sur ma nuque.

— Je pourrais devenir accro à ça, tu sais ? dit-il.

Je hoche la tête, le regard perdu, de délicieuses pensées à l'esprit. Sa main erre sur ma cuisse. Son souffle me caresse le cou.

— Je vais passer la semaine à te faire l'amour, Milo.

Mes songes me bercent, puis ses paroles cheminent jusqu'à mon cerveau. Je m'éveille en me les répétant. Mes yeux s'arrondissent. *Faire l'amour.*

Aucune femme ni aucun homme, pas même Simon, ne m'a jamais dit ces mots-là. Je ne peux pas leur en vouloir, je ne leur en ai pas laissé l'occasion. Pourquoi Leroy, cet hétéro, deux fois divorcé et incapable de s'attacher à qui que ce soit, est-il celui qui les prononce ? A-t-il seulement conscience de ce qu'il provoque en moi ? Bien sûr que non.

Le lendemain, je n'ai toujours pas fini de me délecter de sa présence, bien au contraire.

— C'est bon comme ça ?

— Tu peux remettre un coup de hache ? je demande depuis les marches du perron.

Leroy, le cul enveloppé dans un jean élimé, brandit la hache et loupe encore la bûche sur le billot. J'éclate de rire.

— C'est de la merde, cette hache ! se plaint-il.

Ça fait une demi-heure que je contemple mon fantasme tenter de fendre des rondins, mon stylet coincé entre les dents. Je lui ai demandé d'endosser le rôle du personnage de Glenn, que le froid oblige à sortir les grands moyens. Barry, dont le chauffage est connecté à son smartphone, va comme moi en rester bouche bée, en admirant son bûcheron torse nu couper du bois. Il recommence, et je photographie dans ma tête des clichés qui me serviront pour mon histoire. Glenn sera plus doué avec une hache.

Avant de retrouver ma tablette graphique à l'intérieur, je me lève et rejoins Leroy, dont les yeux errent sur mon propre torse nu.

— Heureusement que j'ai de l'imagination, t'es carrément nul en bûcheron, lâché-je.

Il s'esclaffe, pose son outil inutile, et love ses bras autour de ma taille, son regard tombant sur ma bouche.

— T'avais pourtant pas l'air de te plaindre de ma grosse bûche, tout à l'heure, susurre-t-il, avant d'appliquer un baiser sur mes lèvres.

Il me mord et serre mes fesses dans ses paumes. Ce qu'il

est chaud, bordel ! Ses doigts remontent mes reins, parcourent mes épaules, caressent mes biceps, tandis que sa langue enlace la mienne. Mon stylet m'échappe des mains, puis je constate avec effarement que mon amant se carapate avec, en courant dans la forêt. Sérieusement ? Il a quoi, douze ans ? Bon... eh bien, je galope derrière lui, puisque, a priori, c'est ce qu'il souhaite. *Fait chier, la flemme !*

Au bout de quelques foulées, j'ai un grand sourire aux lèvres et le visage rouge et ébahi, comme un con. À mon approche, cet enfoiré bifurque. Quand je suis prêt à le plaquer au sol, il s'esquive. Lorsque je le retrouve, il est à poil, en plein milieu d'une rivière dont la surface scintille au soleil. Il grelotte en me faisant signe d'avancer.

— J'suis pas sûr. Ta bite a quand même perdu dix centimètres, raillé-je en constatant qu'il se les pèle.

— Amène ton petit cul par ici, avant que je vienne le chercher.

— Mon petit cul se repose, rétorqué-je en admirant sa plastique.

Mais Leroy n'est pas homme à se laisser repousser si facilement. Naaaaan... d'ailleurs, il se branle sous mes yeux pour m'attirer dans ses filets, avec un sourire indolent et sexy à souhait.

— J'imaginais ton cul plus résistant, lance-t-il avant de surgir des flots pour me choper sur la rive.

J'étais tellement dans la lune à le mater que j'ai failli me faire avoir. Cette fois, c'est lui qui me course à poil dans la forêt. Nous faisons un tour complet, avant de revenir dans la rivière qu'une petite cascade alimente. Pour échapper aux mains de Dorian, je plonge dans les eaux et tape un crawl de folie pour atteindre l'autre berge. J'échoue à un mètre du bol

de sangria[1] quand je sens le corps de Leroy me tomber dessus. Je m'affale comme une pierre, tandis que ma joue s'écrase sur la terre humide. Mes bras et mon torse se ramassent dans la boue.
— Je me rends ! crié-je.
— Trop tard, souffle Leroy derrière mon oreille.
Ses doigts passent sous la taille de mon pantalon, qu'il fait glisser d'un geste sec, sans relâcher sa prise sur moi. Mes yeux se lèvent sur mes mains souillées. L'une d'elles vient choper une fesse de Leroy quand ce dernier me pénètre sauvagement.
— Putain ! lâché-je.
Ses phalanges s'enfouissent dans mes cheveux et les tirent en arrière. Ma tête se dévisse afin que la bouche de Leroy retrouve la mienne. Nos langues s'emmêlent. Je sens un goût de terre dans ma gorge. Leroy en est couvert des pieds à la tête.
— Retourne-toi, je veux te voir pendant que je te baise, dit-il.
Ce mec va me tuer, mais merde... j'adore !
Je m'exécute. Ses yeux s'égarent sur mon visage sans doute aussi sale que l'est son corps à l'instant. Je ne l'ai jamais trouvé si désirable.
Ses lèvres recouvrent les miennes.
Son être fusionne de nouveau avec le mien.
À cet instant, je prends conscience de mon bonheur. Cette

---

1. *Échouer à un mètre du bol de sangria* est une expression (peu connue, j'en conviens). Il n'y a pas vraiment de sangria au bord de cette rivière, ce qui est dommage en soit. C'est comme dire échouer tout près du Graal, de son objectif... mais comme il n'y a pas d'alcool, c'est moins fun, on est d'accord ?

joie pleine et entière que peu de gens parviennent à effleurer. Je crois que j'y accède, contre toute attente.

Tandis que Leroy me serre dans ses bras, me susurre des mots salaces et prend possession de moi, je ne me rappelle pas un jour avoir été si heureux. Je me jure alors que, quoi qu'il arrive avec ce mec, je lui serai toujours reconnaissant de m'avoir fait toucher les étoiles.

En milieu de semaine, certaines habitudes commencent à se manifester. Je note des différences et quelques similitudes dans nos comportements. J'aime de plus en plus les relever les unes après les autres.

Je suis un lève-tard. Leroy est matinal.

Il aime le café avec du lait, pas moi.

Il aime se gratter les couilles en sortant du lit, je suis pareil.

Il aime les vieux films d'action, moi aussi. D'ailleurs, nous sommes sur la fin de Terminator 2, la bouche pleine de popcorn.

— On y va tout droit, vers Skynet[2], commente Leroy.

Je suis allongé sur le divan, la tête posée sur sa cuisse, pendant que Sarah Connor décharge une mitraillette sur Arnold Schwarzenegger.

— Les gens feront moins les fiers quand on sera tous remplacés par des machines, remarqué-je.

---

2. Skynet est un « personnage » de science-fiction présent dans la série de films *Terminator*. Intelligence artificielle créée à l'origine pour automatiser la riposte nucléaire américaine, il se rend rapidement compte que la plupart des êtres humains sont cons. Alors, il les éradique et devient le principal antagoniste de la série. Après son effacement, il sera remplacé par « Légion », une intelligence artificielle tout aussi cruelle que lui. Bref, on va s'éclater dans le futur, ça va être trop génial !

— Quand ça arrivera, on se cachera où, toi et moi ? demande Leroy.

Je me tourne sur le dos et l'observe. Avec mes amies, ça nous éclate toujours d'imaginer ce que serait notre vie dans le contexte d'un film.

— Au Bloody Black Pearl, pardi ! je réponds. Quitte à crever, autant le faire ivre.

Il se décale, éteint la télé, balance *Last Night* de Puff Daddy dans l'enceinte, puis s'étend contre moi. Comme nous sommes encore à poil, sa queue gonfle contre ma cuisse dès que sa peau entre en contact avec la mienne. Ce type est inarrêtable !

— Je ne laisserai pas ces putains de machines te faire du mal, déclare-t-il à mon oreille.

— Tu seras ma Sarah Connor ?

— Quand tu veux.

Un sourire effleure mes lèvres. Je baigne dans la béatitude, jusqu'à... ce moment.

Un moment qui me tombe dessus. Un instant de grâce, même s'il est douloureux, car je suis incapable de refouler les mots qui me viennent, et je ne saisis pas pourquoi. Ou alors si, parce que c'est lui, Leroy.

Alors qu'il dépose des baisers légers comme des plumes sur mon épaule, je lui dis :

— Mes parents m'ont foutu dehors quand j'étais en terminale.

Un silence passe. Sa bouche se suspend au-dessus de mon épiderme.

— Ça faisait déjà une paie que je cachais mon penchant pour les hommes, continué-je. Depuis un dîner en famille, quand j'avais sept ou huit ans. Nous mangions autour d'une table. Ma sœur était petite et me faisait face. Nous riions, parce qu'elle était venue me voir à un match de rugby. Mon père tenait à ce que je pratique le même sport que lui. Nous plaisantions lorsque j'ai dit que je trouvais mon entraîneur très beau. J'ai peut-être ajouté que j'aimais ses muscles, ou quelque chose du genre. La seconde d'après, j'avais la tête plongée dans une assiette de soupe chaude.

Je sens son souffle s'accélérer. Puis ses lèvres deviennent plus caressantes contre ma peau.

— J'ai dû prendre certaines dispositions pour me payer une école d'art. J'ai...

Je n'arrive pas à l'exprimer, et n'ai pas à le faire, finalement.

— L'histoire de Bradley est la tienne, n'est-ce pas ? comprend-il. En vérité, tu n'as jamais avoué ton job à tes copines parce que tout ce que tu écris se base sur la réalité, c'est ça ? Je ne te l'ai pas dit, mais ça fait un moment que je l'ai deviné.

J'en reste hébété.

— Depuis quand ? formulé-je.

— L'idée a germé quand tu m'as confié que ton père t'avait frappé en découvrant l'un de tes dessins. Ce que tu m'as décrit était à peu de chose près l'histoire de Bradley. C'est pour cette raison que je n'ai pas insisté.

Et je l'en remercie, car je n'étais pas prêt.

Mes souvenirs m'emportent. Je les laisse m'engloutir alors que je m'y suis toujours refusé. Ils ne me font plus aussi mal qu'avant, pourtant... Un nœud se forme dans ma gorge quand je déclare :

— Mes parents sont de la classe moyenne. De mémoire, je n'ai jamais manqué de quoi que ce soit. À part ce jour-là, mon père n'a plus levé la main sur moi. L'incident est demeuré dans ma tête, cependant. Nous partions en vacances deux fois par an et menions une vie de famille normale, bien sous tous rapports. Vers l'âge de dix ans, j'ai commencé à dessiner. J'adorais ça. J'étais fan de l'univers asiatique des mangas. Je me suis pris de passion pour ce genre et en lisais des tonnes. Mes parents m'y encourageaient.

Un sourire naît sur mes lèvres. J'étais si heureux à cette époque-là. Chaque fois que mon père m'offrait un manga, mes yeux brillaient, l'excitation m'emportait. Je restais enfermé des heures à les dévorer, avant d'en réclamer d'autres, et il riait.

— Très vite, j'ai commencé à imaginer mes propres histoires, poursuis-je. Quand tout le monde était endormi, je les illustrais sur papier. Vers quinze ans, j'étais capable de construire des intrigues très solides. Mon style s'était affiné et devenait identifiable. C'est là que j'ai décidé d'intégrer ma première romance entre deux hommes. Deux ans plus tard, j'obtenais mon bac et mon père est tombé dessus. Je suis revenu chez moi, mes résultats en poche, impatient de lui annoncer la nouvelle…

Ma voix se coupe, car je sens les trémolos qui menacent. Des larmes envahissent mes iris perdus dans le vague. Moi qui n'ai jamais confié mon histoire autrement que par le biais de mes *webtoons*, je peine à contenir les mots qui réclament d'enfin jaillir, après des années à les couver secrètement.

— Milo… murmure Dorian.

Sa main trouve la mienne. Sa légère pression me donne le courage de continuer.

— Il était tellement en colère qu'il m'a brisé la mâchoire, expliqué-je.

Je déglutis. Les images de mon daron fou de rage s'impriment dans mon esprit, comme l'humiliation, la douleur et le chagrin qui ont accompagné ses coups. Je ne l'avais jamais vu dans une fureur pareille.

— Il hurlait « Es-tu un sale PD ?! », mais je ne pouvais pas répondre, avec mon visage en bouillie. Ma mère était tout au fond de la pièce, je m'en souviens comme si c'était hier. Elle sanglotait, mais ne faisait rien, à part des signes de croix. L'hypocrisie dans toute sa splendeur quand on sait qu'elle n'a mis que trois fois les pieds dans une église. Mais elle était là... et n'a rien fait.

Une perle dévale ma tempe. Les lèvres de Leroy la capturent. Sa paume est chaude contre la mienne. Le calme m'envahit après ces quelques mots.

— Je ne les ai pas revus depuis ce jour-là, et je ne le ferai jamais. Ma sœur était jeune et pense encore pouvoir tout arranger. Mais certaines blessures ne peuvent se refermer.

— Je peux comprendre que tu ne souhaites pas leur pardonner.

— Je leur ai déjà pardonné, dis-je.

J'inspire, puis me décale sur le côté, mes yeux s'arrimant à ceux de Leroy. Il me sourit, et je pourrais mourir pour ce sourire-là.

— Depuis que je connais Tony, Cally et Norah, j'ai trouvé une famille. Ma vraie famille. Celle qui m'accepte comme je suis. Une fois que tu es entouré de gens que t'aimes, tu n'as aucune raison de conserver de la rancœur pour les autres. Malgré ce qui s'est passé, j'ai vécu dix-sept belles années avec mes parents. Je reste là-dessus. Quant à ma sœur...

Mes lèvres se courbent en pensant à Salomé. À notre dernière rencontre à Angoulême, j'ai pu constater à quel point on se ressemblait. Bien sûr, j'ai flippé quand je l'ai revue. Avec elle, tout un passé me rattrapait, mais maintenant...

Tandis que mon regard contemple Leroy, je me dis que j'ai quand même bien envie d'aller de l'avant.

— Si elle le souhaite, continué-je, j'aimerais la voir plus souvent.

Il m'embrasse. Ses doigts errent sur mon visage.

— Tu as fait *escort* combien de temps ?

— Pas longtemps, avoué-je. Mon premier *webtoon* a été un carton. J'ai pu m'en sortir grâce à lui.

— Je tombe amoureux de toi, Milo.

Hein ?

Il éclate de rire.

— Tu devrais voir ta tête !

Je le scrute, ahuri, puis saisis enfin ce qu'il dit.

— Ce genre de blague, franchement...

À ces mots, il se décale si vite que je le soupçonne d'être doté de super pouvoirs. Son corps emprisonne le mien. Sa bouche se rapproche dangereusement de la mienne.

— C'était pas une blague, souffle-t-il à mon oreille.

Il se redresse sous mon regard ébahi. Ses mains se posent sur mes chevilles et remontent lentement mes mollets. Un sourire naît sur ses traits.

— J'ignore ce qui m'arrive, mais ce que je sais, c'est que je ne perdrai pas l'occasion de profiter de chaque seconde de ces sensations-là. Et ces sensations-là, je te les dois, achève-t-il en enfouissant son visage dans mon cou.

Je gémis de ses caresses. Ses lèvres trouvent mon menton, puis ma bouche.

— J'ai jamais éprouvé ça. Et toi ? demande-t-il, la voix plus rauque.

Et moi ? Que ressens-je, à part cette impression de m'évaporer dans le bonheur et le plaisir ?

— Moi, je vole, Dorian. Je vole...

Les jours défilent à une vitesse ahurissante. Dorian n'a pas menti. Il m'a fait l'amour *touuuuuuute* la semaine. Enfin, si on considère que le sexe débridé est aussi une façon de faire l'amour. Ce type est un dieu au lit ! Ses performances m'ont tellement inspiré que j'enchaîne les planches de mon histoire. En rentrant, j'aurais forcément de quoi convaincre Sofia de me suivre dans cette nouvelle aventure. Après le fiasco de la convention d'Angoulême, c'est mon ultime espoir.

Il est tard lorsque nous arrivons à Panam, aussi je demande à Dorian de me déposer au Bloody Black Pearl. Tony doit être en train de fermer. Leroy trouve une place pas trop loin du pub. Je tourne la tête pour l'embrasser et lui souhaiter une bonne nuit, mais c'est son cul que je vois se lever. Il claque la portière derrière lui. Quand je l'imite, il contourne la voiture et me rejoint. Je note qu'il fait un geste de la main, vers la mienne, mais la retient au moment où un groupe d'amis passent près de nous.

Cet acte, à peine conscient, provoque en moi un inévitable sentiment de déception, que je dissimule derrière un sourire. Mais il est encore bien présent quand je retrouve mes copines au Bloody.

Les derniers clients désertent les lieux. Cally, Dan, Norah et Max boivent un verre dans un box et sont rejoints par Dorian. Je me dirige vers Tony. Elle me salue en compagnie de Boob's, qui compte la caisse. Mon cœur fait un raté quand du couloir des toilettes qui jouxte le bar surgit soudain Simon. Ses lèvres s'incurvent.

— Ça me fait plaisir de te voir, déclare-t-il, ses yeux ancrés aux miens.

Un silence passe. Je me rappelle Leroy au fond de la salle, derrière moi. Ses mots virevoltent dans mon esprit. « *Je tombe amoureux de toi, Milo* ». Il ne les a plus évoqués, mais ils restent entêtants. Je ne suis, par conséquent, pas certain qu'il apprécie que je tape la causette avec mon ex... Ou peut-être que je me fais des films au sujet de ce qui se tisse entre lui et moi. Dans les deux cas, je ne vais quand même pas envoyer bouler Simon, si ?

— Tiens, mon chéri, lance Boob's, avec un clin d'œil, en me tendant un daïquiri fraise.

— Alors, ta semaine ? me questionne Tony, qui se marre. Comment était la bûche de Noël ?

— Délicieuse et crémeuse, comme je les aime, rétorqué-je.

Elle éclate de rire. Boob's nous observe comme si nous sortions d'un asile de fous.

— Noël était en avance dans les montagnes, lui expliqué-je.

— T'es parti à la montagne ? s'enquiert Simon.

Mon visage pivote vers lui.

— J'ai débuté une nouvelle histoire, expliqué-je.

En exprimant ces paroles, je prends conscience de leur double sens. Les traits de Simon se figent. Je crois y discerner de la peine. Il demande :

— Tu sors avec quelqu'un ?

Ses yeux se tournent vers le fond de la salle. Les miens les suivent. Leroy est installé entre Norah et Max, son regard sombre braqué sur nous.

— C'est lui, devine Simon, avant d'en revenir à moi.

— Non, c'est... pas ce que tu crois. Enfin, si, c'est...

— C'est sérieux ?

Il me scrute. Je m'en tortillerais d'embarras, mais je préfère me taire, prendre mon verre et rejoindre les autres.

Lorsque je me retourne vers le box, Leroy n'y est plus. Je pose une fesse à côté de Norah.

— Alors ? C'était comment ? s'enthousiasme-t-elle aussitôt, sans même baisser la voix.

Max m'observe avec un sourire.

— Il s'est éclaté, devine-t-il.

— J'en reviens toujours pas, commente Dan.

— Se mêler à notre quatuor, c'est en devenir accro, remarque Cally. Tout le monde se fait chier dans ce pays, alors forcément, quand tu vois au loin un petit groupe qui se bidonne à longueur de journée, t'as envie d'en être. Je m'étonne que nous n'ayons pas à refouler des gens, d'ailleurs.

Je m'esclaffe.

— L'entrée est en effet hyper select, si la condition pour nous approcher est de coucher avec nous, lance Norah d'un air blasé, avant de siroter son cocktail à la paille.

C'est le moment que choisit Pacha, le meilleur pote de Max pour nous rejoindre. Du coin de l'œil, je ne vois toujours pas Leroy.

— D'abord, il y a eu Max et Tony, continue Norah après un soupir, Cally et Pacha, puis Cally et Dan, Simon et Milo et maintenant Dorian et Milo...

— Et ? déclare Tony, perplexe.

— Et c'est quand mon tour, bordel ! lâche Norah.

Love Is Wicked de Brick & Lace s'élève dans le bar. Je tourne les yeux vers Leroy, qui vient de s'emparer des platines de Teddy le DJ, déjà parti se coucher.

— Naaaaa, pas celle-là ! beugle Tony. *La Boulette*, je t'ai dit !

Les épaules de Leroy s'affaissent de dépit. Il opère un demi-tour et balance le son si gentiment sollicité par Tony. La voix de Diam's s'élève dans le BBP. Norah, Cally, Tony et moi nous levons dès les premières paroles. Pas besoin de synchroniser nos montres pour les conneries, nous sommes les mêmes ! On se rue sur la piste en braillant :

Alors, ouais, j'me la raconte
Ouais-ouais, je déconne
Non-non, c'est pas l'école qui m'a dicté mes codes
On m'a dit qu't'aimais le rap, voilà de la boulette
Sortez les briquets, il fait trop dark dans nos têtes

Et je suis heureux. Putain, ouais, je vibre !

CHAPITRE 33
FAUDRAIT PAS TROP CHAUFFER LE JUDOKA TAPI EN MOI...

DORIAN

Tous les quatre sont cinglés. Je m'installe aux côtés de Max, Dan et Pacha, l'expression éberluée face à Cally, Tony, Norah et Milo en train de s'époumoner.

Y a comme un goût de haine quand je marche dans ma ville,
y a
Comme un goût de gêne quand je parle de ma vie, y a
Comme un goût d'aigreur chez les jeunes de l'an 2000, y a
Comme un goût d'erreur quand j'vois le taux de suicide

Ils sont peut-être tarés, mais j'ai entendu Cally, tout à l'heure, et elle n'a pas tort. À les voir se marrer comme des gamins un matin de Noël, on a qu'une envie : se lever et les rejoindre. Ils s'amusent et se foutent bien de ce qu'on pense d'eux. Ces paroles de Diam's font écho chez eux. Les filles viennent des quartiers, quant à Milo... désormais, je sais à quel point il en a chié.

*Me demande pas ce qui les pousse à te casser les couilles
J'suis pas les secours, j'suis qu'une petite qui se débrouille,
moi
J'suis qu'une boulette, me demande pas si j'aime la vie
Moi, j'aime la rime, et j'emmerde Marine
Juste parce que ça fait zizir !*

Je m'esclaffe quand ils exécutent chacun le même pas. C'est à la fois ridicule et hilarant. Mon téléphone vibre dans ma poche. Je décroche et quitte le box, avant de me rendre à l'étage. Près des vestiaires, c'est plus calme, et je réponds à mon père, étonné de recevoir son appel.

— Comment va mon fils depuis son *coming out* ?
— Qu'est-ce que tu veux ?
— T'inviter à dîner à la maison. Milo et toi serez les bienvenus.
— Non, merci.
— Tu es encore fâché pour Natacha ?
— À ton avis ?
— Tu ne l'as jamais aimée, Dorian. Elle est douce et gentille avec moi. Je comprends ta colère, mais je préférerais que tu ne me juges pas.
— T'es sérieux ?

Quelques secondes passent. Mon père soupire, puis il lâche :

— Tu ne t'es jamais demandé si je me trouvais pas un peu pathétique d'épouser la première femme de mon fils ? Si j'ignorais ce qu'on dirait dans mon dos ou comment tu le prendrais ? Je le savais, Dorian, mais je vieillis. Cette femme magnifique m'aime. J'aurais préféré qu'elle n'ait rien à voir avec toi, mais c'est arrivé, et je ne peux pas revenir en arrière.

— Tu n'en as jamais rien eu à foutre de ce que les gens

pensaient ou de ma manière de prendre les choses. T'es égoïste, Papa. Tu l'as toujours été.

— C'est sans doute vrai, admet-il. Mais les jours défilent vite, Dorian. À mon âge, tu apprends à ne pas laisser filer le bonheur quand il se présente.

À ces mots, mon esprit dérive en direction de Milo, et cela m'apaise. Je me relâche.

— C'est quand ce dîner ? demandé-je.

J'entends le sourire de mon père. Le mien se forme sur mes lèvres. Du moins, jusqu'à ce qu'il raccroche, et que je perçoive une présence sur ma gauche. *Simon.*

— Salut.

Je lui réponds en hochant la tête avec méfiance, avant de ranger mon téléphone dans ma poche.

— J'ai un truc à te demander, déclare-t-il, un peu gêné.

Mes yeux se plissent. J'ai envie de lui dire d'accoucher, mais je me tais. Dans mon esprit surgissent des images fictives de Milo et de lui dans l'intimité. La colère me remonte l'échine.

— T'es… sérieux avec lui ? Je veux dire… tu désires que ce soit sérieux ?

— En quoi ça te regarde ? cinglé-je.

Ses traits se crispent. Je sens la rage grimper en lui. Il s'attendait à quoi ? On se connaît à peine !

— Je l'aime, lance-t-il soudain.

J'en reste coi.

— Ça fait plus d'un an, ajoute-t-il, alors ça me regarde un peu, tu vois ?

Mes yeux le scrutent. Il est plus balaise que moi, mais j'ai du répondant.

— Je ne crois pas non. Ça regarde uniquement Milo et moi. T'as rien à faire là-dedans, rétorqué-je. C'est quoi ton problème, Simon ? T'es qui pour venir ici me balancer cash que t'aimes mon mec ?

— Ton… mec ? C'est officiel, tu veux dire ?

— Ouais.

Il recule d'un pas, l'air ahuri. Et moi, je me sens investi d'une force que je ne soupçonnais pas. Avoir lâché ces mots gonfle ma confiance en moi, en lui, en ce que nous sommes, même si l'on est loin d'être ordinaires.

— Vous êtes en couple ? insiste-t-il.

— C'est ce que je viens de te dire ! lâché-je, agacé.

Milo débarque. Simon le voit, et c'est là qu'il vrille.

— T'es qu'un fils de pute ! hurle-t-il.

— Non, elle est employée de banque, plaisante Milo, qui ne s'arrête jamais.

Simon le chope par le col.

— J'ai pas envie de rire, putain !

Un court-circuit dans mon crâne. Je me rue sur Simon et le plaque au sol. Étant ceinture noire de judo, autant dire que le type reste tranquille malgré sa taille de colosse. La douleur dans son épaule lui arrache une plainte. Je l'immobilise sous moi.

— Si tu le touches encore, je t'explose la tronche, c'est clair ? l'avertis-je. Il est à moi, maintenant. À moi, tu entends !

Il gémit quand ma main resserre sa prise. Milo m'agrippe le bras.

— Mais qu'est-ce que tu fous ? Arrête, ça va, il est cool !

— Il vient de te traiter de fils de pute !

— C'était pas méchant !

Je relâche Simon et me redresse. Cette fois, c'est moi qui chope Milo par le col. Moi, j'en ai le droit ! Puis je plante un baiser sur ses lèvres et déclare :

— T'es avec moi, maintenant. Donc, personne ne te traite de fils de pute, personne ne te touche et personne ne dit qu'il t'aime devant moi !

— Quoi ?

Ses yeux se tournent sur Simon, qui se relève en se tenant l'épaule et en me fusillant du regard.

— Ça fait un an que je lutte en vain, Milo, dit-il, alors ne fais pas l'étonné. C'est encore plus humiliant.

— Simon...

Ce dernier me fixe. Je devine qu'il couve l'envie de m'en coller une. L'ambiance s'y prête. Après *La Boulette*, c'est *Patate de forain* de Seth Gueko et Sefyu qui résonnent dans les enceintes du BBP. Mais Simon jette une dernière fois ses yeux sur son ex, puis se tire enfin. Dès qu'il disparaît de ma vue, les miens reviennent à Milo.

— Je te préviens, tu ne vas pas me la faire à l'envers comme à ce mec.

— Comment ça ?

— Tu ne te débarrasseras pas de moi facilement.

— J'ai pas dit que j'en avais l'intention.

— Alors pourquoi tu l'as fait avec lui ?

Son regard est arrimé au mien. Il tremble un peu, ce qu'il fait toujours quand un sujet qui le concerne vient sur la table.

— Je ne sais pas, répond-il. Je crois que j'ai préféré le tenir à l'écart avant qu'il s'éloigne de lui-même.

— Il ne m'a pas semblé souhaiter mettre de la distance entre vous.

Il se mord la lèvre. Regarde à droite et à gauche, cherchant, sans succès, une échappatoire quelconque à cette conversation. Je soupire, pas vraiment surpris par son comportement. Maintenant, je le connais, alors je m'approche.

— Oublie l'idée même de me filer entre les doigts, t'es foutu, Masako. Cette nuit, tu dors avec moi.

— Je croyais qu'on devait rentrer chacun de notre côté, s'étonne-t-il.

— C'est ce que tu veux ?

Ses yeux errent sur les miens. Un sourire fleurit sur ses lèvres.

— Non.

C'est tout ce que j'avais besoin de savoir. Ma bouche s'abat sur la sienne après ces mots. Je lui prends la main et le tire derrière moi jusqu'à la sortie. Tant pis pour Simon et le reste du monde... Ce que je ressens ne souffre d'aucun compromis.

CHAPITRE 34
PREMIERS PAS EN COUPLE, ATTENTION À NE PAS TRÉBUCHER…

MILO

— J'ai kiffé, m'annonce Sofia au téléphone. Je tape discrètement des mains, le portable calé entre mon épaule et mon oreille.
— Présente-toi au Grand Prix Slashtoon de Las Vegas, le mois prochain, et on lance ta nouvelle histoire dans huit semaines.
— Tu lâcheras pas l'affaire ?
— Tu crois ?
— T'as bien vu comment cela s'est passé la dernière fois ? Je ne pense pas que…

Mon smartphone disparaît soudain quand mon amant s'en empare.
— Bonjour, Sofia, c'est Dorian, dit-il en arpentant le salon, à poil.

Un silence. Un rictus s'invite sur ses lèvres.
— Il ira. Et je vous promets que nous garderons nos petites gâteries pour plus tard.

Quelques secondes défilent. Il éclate de rire.
— Évidemment, Sofia ! Mais n'imaginez pas pouvoir

utiliser votre chantage avec moi. Milo est désormais le cheval de course que je monte, chérie, et croyez bien que je vais veiller aux intérêts de mon précieux poulain. D'ailleurs, je pense savoir que rien ne le retient plus chez *Slashtoon* à l'issue de l'histoire de *Bradley, pile ou face*, n'est-ce pas ?

Je devine à son expression qu'il réprime un rire diabolique. *J'adore !*

— Très bien, Sofia, on fait comme ça.

Il raccroche et jette son regard sur moi.

— T'as annulé ma présence au Grand Prix ? je demande, une lueur d'espoir parant mes traits.

— Non. Tu vas y aller, répond-il avant d'ajouter : avec moi.

Je soupire de déception. Il s'approche, tandis que mes yeux parcourent son corps sans défaut. *Putain...*

— Te frotter au vrai monde ne te fera pas de mal, Milo.

— Ouais, mais… j'aime pas les gens.

— Ce sont ces gens qui te lisent.

— Justement, ils sont forcément tarés. Un jour, ils vont se rendre compte que ce que je fais, c'est n'importe quoi, et ils vont tous me lâcher.

Ses mains agrippent mes fesses enveloppées dans un bas de pyjama à carreaux. Ses lèvres se réfugient dans mon cou.

— Aujourd'hui, je dois partir au bureau, je suis déjà en retard. Mais on va devoir régler ce petit problème de confiance en toi, à l'avenir.

Mes doigts dévalent lentement son dos. Parvenus à sa chute de rein, ils provoquent un frisson chez Dorian.

— Au fait, mon père organise un dîner demain soir, t'es d'accord ? demande-t-il, sa bouche caressant mon épiderme.

— Il nous invite à dîner ? Tous les deux ? Genre, en couple ?

— Ouais...

Je ne m'y attendais pas.

— En tant que couple ? insisté-je.

— Ce ne sera pas un mytho, cette fois.

Mon souffle se suspend. Il prend mon visage entre ses paumes, dépose un baiser sur mes lèvres, puis murmure à mon oreille :

— Incline-toi sur ce plan de travail.

— Je croyais que tu étais en retard.

— Je fais toujours de l'exercice le matin.

Le soir même, je fume un joint dans la rue, à quelques pas de l'immeuble haussmannien du père de Leroy, le téléphone à la main.

— J'suis croc de ouf ! avoué-je à ma meilleure amie. Mais tu crois pas qu'il...

— Ta gueule, formule Norah, sans tact.

J'éclate de rire, puis expire ma taffe.

— Il a dit qu'on était un couple. Qu'il... tombait amoureux.

Un silence suit cette phrase. Je connais suffisamment Norah pour savoir ce qu'elle va s'écrier, et ça ne loupe pas.

— Oh putain, C'EST GÉNIAL !

— T'enflamme pas, je suis sûr que...

— Ta gueule, bis, enchaîne-t-elle.

— Salut, souffle à mon oreille Leroy, me faisant sursauter.

— Salut, toi, entends-je la voix traînante de Norah lui répondre dans le combiné.

— Faut que je te laisse ! lui annoncé-je, avant de raccrocher.

— T'es prêt ? demande mon mec, dont j'avise la tenue chic, mais décontractée.

— Paré.

Il me saisit la main, et nous montons par les escaliers. J'ai étrangement moins la flemme de les gravir, les doigts entremêlés à ceux de l'homme qui me fait rêver.

Le goût pour la musique est de famille, si j'en crois la mélodie qui s'élève dans le grand salon d'Évariste Leroy. *Family affair* de Mary J. Blige résonne entre les murs, tandis que j'entretiens la discussion avec la première épouse de Dorian.

— J'en ai connu une à l'école, dis-je. Une fille super cool. Mais c'était tellement dur de ne pas l'appeler « Natachatte ». À un moment, j'ai abandonné l'idée de lutter.

— J'ai souffert de ce surnom durant toute mon enfance.

— J'imagine, déclaré-je en posant une main sur son épaule.

— Tes copines m'ont appelée comme ça au mariage.

— J'en doute pas.

Je hausse les épaules, un peu désolé. Elle sourit.

— Je suis contente que Dorian ait trouvé quelqu'un comme toi.

— Avec une bite, tu veux dire ?

Elle s'esclaffe, avant de placer sa main devant sa bouche, rougissante. C'est à mon tour de sourire. J'aime déstabiliser mon entourage, et je ne manque jamais d'apprécier une réaction spontanée et sincère. Ce sont les plus belles à contempler. Natacha est une âme gentille et douce. Leroy n'a pas fait un mauvais choix en l'épousant. Plus je la connais, plus elle m'est sympathique. Elle me fait penser à Laurine. Et soudain, je me demande si j'ai quelque chose en commun avec ces deux femmes. Cela doit bien être le cas si Leroy m'a trouvé à son goût, ou alors est-ce ma différence qui l'a charmé ? Seul lui le sait. S'il le sait, d'ailleurs, car je ne suis pas certain qu'il en soit tout à fait conscient.

Évariste est un cuisinier hors pair. Je me régale de son colombo maison et le lui signale à plusieurs reprises. Il me tapote le dos à la dernière.

— Dorian m'a rarement présenté de conquêtes avec autant d'appétit, déclare-t-il.

— C'est parce que je l'épuise, lance mon amant en étirant un sourire goguenard.

— Dorian... l'avertit Évariste, après ce petit dérapage.

Bordel... son fils m'excite gravement !

Tout le repas se déroule à merveille. La relation entre Natacha et Leroy ressemble à celle de deux amis. Je me demande d'ailleurs si elle n'a pas toujours été telle qu'elle est aujourd'hui. Peut-être Dorian a-t-il imaginé qu'il pouvait être heureux ainsi. Qu'une amitié à laquelle s'ajoutent des parties de jambes en l'air suffirait à son bonheur. À cette pensée, mon esprit s'envole vers notre complicité, nos étreintes et nos rires. Est-ce aussi ce que nous vivons, lui et moi ?

Cette idée me poursuit jusqu'au dessert. Une fois que je l'ai englouti, j'aide mon hôte à débarrasser la table. Dans la cuisine, Évariste place méticuleusement les assiettes dans le lave-vaisselle.

— Vous imaginez gagner ? demande-t-il.

— Pardon ? formulé-je, alors que je m'apprête à quitter la pièce.

— Le Grand Prix du *webtoon*, vous pensez l'emporter ?

Je m'adosse au plan de travail, tout en observant le père de Leroy ranger les couverts.

— Non. On m'a nommé uniquement parce qu'on veut que je me montre. Il y a des histoires bien meilleures que *Bradley, pile ou face*, j'en ai parfaitement conscience.

Il sourit. Puis il pouffe, avant de vraiment s'esclaffer. Je le dévisage, ahuri.

— Quoi ? m'enquiers-je en l'imitant, parce que le rire grave du daron de Dorian est contagieux.

— Je me demandais lequel de vous était pile, et lequel était face.

Je pâlis. Il éclate de nouveau de rire. Leroy entre à cet instant.

— Ravi de voir que vous vous marrez ! On peut participer ou c'est trop demander ?

— Ton père veut savoir lequel de nous est le passif.

Le sang déserte les joues de Dorian. Ses yeux fusillent son daron.

— Je t'en pose des questions, moi, bordel !

Il quitte la pièce en claquant la porte. Évariste s'essuie les paupières, son grand sourire encore imprimé sur les lèvres.

— Vous avez fait des miracles, Milo, déclare-t-il avant de placer sa main sur mon bras. Merci.

— Comment ça ?

Il plante son regard dans le mien, le visage affable.

— Vous comprendrez bientôt, dit-il.

— Je pige toujours pas.

Faut un décodeur pour comprendre les Leroy ou quoi ?!

— Mon fils a des défauts, lâche Évariste en reprenant sa tâche. J'aimerais pouvoir dire que je suis étranger à certains traits de son caractère, mais lui et moi nous ressemblons beaucoup. Je n'ai malheureusement pas été un modèle d'équilibre familial pour lui, mais s'il y a bien quelque chose dont je suis fier, c'est sa capacité à s'adapter et à surmonter les obstacles. C'est quelque chose qu'il tient de moi, et de sa mère aussi.

— Il ne parle jamais d'elle, commenté-je.

— Le lui avez-vous demandé ?

— Non, je le reconnais.

À cet instant, je maudis mon égoïsme, et la culpabilité m'envahit. Ma capacité à vouloir me préserver de tout est allée jusqu'à éviter de poser ce genre de question. D'autant que je mentirais si je disais qu'elle ne m'avait pas effleuré.

— Sans doute qu'il n'a pas désiré ternir des moments de joie en évoquant son passé, remarque Évariste, qui sourit avant de soupirer. Éliane est morte d'un cancer, il n'avait pas deux ans. Son père me détestait pour ma couleur de peau. Après les obsèques, il m'a fichu dehors sans ménagement, avec Dorian dans les bras.

Je tombe des nues. Certes, je me doutais que la maman de Leroy avait disparu, mais j'ignorais tout de sa terrible histoire. L'envie puissante de le rejoindre dans le salon et de le serrer fort contre moi me saisit.

— Mon ex-beau-père détenait les parts d'une licence d'une chaîne d'hôtels à la montagne, poursuit Évariste. Il m'a fallu quelques années pour tout lui prendre.

Wow, je ne m'attendais pas à cette dernière phrase, dont je perçois la note machiavélique. *J'adore !*

— Il est difficile de me faire plier quand je suis déterminé. Mon fils me ressemble sur ce point, ajoute-t-il. Alors, je suis certain qu'il saura se battre pour votre couple, si jamais il y est contraint, je ne suis pas inquiet. Mais vous, Milo, en aurez-vous le courage ?

Désarçonné, je me tortille un peu. Puis les souvenirs que je partage avec Leroy, de plus en plus nombreux et magnifiques, me viennent en tête. Mon cœur se gonfle et pulse plus vite. Mon sourire s'étire. Alors j'affirme :

— Je crois, oui.

J'ai dit ça à Évariste, mais, alors que nous abordons la

salle où se déroule la *battle* organisée par *Rage Records*, je commence à en douter. Il y a un monde de folie autour de la piste où deux rangées d'hommes et de femmes s'enchaînent en balançant des *punchlines* au rythme de la musique. Ils s'époumonent présentement sur l'air de *Lose Yourself* d'Eminem. La foule mêle des gens majoritairement originaires des quartiers populaires, mais pas que. Ce sont surtout tous des amoureux du rap.

Des cris résonnent quand un type casse son adversaire à coup de mots débités à la vitesse de l'éclair. C'est fascinant. Celui qui porte le micro est un Renoi, dont les locks dévalent le dos. Lorsqu'il entonne un air africain façon ragga, avant d'enchaîner sur son slam, l'assemblée est en délire. Je me prends au jeu, aux côtés de Leroy qui estime la performance de l'intervenant.

— Mouais, pas mal, lâche-t-il.

— J'adore ! m'exclamé-je en remuant du cul.

Ses yeux remontent mon corps, il pouffe.

— Ma danse est sexy, avoue, déclaré-je en lui adressant un clin d'œil.

Un coin de ses lèvres s'ourle. Il répond.

— Je pensais pas le dire un jour, mais ouais…

À ces mots, il s'approche et m'enserre la taille. Je m'écarte aussitôt, regardant partout alentour.

— Quoi ?

— Euh… Y a du monde.

— Et ?

— T'avais pas dit que tu devais faire profil bas par rapport à ta boîte ?

Il cligne des yeux, comme s'il se rappelait à l'instant ce que lui a recommandé son avocate. Nous avons évoqué le sujet durant notre séjour au chalet. Mais c'est tout de même une torture pour moi de le repousser. Je pensais que... Puis en mon sein s'élève une joie énorme. Il a exécuté ce geste naturellement, comme il le faisait avec Laurine. Mes dernières craintes se dissipent. Il assume pleinement, et on est vraiment en couple, bordel !

— Mais qui voilà ! lance une jeune femme brune, qui s'avance vers nous, accompagnée d'un homme qui lui ressemble beaucoup. Venez avec moi, tous les deux, nous avons réservé un coin pour nous.

Nous la suivons, tandis que je remarque un sourire naître sur le visage de Leroy. Une fois que nous sommes parvenus dans un angle de la salle où se situe une table VIP, un serveur me tend un verre de champagne. Je m'en saisis avec joie.

— Je te présente Nadia, mon avocate, et Rafik, mon bras droit, qui se trouve aussi être le frangin de Nadia.

Je leur serre la main, me rappelant avoir déjà croisé Rafik lors d'une soirée chez Dan. Leroy salue quelques types qui passent près de nous, et dont les regards s'attardent sur moi. Je sens mon amant se tendre quand il le remarque à son tour.

— J'étais impatiente de te rencontrer, affirme Nadia, tout sourire. C'est pas tous les jours que Dorian me présente un petit ami. J'avais hâte de mettre un visage sur la personne qui a accompli ce miracle. Je comprends mieux.

J'adore cette nana, c'est décidé !

— Pas touche, poupée, déclare Leroy, qui s'empare de ma taille pour me coller à lui. Milo est à moi.

À ce moment-là se produisent plusieurs choses.

Le regard de Nadia tombe sur la main de Dorian plaquée sur ma hanche.

Rafik se racle la gorge et salue un nouvel arrivant.

— Monsieur Carnel.

Celui que je devine être le père de Laurine surgit sur notre gauche et observe le spectacle. Son attention remonte lentement sur Dorian, qui s'écarte spontanément.

— Je ne suis pas étonné de vous voir défier le conseil en exposant votre relation. Vous avez toujours été un homme théâtral, Dorian, mais je vous imaginais plus intelligent.

Leroy tourne ses yeux vers Rafik. Je ne sais ce qu'il y cherche, car la sœur de ce dernier s'empare de sa main et plante son regard dans celui de Dorian.

— Je te demande pardon, Dodo, dit-elle. J'aurais jamais dû te demander ça. Personne ne devrait te demander ça. T'avais raison. Qu'ils aillent se faire foutre !

— Hein ? réplique-t-il, ahuri.

— Je t'ai dit de faire profil bas, mais je ne suis pas d'accord avec ça. Tu prends ton mec par la taille quand tu veux, tu entends !

Ses derniers mots ressemblent presque à un cri. Un brin flippant, le regard de Nadia se rive sur Carnel.

— Avisez-vous encore de mettre la pression à cet homme, et croyez bien que je m'emploierai à faire de la publicité sur les motifs homophobes dissimulés derrière ceux, financiers, que vous évoquez.

— Je ne m'y risquerais pas, si j'étais vous.

— Barrez-vous, maintenant, tonne soudain Rafik, dont la voix d'outre-tombe me file des frissons.

Ses yeux transpercent le père de Laurine, qui prend le temps d'estimer la situation avec justesse. Nous ne sommes pas à un bal musette. Rafik, comme presque tout le monde ici, ont l'air d'en avoir déjà vu d'autres. Carnel ne l'a peut-être pas remarqué, mais lui et moi sommes les petites bites du coin. Moi, je l'ai saisi en pénétrant dans les lieux. Lui, en revanche…

C'est alors que Leroy lui tourne le dos et me fait face. Je

lis difficilement son expression. L'angoisse. La colère. La fierté ? Ses paumes se plaquent sur mes joues.

Il souffle :

— T'inquiète pas et attends deux secondes. Ils ne sont pas encore assez nombreux à nous mater.

Hein ? Ne comprenant pas où il veut en venir, je le rassure en lançant :

— Je ne m'inquiète pas, j'suis pas un babtou fragile.

Il pouffe.

— Ouais, ça, je sais.

Puis il sourit, et m'embrasse avec fougue.

CHAPITRE 35
LE DUC NE SE REND PAS, NE PLIE PAS, NE CASSE PAS !
DORIAN

C'est maintenant qu'on va rigoler. Alors que ma langue s'enroule à celle de Milo que je serre contre moi, je suis prêt à entendre les sifflements, les insultes, les encouragements… Je m'attends à tout ! Tout ce que je sais, c'est qu'ils m'ont tous bien cassé les couilles, et que c'est ma manière toute personnelle de le leur signifier.

Qu'ils sachent que je me tape un mec !

Qu'ils sachent que je vais continuer !

Qu'ils sachent que j'en ai rien à carrer de ce qu'ils vont en penser !

Mes lèvres quittent celles de mon petit ami, dont le regard ébahi se fige dans le mien. Quelques secondes passent dans un silence de plomb. Seule la mélodie de *La garde meurt, mais ne se rend pas* de Faf la Rage et Shurik'N résonne dans les lieux.

— T'es un ouf, murmure Milo.

Je ris.

— Venant de toi, c'est un sacré compliment.

Ses lèvres se courbent. Et c'est alors qu'un mec prend le micro et balance en *flow* :

On dit que le rap, c'était mieux avant.
Pas étonnant si des tapettes s'en emparent maintenant.

À ces mots, quelques premiers applaudissements se perdent dans le tollé qu'ils provoquent. Des gens hurlent de colère. Un type monte sur l'estrade, avant d'être retenu par la sécurité. L'atmosphère s'enflamme. Des gars menacent d'entamer une baston, quand un autre prend le micro et balance :

Le patron aime se taper des queues
Et alors qu'est-ce que ça peut te faire ?
Faudrait savoir ce que tu veux,
On parle de son cul
Ou de ton derrière ?

— Haaaaaaaan ! s'élèvent les voix dans la salle.

Ça siffle et les mots l'emportent sur les premières minutes, à l'ambiance électrique. Le débat peut désormais faire rage à coup de rimes.

Je suis fier de cette musique qui ne laisse pas de place à l'entre-deux. Elle est cash, dans le bon ou le mauvais sens. Au moins, tu sais immédiatement comment te situer avec elle. Constater que la majorité des artistes et des amoureux du rap font bloc derrière moi me fait chaud au cœur. C'est même plus que ça.

Milo observe le tout, subjugué. Notre baiser est vite oublié. Place aux paroles pour batailler. C'est une des seules libertés qu'il nous reste. Pas question de nous l'ôter. Mes yeux se tournent alors vers Nadia, puis vers Milo. Je prends conscience que je n'avais jamais véritablement estimé l'ampleur des sujets à traiter.

Ma colère pour l'injustice s'est révélée très tôt. J'avais cinq ans la première fois qu'un enfant de mon école a imité des cris racistes devant moi, parce qu'il avait vu des types le faire durant un match de foot à la télé. J'étais adolescent quand j'ai remarqué que j'étais toujours le seul de ma bande de potes parisiens à être arrêté par les contrôleurs, dans les couloirs du RER. J'avais vingt ans lorsque j'ai décidé que je les surpasserais tous, et que je ne laisserais jamais plus personne me marcher sur les pieds. La présence de Rafik, de Nadia et d'Aurel dans ma vie aura achevé de m'insuffler ce qui me manquait : l'envie de me dépasser. De tout donner pour prouver à tous ces connards qu'ils étaient loin du compte.

J'estime avoir réussi. Je ne souhaite pas devenir milliardaire. Mon existence me convient telle qu'elle est. J'ai assez de thunes, mon travail est ma passion, et je suis reconnu pour mon expertise. Qui peut en dire autant ?

Milo, lui, le peut. Son âme d'artiste est semblable à la mienne, mais je l'ignorais jusque-là.

— Tu veux t'arracher ? je demande.

Il secoue la tête et m'adresse un sourire. Mon cœur se hâte à cette vision. Puis il lance son regard vers la piste. Ma main se saisit de la sienne, et je l'imite.

CHAPITRE 36
LES BAD TRIPS, JE LES PRÉFÈRE DANS LES FILMS AVEC BRADLEY COOPER

MILO

Je suis en couple ! C'est officiel ! Je suis dingue de Leroy, c'est également confirmé. Toutes mes craintes se sont envolées, lorsqu'il m'a embrassé devant tout un parterre de mecs des quartiers. Ce type est taré. Il est fait pour moi. Et lui, je n'ai pas l'intention de le laisser filer.

À l'aéroport, j'éclate de rire en observant, près des portiques, Tony, Cally, et Norah avec une banderole mentionnant « Have a good Very Bad Trip[1] ! ». J'adore la ref !

— On est à fond derrière toi, mon Mimi ! On suivra la remise du prix sur les réseaux. N'oublie pas de partager, hein ?

— N'oublie pas de t'y présenter, déjà, balance Tony.

---

1. *Have a good Very Bad Trip* : Se traduit littéralement « Passe un très bon mauvais voyage », mais ici, je fais référence au film culte, où tous les mecs sont bourrés et ont tout oublié le lendemain. Référence loin d'être anodine dans cette histoire, si on se rapporte à ce qu'il se passe dans *Bloody Black Pearl*...

— Hum… commenté-je. Naaaa, cette fois, je sens que c'est la bonne.

J'embrasse mes amies, qui me quittent, puis consulte ma montre. Leroy ne devrait pas tarder à arriver. Mes souvenirs me ramènent à notre séjour au chalet. L'excitation m'emporte à l'idée de partir à Vegas avec lui. Le Grand Prix Slashtoon est très loin dans l'échelle de mes priorités.

Depuis la *battle*, il y a une semaine, je n'ai pas revu Dorian. Et je dois admettre qu'il me manque beaucoup. Pire, je pense tout le temps à lui. Je soupçonne que ce mec m'a baisé si fort qu'il s'est incrusté en moi. Toutes mes craintes se sont dissipées. J'ai employé ces sept jours pour comprendre ce qui différencie Leroy de Simon, puisque je tiens à ma relation avec le premier, alors que je n'ai laissé aucune chance au second.

Leroy a cette étincelle. Nous nous ressemblons. Il se moque du qu'en-dira-t-on et assume l'homme qu'il est. Un homme qui profite de la vie et avance quoi qu'il arrive, malgré les coups et les obstacles. Il ne se pose pas de questions et trace son chemin sans se préoccuper des autres.

Et il me fait rire…

Et je lui fais confiance…

Et je touche les étoiles chaque fois que je fais l'amour avec lui.

À ces pensées naît un sourire béat sur mon visage. Il s'étire lorsque je reçois un appel de Dorian.

— J'suis un bon mytho, mais je ne suis pas sûr de pouvoir convaincre le commandant de bord de rester au sol si tu ne te ramènes pas bientôt.

— Je ne vais pas pouvoir venir, Milo. C'est un peu compliqué au taf, en ce moment, et je me vois mal quitter le pays pour l'instant. Je suis navré.

Mes doigts se resserrent par réflexe sur mon téléphone. Un nœud se forme dans ma gorge.

— Pas de problème, dis-je, luttant pour garder une voix neutre, j'ai pas besoin qu'on me tienne la main, t'sais !

— Je n'en suis pas certain, vu que tu ne t'es pas présenté aux précédents grands prix, lâche-t-il.

— Mais qu'avez-vous tous à me juger, aujourd'hui ? raillé-je.

Je plaisante, mais au fond, j'ai les boules. Cela m'irrite, parce que je ne peux pas en vouloir à Leroy. Et quand j'ignore comment contrôler mes émotions, je fais donc ce que je sais faire de mieux : fuir.

— Bon, eh bien, je te laisse, la sécurité m'attend.

Absolument faux, je n'ai même pas encore passé les portiques, décidé que j'étais à patienter, quitte à louper mon vol.

— Milo, quand tu reviendras, faut qu'on...

— J'arrive ! le coupé-je, faisant semblant de répondre à un agent. Je dois te laisser, Dorian. À plus !

Et je raccroche, les yeux brillants et le souffle un peu court. Ma main se porte à ma poitrine. *Fait chier, ça fait mal !*

Assis dans l'avion, le regard figé sur la place vide à côté de moi, je me rappelle soudain pourquoi je ne m'investis pas dans mes relations. Être déçu par les gens qu'on aime est une douleur persistante. Qui demeure au plus profond de l'âme et qui se ravive à chaque fois que l'esprit s'éveille aux souvenirs que l'on partage avec eux. Le fait que Leroy ne m'accompagne pas n'est pas si grave. Pourtant, mes doutes resurgissent les uns après les autres. Mes angoisses et mes craintes m'assaillent. La psy recommandée par *Slashtoon* avait peut-être raison pour cette histoire de syndrome de l'abandon, finalement. C'est même une certitude quand je constate que des souvenirs que je préférerais garder enfouis ne cessent de défiler dans mon esprit. Ils se parent de toutes les déceptions qui ont marqué ma vie.

Mon père, pourtant si gentil et aimant, n'a pas hésité à me briser le jour où il a compris que je n'étais pas le fils qu'il désirait.

Ma mère, qui a laissé faire, et dont les yeux chargés de désillusion hantent encore mes nuits.

Ma sœur, que j'ai abandonnée pour me préserver de nos parents, alors que nous étions si complices étant enfants.

Puis je cligne des paupières, et ce sont les visages de Tony, de Cally et de Norah qui virevoltent dans ma tête. Et je souris. Malgré toutes les déconvenues, je sais qu'elles ne me décevront jamais. Je les aime, et tant qu'elles sont dans ma vie, je ne serai pas malheureux.

Alors que j'atterris à Las Vegas, cette dernière pensée chaleureuse m'a réconforté. Sans doute aussi que la dizaine de petites bouteilles d'alcool que je me suis envoyées a aidé…

CHAPITRE 37
À LA RECHERCHE DE JO L'ANGUILLE...
DORIAN

— Je vais lui péter les ratiches ! s'enflamme Rafik, fou de rage. On est dans la merde. Aurel a comploté dans mon dos avec Carnel et le conseil. Ils ont trouvé un moyen de me suspendre de mes fonctions de président de ma propre société, les enfoirés !

Ils veulent me révoquer pour l'incident avec Comod'or, car ils n'ont pas exposé leurs véritables motifs, bien entendu. Ils pensent que ma relation avec Milo va porter atteinte à leur portefeuille et n'ont pas les couilles de me faire plier avec ce putain de prétexte homophobe. Aurélien s'est donc servi de Comod'or, qui a porté plainte pour coups et blessures. Mon poing dans la gueule lui a valu huit jours d'ITT[1], soi-disant. Mais quel mytho, franchement !

— Calmez-vous tous les deux, lance Nadia, la tête plongée dans les documents qu'Alice vient de lui remettre.

---

1. ITT : Interruption du temps de travail.

Comod'or a de sacrées casseroles au cul, la vidéo du pitbull ne nous contredira pas.

— Il en faudra plus pour me tirer de là, je le crains, marmonné-je.

Je fixe mon portable. La veille, une étrange impression m'a envahi, après mon appel à Milo. Il a fait exprès de raccrocher, j'en suis certain. Je l'ai contacté ce matin, mais il n'a pas répondu. Il faut dire que le décalage horaire n'aide pas.

Avec toutes ces conneries, j'ai vécu une semaine de merde. Mais comme j'ai deviné qu'il a tendance à douter, malgré ses airs de je-m'en-foutiste, je regrette de ne pas avoir eu une discussion posée avec lui avant qu'il ne décolle pour Vegas.

> C'était aujourd'hui, la cérémonie. Comment ça s'est passé ?

Comme pour mes précédents messages, j'espère une réponse. Il doit être dix-huit heures là-bas, la remise du prix a déjà dû avoir lieu.

— Je propose qu'on se retrouve lundi, quand j'aurai traqué Comod'or et obtenu ce que je souhaite, annonce Nadia. Je vais dénicher une preuve que ce type la leur fait à l'envers avec ses jours d'ITT. Sans ça, leurs arguments ne tiennent plus.

Elle effleure mon épaule de sa main.

— Repose-toi. Je vais trouver une solution.

— Je t'aime, tu le sais, ça ?

Elle sourit.

— Évidemment que je le sais, même si je ne suis plus dans le top.

— Comment ça ?

— Tu vois très bien ce que je veux dire…

Mes lèvres se courbent. Les siennes s'étirent, puis elle consulte son frangin du regard.

— On ne serait pas ici à se battre si c'était une simple histoire de cul, n'est-ce pas ? dit-elle.

Rafik acquiesce, plante ses yeux dans les miens et déclare :

— Toujours avec toi, mon frère.

Dimanche, je me mate une série Netflix, mais mon attention est accaparée par mon téléphone. Milo ne m'a pas répondu, et ça m'agace à tel point que mes nerfs sont mis à rude épreuve. Je lance mon appel, en colère contre lui, car je suis sûr que ce gamin fait la tronche, et aussi parce que je suis... inquiet. *Fait chier !*

— Allô ?

— Tony ?

— Question débile. Tu m'appelles, donc oui !

Pas faux.

— Que me vaut un coup de fil du duc de Hastings à quatre heures du matin ?

— J'ai pas de nouvelles de Milo.

— Ça t'étonne ?

Je soupire.

— Eh bien, oui, ça m'étonne. Je devais aller à Vegas avec lui, mais j'ai rencontré une merde au taf. Depuis que je l'ai prévenu, plus de son, plus d'image.

— Un jour, il est parti en Floride en vacances une semaine, m'explique-t-elle. Il s'est pris de passion pour les crocodiles. On ne l'a revu que deux mois plus tard. On a même cru qu'il s'était fait bouffer. T'inquiète !

— Vous êtes les personnes les plus tarées vivant sur cette planète, c'est officiel, putain.

Je lève les yeux au ciel et affirme :
— Le problème, c'est que je pense qu'il m'en veut.
— Normal !
— Comment ça, normal ?
— C'est Milo !
— Et ?

Tony souffle au téléphone.
— Il est allé jusqu'à accepter un plan à trois pour satisfaire sa petite vengeance. C'est un gamin ! À tous les coups, il est en train de faire du boudin.
— Du boudin ?
— Ouais ! réplique-t-elle avec enthousiasme. Expression que Milo et moi adorons, car t'es obligé d'enchaîner avec des vannes sur les bites.

Elle se marre toute seule.

J'en peux plus d'eux.
— Bon, reprends-je. Tu crois qu'il… est… malheureux que je ne sois pas allé à Vegas avec lui. C'est ça que t'essaies de me dire ?

Un silence. Il dure un peu trop longtemps à mon goût.
— Tony, tu…
— Il est dingue de toi, Dorian, lâche-t-elle.

J'en reste un instant coi. Quelque part, j'ai besoin d'entendre ces mots, avec tout ce qui se passe en ce moment et Milo qui ne les exprime pas. Toutes ces péripéties depuis La Mongie m'ont laissé essoufflé, heureux, et peut-être un peu flippé. Milo est si pudique sur ses sentiments les plus profonds, et moi…

Et moi… qu'est-ce que je ressens vraiment ? Pourquoi je m'inquiète de savoir ce qu'il pense actuellement ? Pourquoi je crains tant de lui avoir causé de la peine ? Je me rends compte que lui faire du mal me serait insupportable.

Je veux qu'il soit heureux, je veux qu'il…
— Je ne l'ai jamais vu comme ça, enchaîne Tony. Il est possible qu'il en ait pris conscience lui aussi, et si c'est le cas…

Elle suspend ses paroles quelques secondes, puis ajoute :

— … le connaissant, il doit être au fond du seau et a dû se réfugier dans sa bulle pour se remettre de sa déception.

J'ai pas demandé à ce qu'elle y mette les formes, mais je prends cher quand elle me balance ça. Milo est allé à Vegas parce qu'il y était obligé. Parce que c'est le moyen pour lui de débuter ce nouveau *webtoon* auquel il tient tant, alors qu'il y en a sans doute d'autres. Un *webtoon* qui s'inspire de moi. Ma poitrine se gonfle à cette pensée. Je pouffe et déclare :

— C'est vraiment un gamin.

— Tellement ! se marre Tony. Mais faudra t'y faire si t'es décidé à faire un bout de chemin avec lui.

* * *

ALORS QUE LE taxi me dépose devant l'hôtel *Crazy Palace* de Las Vegas, je consulte ma montre des yeux. Il est dix-neuf heures. J'ai dormi comme un bébé dans l'avion, aussi j'escompte immédiatement mettre la main sur mon petit ami au comportement d'adolescent. Je n'arrive toujours pas à croire que je viens de me taper neuf mille kilomètres pour qu'il arrête de faire la gueule !

— Bonjour, je cherche Milo Masako, annoncé-je en anglais à la réceptionniste déguisée en Harley Quinn.

Elle tapote son clavier et m'annonce d'une voix fluette :

— Nous n'avons pas de client portant ce nom, ici.

J'en tombe des nues et pâlis. L'idée d'être venu pour rien

s'infiltre dans mon esprit. Si je le retrouve, je vais tuer ce mec ! Ou le baiser sauvagement ! On verra !

J'inspire pour garder mon calme.

— Masako est un pseudo. Il est peut-être inscrit avec son véritable nom de famille.

— C'est possible, quel est-il ? demande-t-elle.

Merde... Je ne sais même pas quel est le nom de famille de mon mec ! Ça craint ! Ma colère reflue, parce que si je l'ignore, c'est à cause de lui !

— Je le connais uniquement sous son nom d'artiste. Il est français, blond, super canon, et porte souvent des lunettes à monture noire...

— Mais il s'agit de Milo Charpentier ! clame-t-elle, alors qu'un sourire naît sur ses lèvres. C'est moi qui l'ai accueilli à l'hôtel. Je suis fan de ses *yaoi*[2], mais je pensais qu'il était asiatique !

— Comme tout le monde, mais maintenant qu'il a été présenté au Grand Prix...

— Oh, non, il n'y est pas allé.

— Pardon ?

— Il ne s'y est pas rendu, réaffirme-t-elle.

— Mais où est-il depuis samedi dernier, alors ?

— À une table de poker privée, que nous réservons pour nos clients les plus impliqués.

— Hein ?

Je secoue la tête, loin de m'être attendu à de telles nouvelles, quoique la défection de Milo au Grand Prix ne m'étonne pas plus que ça.

— Pourriez-vous me conduire à lui, s'il vous plaît ?

---

2. Le *yaoi*, aussi appelé *boys' love*, est centré sur les relations sentimentales et/ou sexuelles entre personnages masculins.

Elle se crispe.

— Oh, non, je... lâche-t-elle, gênée. On ne peut pas s'y rendre comme ça.

J'extirpe un billet de cent dollars de ma poche. Harley claironne alors :

— Suivez-moi.

Les Américains et les pourliches, sans déconner... La thune est un sésame dans ce pays. Partout ailleurs aussi, sauf en France. Chez nous, vaut mieux pas trop le crier sur les toits lorsque t'en possèdes. Une belle bande d'hypocrites, si vous voulez mon avis, vu qu'on nous casse les couilles durant toute notre enfance avec des phrases toutes faites, du genre « *Travaille à l'école pour réussir !* ». Sauf que, quand tu réussis, on te crache dessus. Et si t'es Noir, comme moi, ça devient suspect aux yeux des gens. Les Ricains n'ont pas le même mode de fonctionnement, et j'avoue que j'apprécie ça chez eux. Dommage qu'ils ne sachent pas bouffer correctement.

J'emboîte le pas de la réceptionniste jusqu'à l'extérieur. Nous traversons un petit pont avant d'entrer dans une nouvelle bâtisse, dotée d'un couloir où se trouvent deux ascenseurs monumentaux. Me vient à l'esprit l'idée que Milo a choisi cet hôtel après s'être renseigné sur leur dimension, et j'en souris. Tandis que je patiente, mon regard est attiré vers la droite, sur une grande porte entrouverte. J'y découvre une chapelle où s'élève *Reunited* de Wu-Tang Clan.

Au son de cette somptuosité, mes jambes me conduisent vers la nef, au bout de laquelle un homme se tient de dos, de longues dreadlocks cascadant sur sa colonne vertébrale. Lorsqu'il se retourne, j'en reste coi.

— Snoop Dog, lâché-je, ébahi.

— Je suis son sosie, balance le type. Tout le monde ici m'appelle le père Doggy.

— Wouah...

Les yeux vitreux du père Doggy m'informent qu'il ne partage pas que le visage de son modèle, mais aussi ses goûts pour la marijuana.

— Je peux faire quelque chose pour vous ?

Mon regard embrasse les lieux. Des affiches de tous les plus grands rappeurs de la planète se succèdent sur les murs. Une vitrine expose une série d'alliances à leur effigie. Celle de Snoop est tordante.

— Vous mariez vraiment des gens ici ?

— Tous les jours, frère, répond le père Doggy. Enfin, surtout la nuit.

— Tu m'étonnes.

J'imagine les couples torchés se pointer et repartir avec le t-shirt de Dr. Dre, l'alliance de Snoop Dog de deux kilos au doigt, et une photo en compagnie de son sosie de pasteur.

— N'hésite pas à venir si tu trouves chaussure à ton pied. Sinon, j'ai de la Marie-Jeanne pour les touristes.

Je pivote et lui fais face.

— Je prends note pour la seconde proposition. La première, j'ai déjà donné deux fois.

— Jamais deux sans trois, comme on dit !

— Ou pas.

— Monsieur ! L'ascenseur est là ! m'interpelle la réceptionniste.

Je quitte le père Doggy sur un hochement de tête et la rejoins. Durant l'ascension de la cabine, mon cœur se hâte. L'excitation s'empare de mes membres. Je vais revoir Milo, et cette perspective me fait trembler. Il m'a manqué.

CHAPITRE 38
TOUT MISER SUR UNE PARTIE DE STRIP POKER, C'EST LA GARANTIE D'UNE GROSSE SOIRÉE...

MILO

Je suis à un cheveu de faire mordre la poussière à Brian. Brian est un nouveau riche qui ne connaît pas la vanne « *Where is Brian ?* ». Depuis lundi que je la balance à tour de bras, il commence à fatiguer. Jason, Shannon et Arthur sont dans le même état. C'est ma tactique, au poker : épuiser mes adversaires avec mes conneries. À un certain niveau de lourdeur, ils finissent forcément par se déconcentrer.

— *All in*[1], annonce Jason.
— *Clusive* ! m'exclamé-je.

Ma réplique, déjà répétée de nombreuses fois cette semaine, est pourrie. Mais je rigole, et eux soupirent. C'est ça, la vie. Je gagne encore cette partie. *Huhu !*

— Bonjour, messieurs dames ! lance soudain une voix derrière moi.

Le sang déserte mon visage au moment où je la reconnais.

---

1. All in : « Tapis » en français. Terme du poker quand on mise tous ses jetons. La vanne avec *Clusive*, c'est cadeau, par contre.

Leroy ! Je fais volte-face et le découvre dans l'entrée avec la réceptionniste de l'hôtel déguisée en Harley Quinn. Mon cœur fait un bond. J'hésite entre pleurer comme un bébé et me jeter dans ses bras. Mais je le fixe et demeure prostré comme un con. Mes yeux suivent ses pas lents tandis qu'il s'approche de la table. Un sourire se dessine sur ses lèvres si désirables au moment où il s'assied tranquillement. Pas un instant son regard ne s'est penché sur moi. J'en reste soufflé.

— Je m'incruste dans la partie ! affirme-t-il.

— Vous ne pouvez pas ! s'insurge alors Harley Quinn. Ces parties sont réservées à nos meilleurs clients. J'ai accepté de vous emmener ici uniquement pour que vous puissiez rencontrer monsieur Charpentier.

— Charpentier, c'était aussi le job de Jésus, qui accomplissait des miracles, il paraît, clame-t-il, avant que ses yeux ne se rivent enfin sur moi. Je suis donc certain que le type qui porte fièrement le nom de son taf aura le pouvoir de m'inviter à cette table.

Un silence succède à ses paroles. Je suis blanc comme un linge.

— Qu'est-ce que tu fais là ? soufflé-je.

Son sourire s'efface. Il cale son dos sur son assise et croise les bras.

— Je suis venu jouer.

— T'as pas de jetons, observé-je.

— J'ai des fringues.

Putain...

Mes joues s'échauffent en une microseconde. Jason et Arthur se raclent la gorge en quittant les lieux. Harley les suit en s'excusant pour cette interruption. Qu'elle ne se bile pas. Ils se tirent surtout parce qu'ils n'ont plus de thunes. C'est aussi le cas de Shannon après ce coup, mais elle préfère se lever et mélange les cartes. Mon regard se tourne vers elle.

— Bah quoi ? dit-elle dans un français surprenant. Faut bien que quelqu'un distribue ?

Petite voyeuse, va.

Je reporte mes yeux sur Leroy.

— Tu veux vraiment jouer ?

— N'est-ce pas ce que j'ai de mieux à faire, étant donné que j'ai choisi d'être en couple avec le pire gamin de cette planète ?

Je me renfrogne et découvre mes cartes. Un as et un valet de cœur. Shannon dévoile le *flop*[2]. Deux cœurs, putain ! Possible que je tire un *flush* aux deux cartes suivantes. Je mise donc gros :

— Le fute et la chemise.

— Je suis, réplique Leroy.

Shannon se tortille et révèle le *turn*. Je demande à voir la *river*. Leroy attaque en surenchérissant :

— Les chaussettes avant tout. Sinon on aura l'air cons.

— Je valide.

Shannon pouffe, puis retourne la dernière carte. Cœur. J'ai un *flush, bordel* !

Calme. Easy. Tout doux, Mimi...

— Tapis, lancé-je. T'enlèves la totale après cette partie.

Leroy plante ses yeux dans les miens et s'incline davantage. Son souffle me caresse le visage quand il répète :

— Je. Suis.

Un sourire fleurit sur mes lèvres. Je retourne mes cartes,

---

2. *Flop, turn, river, flush* sont des termes du poker, qui ne se joue pas forcément avec des jetons. La preuve !

ma bouche à quelques centimètres de celle de Leroy. Ses iris sombres naviguent plus bas et constatent ce que j'ai en main.

— *Flush*, susurré-je. Fais péter tes sapes.

Son regard revient sur mon visage. Il le contemple un instant, puis un rictus naît sur le sien. Mes pupilles avisent le bout de son bras, ainsi que l'as et le quatre de cœur, au bout de ses doigts, avant de se porter sur le *flop* où sont disposés les deux, trois et cinq assortis.

— *Quinte flush*, chuchote-t-il. Montre-moi ta queue.

— Hiiiii ! couine Shannon, sur laquelle le regard de Leroy se dirige.

— Chérie, désolée de doucher tes espoirs, mais tu sors. J'ai besoin d'être seul avec mon homme, déclare-t-il en reportant ses yeux sur moi.

Shannon soupire, mais quitte les lieux. Le silence qui suit me met mal à l'aise, tandis que l'attention de Leroy s'attarde sur moi. Je pose mes doigts sur ma chemise pour la déboutonner afin de m'en détourner. Je me rappelle ne pas lui avoir donné de nouvelles depuis des jours, alors qu'il m'a laissé de nombreux messages. Possible qu'il soit irrité, même s'il ne le précise pas. Mais j'étais si déçu qu'il ne vienne pas que je ne savais pas quoi lui répondre ! Pour une fois, je n'avais pas envie de mentir.

Je baisse les yeux au moment où ses doigts agrippent les miens.

— Je dois faire quoi pour que tu comprennes que c'est du sérieux, toi et moi ? lance-t-il.

Je n'ose relever la tête, me sentant stupide et honteux. Je n'aime pas éprouver ces sensations-là, alors j'écarte ses mains et poursuis ma tâche. Il insiste en m'empoignant les bras.

— Regarde-moi, Milo.

Mes iris lui obéissent sans même que je les commande.

— Je t'en ai parlé au chalet, déclare Leroy en posant son front contre le mien. Je tombe amoureux de toi. Pourquoi tu ne me laisses pas faire ?

— Non, tu dis ça, mais... c'est parce que t'es du genre à t'enflammer. T'as trente ans, tu es magnifique, et t'as déjà divorcé deux fois. Faudrait que je sois cinglé pour espérer te garder rien que pour moi.

— Je sais avec certitude ce que j'éprouve pour cette raison, justement, affirme-t-il. Parce que j'ai été marié à des femmes que je pensais vraiment aimer. Mais... avec toi... C'est pas pareil, c'est limpide, mais j'ignore comment l'exprimer !

Ses mains se plaquent sur mes joues.

— On s'éclate de toutes les manières possibles tous les deux. J'adore être avec toi, Milo, j'ai toujours envie d'être avec toi ! Et je ne peux dire ça de personne d'autre en ce monde. Je pense à toi tout le temps, je te désire tout le temps, je veux être avec toi tout le temps, tu comprends pas ?

Son pouce caresse ma bouche. Je crois que des larmes embuent mes yeux, mais je suis trop absorbé par l'expression sur le visage de Dorian pour saisir ce qu'il m'arrive. Ses mots me bercent dans une transe doucereuse. Des mots que je n'ai jamais entendus clamés avec tant de passion. Des mots qui me bousculent et auxquels s'ajoutent à l'instant :

— Je t'aime.

Ma bouche s'entrouvre. Mon cœur loupe un battement. Ma respiration se suspend. *Il... a... dit... quoi ?*

Je le sens à peine m'ôter ma chemise. Lorsqu'il me saisit par la taille et m'invite à me lever, je ne proteste pas. Quand il baisse mon pantalon et mon boxer sur mes genoux, j'entends encore le son de sa voix.

Ce n'est qu'au moment où ses lèvres m'enrobent que je

redescends sur terre, ou plutôt sur un nuage un peu plus bas. Parce que le plaisir m'envahit et que mon regard tombe sur celui qui me le procure. Leroy est à genoux devant moi et scrute mon sexe, avant d'à nouveau le glisser dans sa bouche. J'hallucine en poussant un gémissement. Ses yeux me sourient. Une boule d'émotion se forme dans ma gorge en réalisant qu'il pratique la fellation pour la première fois, uniquement pour me prouver… son amour ? C'est sans doute une drôle de manière de l'affirmer pour la plupart des gens. Pas pour moi.

Je lui caresse la tempe en le contemplant, puis je saisis sa main qui coulisse sur mon membre. D'un geste, je lui intime de se relever.

— T'es pas obligé de faire ça, dis-je.
— J'en ai envie. En vrai, j'y pense depuis le chalet.

Je souris, surpris par cette révélation.

— Sérieux ?
— Ouais.
— Y a d'autres trucs que tu désires expérimenter ? sondé-je, un rictus au coin des lèvres. Non, parce que je suis hyper ouvert, t'sais.

Il éclate de rire et m'embrasse.

— J'ai bien quelques idées.

C'est la soirée la plus dingue que j'ai jamais vécue. Leroy et moi avons décidé de nous faire notre propre *Very Bad Trip*. Nous visitons donc présentement notre septième bar et claquons nos verres l'un contre l'autre, hilares. Dorian rit tout le temps, et moi, je vole toujours plus haut. Mes yeux refusent de le quitter. Il a dit qu'il m'aimait, putain ! L'alcool aidant, je nage forcément dans les eaux du firmament.

Une jolie jeune femme en tenue légère distribue de nouvelles boissons.

— Le *lap dance*, c'est en bas, les garçons, si ça vous intéresse, glisse-t-elle lorsque Leroy lui tend son pourboire.

Un sourire effleure les lèvres de ce dernier. Ses pupilles dilatées se reportent sur moi.

— Ça te tente ?

— De ouf !

Et nous voilà prenant la direction des escaliers qui mènent au niveau inférieur. La serveuse nous indique un box, dissimulé derrière un rideau de fils de perles. Des néons roses confèrent une atmosphère érotique à la pièce. J'adore ! Nous posons donc nos culs sur un canapé bleu canard, patientant, un verre à la main et un sourire sur les lèvres, que deux créatures magnifiques se dandinent devant nous. Lorsqu'elles entrent enfin, nous poussons un soupir béat.

La première, vêtue de fins dessous en dentelle, s'incline sur Leroy et entame une danse langoureuse en rythme avec la chanson *California Love* de Tupac Shakur. La seconde, juchée sur des talons de douze, n'a pas froid aux yeux lorsqu'elle se trémousse à califourchon autour de ma taille. Du coin de l'œil, j'avise Leroy, qu'un sourire extatique ne quitte plus. Bercé par l'ambiance torride et grisé par quelques shots, je me mets à bander en observant son profil. Dorian tourne son regard sur moi. Ses lèvres se courbent. Sa bouche est tout près de la mienne quand il se penche et murmure :

— C'est pas elles que j'ai envie de me faire.

— Ah ouais ? Et on peut savoir qui le duc envisage plutôt de satisfaire ?

— Ton petit cul.

— Oooooh… T'es peut-être bien gay, finalement.

Sa paume se pose sur ma joue.

— J'suis toi. Juste toi.

Il m'embrasse à pleine bouche, et nous délaissons les danseuses, qui pourtant ne se découragent pas.

— Trop cool ! lance l'une d'elles.

Leroy éclate de rire. Moi aussi.

— On va dans ta chambre ?

— Carrément…

CHAPITRE 39
ÊTRE PRÊT À TOUT, C'EST SAVOIR DONNER DE SA PERSONNE...

DORIAN

Dans la chambre, l'ambiance retombe. La soirée était un peu dingue jusque-là. Il m'a manqué et j'ai pas géré. Ce type me fait tellement dérailler.

J'étais pourtant venu avec la ferme intention d'y aller doucement, s'il se mettait à flipper. J'ai vraiment envie qu'il comprenne que je ne rigole pas, que je veux que ça marche. Mais Milo est toujours cet enfant dont le père a plongé le visage dans une assiette de soupe. Un père qui ne le touchera plus jamais, j'en fais le serment.

Milo craint que je ne l'abandonne, alors il prend les devants, mais je ne suis pas le genre de type à renoncer facilement. Si ses amies ont réussi à suffisamment le toucher pour lui être devenues si proches, je peux y parvenir aussi. Je souhaite qu'il cesse de se tourmenter, à l'avenir. Voilà ce que j'étais donc résolu à lui faire entendre en me ramenant ici.

Je lui ai avoué mes sentiments. Fallait pas être Einstein pour les comprendre. Mais lui... Me confiera-t-il les siens ? J'ai besoin qu'il le fasse, parce que si je suis prêt à me battre contre vents et marées pour nous, je ne suis pas certain qu'il saura en faire autant. Je ne veux plus qu'il se carapate à la première engueulade ni à la première remarque. Je désire qu'il assume notre relation. Je ne pensais pas que j'aurais à traverser la planète pour ça, alors que, dans l'histoire, c'est quand même moi qui connais les plus grands bouleversements, non ?

— Ça va ? demande-t-il en avisant mon expression.

Je secoue la tête et soupire.

— Je veux plus que tu me fuies, lâché-je. Je ne veux plus avoir à te chercher dans un chalet dans le trou du cul du pays ou à l'autre bout du monde parce que t'as pas confiance en nous. Ça ne pourra pas le faire si tu persistes.

Il se fige et pâlit. Quelques secondes passent, il hésite, puis déclare :

— Je sais. Je suis désolé, je…

— Je ne te demande pas de t'excuser, le coupé-je en me rapprochant.

Il se tortille un peu. Un sourire naît sur mes lèvres. Je le trouve charmant lorsqu'il est mal à l'aise.

— Qu'est-ce que tu veux, alors ? murmure-t-il, craignant sans doute ma réponse.

Je stoppe mes pas, mon corps frôle le sien. Mon regard tombe sur sa bouche quand je dis :

— Tes sentiments pour moi.

— Je… sais pas faire ça.

— Tu vas devoir trouver un moyen.

Il inspire profondément. Mon torse se colle au sien. *Eh ouais, bébé, j'suis déterminé et tu n'imagines pas à quel point.*

— Milo, si je te prouve que je suis prêt à tout pour les entendre, tu me les avoueras ?

Sa respiration se précipite. Je lutte pour ne pas me saisir de lui et l'embrasser avec fougue.

Il murmure encore :

— Prêt à tout ? Ça veut dire quoi pour toi ?

Un coin de ma bouche s'incurve lorsque je me penche à son oreille et souffle :

— Baise-moi.

Le temps se suspend. L'air crépite entre nous. Une seconde. Deux. Trois.

Il se jette sur mes lèvres et m'empoigne avec force. Je chute sur le matelas, le corps emprisonné sous le sien. Entre rires et baisers, nous nous désapons en toute hâte. Tout est désordonné. Tout est folie. Tout s'enflamme ! Mes pensées s'entrechoquent quand nos bouches se percutent de nouveau. Nos peaux se trouvent, s'effleurent et se frottent. Emportés par la passion du moment, nous roulons dans le lit jusqu'à nous étaler sur la moquette. Puis tout se fige. Milo me surplombe, la respiration courte.

— T'es sûr de toi ?

J'acquiesce. Il m'embrasse, puis murmure :

— Je vais te dépuceler, Leroy. Après ça, monsieur le duc, tu seras à moi. Rien qu'à moi.

Je n'ose lui avouer que c'est exactement pour cette raison que je veux qu'il me fasse l'amour. Pour qu'il saisisse que je ne désire plus qu'être à lui. De nature curieuse, je sais que je serais un jour passé à l'acte, même si je n'avais pas franchement prévu que ce serait aujourd'hui. Mais je brûle de le sentir en moi, parce que c'est lui, et si c'est la seule manière de lui faire comprendre que je suis fou de lui, alors c'est parti ! J'ai pratiqué ma première pipe et me suis enfilé une dizaine de verres d'alcool. J'suis chaud, putain !

De toute manière, ce n'est pas maintenant que je vais me

montrer raisonnable. Avec un mec comme Milo, je me crois autorisé à ne jamais l'être, et c'est tellement... vivifiant. Grisant. Excitant !

Le silence nous enveloppe de son charme solennel tandis que j'embrasse Milo. Puis ses lèvres m'abandonnent. Son corps se redresse. Quand il s'empare du lubrifiant et s'en badigeonne, je ne suis soudain plus aussi sûr de moi.

Dans quoi je m'embarque, bordel !

CHAPITRE 40
TOUT DONNER ET LÂCHER PRISE. THE BEST SENSATION EVER...
MILO

J'arrive pas à le croire ! Je vais me faire le duc ! Non mais sincèrement, ça aurait mérité quelques minutes de pause pour prévenir les copines tant je suis content ! Mais l'heure n'est pas à la discussion, plutôt aux ébats torrides…

Je contemple le corps viril de Dorian. Sa queue pointe sous son nombril, je m'en saisis avant de la faire glisser entre mes lèvres. Mes doigts se faufilent plus bas. L'un d'eux s'invite en Leroy.

— Putain ! jure-t-il.

J'aspire pour détourner son esprit de l'intrusion. Ma langue le tourmente et, ainsi, mon index se joint à la danse.

— Milo !

Un gémissement lui répond. Je me régale de son membre et me délecte de mon emprise sur lui. Tandis que je le prépare, je le sens se détendre. Il remue même des hanches, signe qu'il commence à apprécier la sensation.

— C'est… étrange, dit-il, alors que sa main investit ma chevelure.

Mon regard se relève sur lui. Il me mate, les yeux mi-clos.

— T'es hyper bandant.

Et lui donc...

Je quitte son sexe. Ma langue remonte son torse, taquine ses tétons, puis progresse, à l'affût de la sienne. Sa bouche me dévore littéralement, tandis que j'écarte un peu mes doigts en lui.

— Vas-y, dit-il.

Mon regard s'arrime au sien. J'y lis toute sa confiance, et je sens quelque chose en moi se briser. Comme si une digue cédait. Que le flot de mes émotions déferlait soudain et submergeait tout ce qui existait avant lui. J'ai les larmes aux yeux en le contemplant. Parce que ce qu'il fait, et la raison pour laquelle il le fait me percutent sur l'instant.

Je m'écarte, désorienté, mais il m'en empêche et me plaque contre lui.

— Prends-moi, insiste-t-il.

Alors, je ne résiste plus et obéis.

— Arrête, arrêêêêêête ! grince finalement Leroy, alors que je n'ai même pas passé le gland.

— T'es une chochotte, en vrai, le taquiné-je, alors que j'embrasse ses lèvres crispées.

— Ouais, juge-moi si tu veux, mais merde, t'es vachement bien membré.

— Pas autant que toi, alors souffre en silence avant de prendre ton pied.

— Y a intérêt à ce que je le prenne ou... Aaaaaaaah !

Il exagère tellement. Son cri m'arrache un rire, alors que je m'enfonce en lui. Le pot de lub' n'aura pas suffi. Je me fige de nouveau. Au bout de quelques secondes, il murmure :

— Là, je ne sens plus rien. Du coup, on ne bouge plus,

hein ! Après tout, nous sommes en couple maintenant. Ça ne choquera personne si on reste emboîtés toute notre vie.

Je m'esclaffe contre son épaule, avant de poser mes lèvres sur les siennes.

— Désolé, mais ça ne va pas être possible.
— Comment ça ?

Je pousse ma queue bien au fond. Il en hoquette de stupeur.

— Parce que j'ai bien trop envie de te baiser, monsieur le duc !
— T'es un enfoi...

Deuxième saccade. Il en reste coi. Ses mains s'agrippent à mes fesses, mais il ne dit mot. Je poursuis langoureusement mes assauts.

Son souffle s'accélère. Ses yeux se plongent dans les miens, sa bouche cherche la mienne.

— Continue, adjure-t-il, le visage rougi.
— Je suis loin d'en avoir terminé, rassure-toi.

Comment le pourrais-je ? Je me perds dans la stratosphère de la luxure. Mes coups de reins sont lents, caressants, enivrants. Je suis au firmament !

— Tourne-toi, ordonné-je.

Il s'exécute sur un baiser. Plusieurs. C'est la folie quand je replonge en lui.

— Milo !

Il éjacule sur les draps. Je m'active, gorgé de satisfaction.

— Putain ! crie-t-il en s'accrochant à la tête de lit.

Je plane. Le serre contre moi, ralentis, accélère. Le fais mien. Le rends dingue. Soudain, il tremble contre moi, comme touché par un court-circuit.

— C'était quoi, ça ?! s'exclame-t-il, ahuri.

— *Welcome* dans le monde des mecs qui profitent pleinement de leur prostate, baby !
— C'était monstrueux. Recommence !

Il est marrant, lui ! Je m'y échine. Nous rions. Mes mains sont partout sur lui. Mes doigts remontent son torse tandis que je prends possession de lui. Puis ils se saisissent de son menton, intiment à son cou de se dévisser pour que son visage soit à ma portée, et je dis :

— Je suis fou de toi. Fou de toi !

Mes lèvres s'emparent des siennes sans que mes assauts faiblissent. J'ajoute d'une voix étranglée de désir, de plaisir et de bonheur :

— Je t'aime. Je t'aime... Je n'aime que toi, Dorian. Toujours toi.

— Dis-le encore.

— Je t'aime. Je t'aime.

— Plus fort !

— Je t'aime !

Il s'écarte brusquement et m'emporte avec lui.

Et ce n'est que le début d'une nuit de folie...

ÉPILOGUE

MILO

Quelques mois plus tard
31 décembre

— Donc vous êtes toujours légalement mariés aux États-Unis ? demande Évariste, qui avise de nouveau mon alliance Snoop Dog.

C'était une idée de Leroy, enfin, je crois. Estimant qu'il méritait un pétard après m'avoir offert sa virginité anale à Vegas, il s'est rappelé la marijuana du père Doggy, à la chapelle. Le reste n'est qu'une succession de souvenirs flous.

— N'est-ce pas trop génial, Beau-papa ? clamé-je.

— Cette fois, je suis confiant ! déclare Dorian à son daron en passant son bras sur mes épaules. D'ailleurs, je suis certain que tu n'aurais pas divorcé à quatre reprises si tu t'étais résolu à explorer la chose avec l'autre sexe.

— Dis tout de suite qu'on est chiantes ! beugle Norah.

— Eh bien…

J'explose de rire, avant de déposer un baiser sur les lèvres de Leroy.

— J'ai hâte qu'on rentre, lâché-je en pétrissant ses fesses avec mes paumes.

— Moi aussi, souffle-t-il contre ma bouche. D'autant que je suis crevé après cette journée au taf.

Leroy a conservé *Rage Records*. Nadia a finalement trouvé une vidéo de Comod'or sur TikTok, où il tentait des saltos arrière depuis son canapé. Ce qui n'est pas recommandé durant des jours d'ITT. Le conseil de la maison de disques n'a pas pu virer son propre président, qui, lui, en revanche, a fait toutes les démarches nécessaires pour faire le tri dans ses associés et ses artistes. Certains, issus de la communauté gay, se sont rués sur *Rage Records* après que l'affaire a été éventée dans la presse. Et ce n'est pas Dorian qui a subi ses foudres, mais bien Ludovic Carnel. Unity Bonanza a accepté de baisser son pourcentage en apprenant le motif de son retrait. Ils n'ont pas oublié à qui il devait leur succès.

De mon côté, *Une bûche pour Noël*, mon nouveau *webtoon*, fait un carton. Faut dire que je ne manque jamais d'inspiration. Nous prévoyons d'ailleurs de revenir dans le chalet de Bob. Il ne nous en veut plus depuis que nous avons remplacé les canapés qu'il nous accusait d'avoir recouverts de taches suspectes. J'imagine que nous devrons retourner à Ikea après ce séjour, car la tension sexuelle entre Leroy et moi n'est jamais retombée. Bien au contraire...

J'observe mon homme avec toute la fierté que j'éprouve. Avec tout mon amour. D'ailleurs, à ce propos, ce n'est plus aussi malaisant d'en parler ouvertement. Je deviens même fleur bleue et enchaîne les téléfilms à l'eau de rose avec ma sœur, Salomé, quand elle squatte chez nous. Oui, parce que Leroy et moi vivons ensemble, désormais. Après avoir découvert au matin que l'on s'était mariés à Vegas, on s'est dit qu'on n'était plus à ça près...

Je m'arrache à mes réflexions au moment où mon portable vibre dans ma poche.

— Allô ?

— Milo ?

— Tu m'appelles, Tony, donc oui, c'est moi ! lâché-je en levant les yeux au ciel. Comment va le petit monstre ?

— Il est trop chou, quand il dort, répond-elle. Tout à l'heure, un sourire a effleuré ses lèvres. J'ai fondu comme une guimauve. Sinon, il n'a que deux jours et j'en peux déjà plus. Mais c'est pas pour ça que je t'appelle. J'ai un problème, Milo.

— Tu le savais avant de faire ton môme, Tony.

— Je parle pas de Sasha !

— Oh.

— Enfin, je ne sais pas si ça a un rapport avec lui.

Elle parle tout bas. Je dois tendre l'oreille et me faufiler dans un coin du salon déserté par les invités d'Évariste pour enfin capter ce qu'elle me raconte. Du moins, j'essaie.

— Pourquoi tu chuchotes, t'es où ?

— Dans les toilettes de ma chambre, j'ai un bébé à ne pas réveiller, je te rappelle, et je ne veux pas qu'on m'entende. Tu sais que j'ai eu des points de suture lors de l'accouchement, n'est-ce pas ?

— Non, je le savais pas, et je m'en portais très bien jusque-là.

— Je ne peux pas en parler à Cally et Norah ! Ni à Max, ils s'inquiéteraient !

— Si, si. Ça serait mieux, Tony.

— Non, c'est toi qui vas m'écouter, bordel, parce que t'as aucune chance que ça t'arrive ! D'ailleurs, je pense que c'est pour cette raison que les daronnes se gardent bien de raconter comment ça se passe *vraiment* à l'étape finale ! Les humains ne pourraient plus se reproduire si on savait toutes ce qui nous attend !

— Calme-toi, j'y suis pour rien, moi ! Et je t'avais conseillé d'aller à tes cours d'accouchement.

— J'ai mis quarante-huit heures avant de m'asseoir sur des chiottes tellement j'ai la trouille de déchirer mes points.

— Wow, tu vas trop loin, je t'ai dit !

— Et maintenant que j'ai l'impression d'avoir triomphé, je découvre que j'ai une boule au cul !

Hein ?

— Comment ?

— Une boule ! répète-t-elle. Un truc pas net que j'avais pas avant.

— Attends, tu parles de quoi, là ?

J'entends soudain des bruits derrière elle, et Sasha qui se met à pleurer. La voix de Tony devient toute douce.

— Chut, mon bébé. Voilà...

Je l'imagine aisément, un regard aimant posé sur son enfant. Tony sera une maman extraordinaire, j'en doute pas. Par contre, en tant qu'amie, elle dépasse les bornes !

— Oui, mon amour, chuchote-t-elle encore à son fils. Voilà... Fais dodo.

Puis j'entends le son d'une comptine, d'une porte qui se ferme, et Tony qui lance direct à voix basse :

— T'es gay. T'en sais donc plus que moi sur les mystères de l'anus. C'est quoi, cette boule ?

— Mais t'es une ouf ! Faut te détendre, Tony !

— Me détendre ? Tu déconnes ? Si ça se trouve, j'ai un cancer du cul !

— Mais c'est qu'une putain d'hémorroïde ! crié-je.

Un silence s'abat sur le salon d'Évariste Leroy. La trentaine d'invités ont désormais tous les yeux braqués sur moi. Je sens une main se poser dans le creux de mon dos.

— T'as le chic pour clôturer l'année en beauté, toi, murmure Leroy à mon oreille.

Je glousse et souris à l'assemblée, avant de clamer :
— C'est ma meilleure amie, elle vient d'accoucher !

Les femmes comprennent immédiatement. La vache ! Tony a raison. Elles sont toutes au courant !

Les hommes, en revanche, me toisent d'un air circonspect. J'ai dans l'idée qu'ils me jugent, à l'instant.

Les bras de Leroy s'enroulent sur mon ventre. Je pivote en souhaitant bon courage à Tony.

— Ça te dirait pas, on les laisse en plan et on rentre tous les deux ? susurre-t-il contre mes lèvres.

— On a promis à Norah de jouer au *Time's Up* chez elle. Cally et Dan viennent la chercher et nous y retrouvent.

— J'avais oublié...

Mes yeux se fixent dans les siens. Un sourire effleure ma bouche, puis j'affirme en lui saisissant les mains :

— Ça ne serait pas la première fois que nous arriverions en retard, n'est-ce pas ?

Je tire sur ses bras et recule vers la sortie, en esquivant Norah, trop accaparée par sa conversation avec Natacha, et Laurine, qui m'adresse un clin d'œil. Il faut croire que cette petite coquine renouvellerait bien l'expérience d'un plan à trois pour inaugurer la nouvelle année. Je lui souris.

— Ça ne serait pas la première fois qu'on ne s'y présente pas, même ! commente Leroy après un baiser.

— Être prévisibles, c'est tellement la loose... observé-je.

— On a toujours le temps d'une petite branlette, n'est-ce pas ?

— J'allais le dire !

Dans l'entrée, nous attrapons nos manteaux discrètement, franchissons la porte, puis courons dans les escaliers, avant de nous ruer sur mon scooter garé en bas de l'immeuble. Je fonce jusqu'à Pantin, où Dorian est venu emménager. Son appart était plus classe, mais son ascenseur trop flippant. Cela aurait été un supplice pour moi, puisqu'il est certain que je l'aurais pris quotidiennement. Ma flemme triomphe toujours de mes angoisses. Ce n'est qu'après les avoir bravées que je regrette d'avoir cédé à la facilité, mais bon... Quelques frissons ne font pas de mal ! Tous les jours, cependant...

La porte claque. Leroy se jette sur moi, me désape et prend possession de mes lèvres.

Je ne me souviens pas d'une journée où nous n'avons pas baisé dans cet appartement. Quand j'y pense, c'est sans doute la raison du déménagement précipité de mon voisin, monsieur Petitbois.

Je ne me souviens pas d'un jour où Dorian et moi n'avons pas ri.

Je ne me souviens pas non plus d'un jour où je ne l'ai pas aimé ardemment.

Bientôt, tout Pantin m'entendra lui souhaiter « *Bonne année !* » à ma manière, et nous rirons, nous aimerons, et nous consumerons de passion.

Parce qu'il est mon âme sœur.
Mon meilleur ami.
Ma muse.
Et le plus sexy des bûcherons, baby !

THE END

AVIS LECTURE

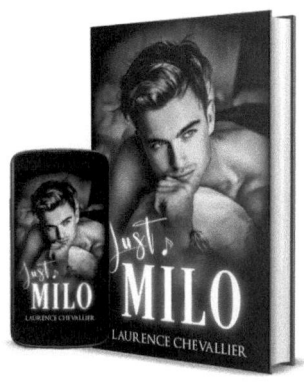

Vous avez aimé Just Milo ?

Laissez un joli commentaire pour motiver d'autres lecteurs !

Vous souhaitez être informé de mes prochaines sorties ?
N'hésitez pas à vous abonner à ma page Amazon.

À très vite dans de nouvelles aventures livresques !

Laurence

DANS L'UNIVERS BLOODY BLACK PEARL...

L'histoire de Tony est disponible !

Un conte de fées rock et irrévérencieux…

Bloody Black Pearl

Le résumé

Bienvenue au Bloody Black Pearl !

Quand vous tournerez la première page de ce livre, vous entrerez dans le temple du Rock ! Un pub parisien où tout peut arriver. Même la rencontre de Tony, caissière et barmaid à ses heures, et Max, un pilote de ligne surnommé Air Flight par celle qui va tourmenter sa vie bien rangée.

Si vous aimez la musique et vous marrer, alors poussez les portes du sanctuaire de la romance trash, de la comédie sur fond de rock. Si vous avez quelque chose contre les scènes sulfureuses et le langage fleuri, passez votre chemin. Ici, vous êtes au Bloody Black Pearl, ça rocke sévère ! Au-delà de la musique que crachent les enceintes, quel meilleur endroit pour trouver l'amour…

Celui qui nous tombe dessus. Celui que l'on ne prémédite pas.
Au-delà des différences. Au-delà des préjugés.
Celui de Max et Tony.

Une romance irrévérencieuse à l'humour décapant, destinée à un public majeur et averti.
Best-seller : Plus de 15000 lecteurs conquis !

DANS L'UNIVERS BLOODY BLACK PEARL...

L'histoire de Cally est disponible !

Plongez dans le spin-off déjanté qui met à l'honneur la délirante Callista Anastopoulos et toute la bande du BBP !

Callista Cha-Cha

**Elle fait une fixette sur Dirty Dancing.
Il veut se venger de son ex-infidèle.**

LE RÉSUMÉ

Mon mantra : ne surtout pas s'attacher, mais rien n'empêche de s'éclater !

Apparemment, ce n'est pas l'opinion de mon patron, Dan Vila-Wilson, avec qui ça coince dès le premier regard. Il est jeune, séduisant et ambitieux, mais n'a pas digéré son divorce. Pour se venger de son ex, il s'inscrit à un concours de danse dans le but de la défier. Il ne lui manque plus qu'une charmante partenaire pour se lancer...

Eh bien, fallait le dire plus tôt ! Je suis la femme parfaite pour ce genre de plan tordu !
En tant qu'animatrice de la soirée de mariage de ma meilleure amie, j'avais déjà prévu d'exécuter le porté de Dirty Dancing, alors pourquoi ne pas ajouter un peu de drama à ma flamboyante prestation ? Quand je découvre que mon patron a des talents de danseur dignes d'une comédie musicale et un penchant pour le voyeurisme, je fais fi de mes réticences à son égard et lui propose un deal improbable.
J'ignorais que cet arrangement allait se transformer en une danse endiablée qui dépasserait largement le cadre de notre partenariat à durée déterminée.
Et qui pourrait bien me faire perdre le rythme, ou pire, la tête !

DU MÊME AUTEUR

BLOODY BLACK PEARL

CALLISTA CHA-CHA

Comédies romantiques

* * *

LES AMOUREUX DE MONTMARTRE

GUEULE D'ANGE

Romances contemporaines

* * *

DEEP SHADOW

ÉCHEC AUX ROIS

Co-écrit avec Cécilia Armand

Romance MM contemporaine

* * *

LA SAGA DREWID

Fantasy Romantique

De la pluie sur les cendres, Tome 1

Fer sous le vent, Tome 2

De larmes et d'argile, Tome 3

À l'aube des brumes, Tome 4

LA SAGA NATIVE

Romance Paranormale

Le berceau des élus, Tome 1
Le couronnement de la reine, Tome 2
La tentation des dieux, Tome 3
Les héritiers du temps, Tome 4
Compte à rebours, Tome 5
La Malédiction des immortels, Tome 6
L'éternel crépuscule, Tome 7

LA TRILOGIE WITCH
Co-écrite avec Émilie Chevallier et Sienna Pratt
Romance bit-lit

Witch Wolf - Article 1 : On ne se mélange pas
Witch Vampire - Article 2 : On ne trahit pas
Witch War - Article 3 : On ne se montre pas

À PROPOS DE LAURENCE CHEVALLIER

Retrouvez toute mon actualité sur

Instagram
laurencechevallier_

Facebook
Laurence Chevallier Autrice

Groupe privé Facebook
Laurence Chevallier Multiverse

TikTok
@laurencechevallier_

Actus, boutique et newsletter
www.laurencechevallier.com